CHERUB

Mission 10 :
LE GRAND JEU

www.cherubcampus.fr
www.casterman.com

Publié en Grande-Bretagne par Hodder Children's Books, sous le titre : *The General*

© Robert Muchamore 2008 pour le texte.

ISBN 978-2-203-00426-9
© Casterman 2010 pour l'édition française
Achevé d'imprimer en mars 2011, en Espagne par Novoprint.
Dépôt légal : janvier 2010 ; D.2010/0053/131
Déposé au ministère de la Justice, Paris (loi n° 49.956 du 16 juillet 1949
sur les publications destinées à la jeunesse).

Robert Muchamore

CHERUB

MISSION 10
LE GRAND JEU

Traduit de l'anglais
par Antoine Pinchot

casterman

Avant-propos

CHERUB est un département spécial des services de renseignement britanniques composé d'agents âgés de dix à dix-sept ans recrutés dans les orphelinats du pays. Soumis à un entraînement intensif, ils sont chargés de remplir des missions d'espionnage visant à mettre en échec les entreprises criminelles et terroristes qui menacent le Royaume-Uni. Ils vivent au quartier général de CHERUB, une base aussi appelée « campus » dissimulée au cœur de la campagne anglaise.

Ces agents mineurs sont utilisés en dernier recours dans le cadre d'opérations d'infiltration, lorsque les agents adultes se révèlent incapables de tromper la vigilance des criminels. Les membres de CHERUB, en raison de leur âge, demeurent insoupçonnables tant qu'ils n'ont pas été pris en flagrant délit d'espionnage.

Près de trois cents agents vivent au campus. Le rapport de mission suivant décrit en particulier les activités de **JAMES ADAMS**, né à Londres en 1991, brillant agent comptant à son actif de nombreuses missions couronnées de succès ; sa petite amie **DANA SMITH**, née en Australie en 1991 ; ses amis **BRUCE NORRIS** et **KERRY CHANG** ; la petite sœur de James, **LAUREN ADAMS**, née en 1994, plus jeune T-shirt noir de l'organisation ; ses camarades **GREG « RAT » RATHBONE**, **ANDY LAGAN** et **BÉTHANY PARKER** ; le petit frère de cette dernière, **JAKE PARKER** ; ses acolytes **RONAN WALSH** et **KEVIN SUMNER**, deux agents débutants nés en 1997.

Les faits décrits dans le rapport que vous allez consulter débutent en décembre 2007.

Rappel réglementaire

En 1957, CHERUB a adopté le port de T-shirts de couleur pour matérialiser le rang hiérarchique de ses agents et de ses instructeurs.

Le T-shirt **orange** est réservé aux invités. Les résidents de CHERUB ont l'interdiction formelle de leur adresser la parole, à moins d'avoir reçu l'autorisation du directeur.

Le T-shirt **rouge** est porté par les résidents qui n'ont pas encore suivi le programme d'entraînement initial exigé pour obtenir la qualification d'agent opérationnel. Ils sont pour la plupart âgés de six à dix ans.

Le T-shirt **bleu ciel** est réservé aux résidents qui suivent le programme d'entraînement initial.

Le T-shirt **gris** est remis à l'issue du programme d'entraînement initial aux résidents ayant acquis le statut d'agent opérationnel.

Le T-shirt **bleu marine** récompense les agents ayant accompli une performance exceptionnelle au cours d'une mission.

Le T-shirt **noir** est décerné sur décision du directeur aux agents ayant accompli des actes héroïques au cours d'un grand nombre de missions. La moitié des résidents reçoivent cette distinction avant de quitter CHERUB.

La plupart des agents prennent leur retraite à dix-sept ou dix-huit ans. À leur départ, ils reçoivent le T-shirt **blanc**. Ils ont l'obligation — et l'honneur — de le porter à chaque fois qu'ils reviennent au campus pour rendre visite à leurs anciens camarades ou participer à une convention.

La plupart des instructeurs de CHERUB portent le T-shirt blanc.

1. Manif

L'organisation anarchiste connue sous le nom de Groupe d'action urbaine (GAU) se fit connaître en 2003, lorsque son leader Chris Bradford prit publiquement la parole à Hyde Park, lors d'un rassemblement de protestation contre la guerre en Irak. À cette occasion, après avoir encouragé une foule pacifique à affronter la police, il mit le feu à des mannequins à l'effigie du Premier Ministre Tony Blair et du Président George W. Bush.

En 2006, le GAU, fort d'un nombre important de militants, fut en mesure d'organiser ses propres manifestations antigouvernementales. En juillet, lors d'une marche organisée dans le centre de Birmingham, plus de trente manifestants furent arrêtés après avoir brisé des vitrines et vandalisé des véhicules. Lors des affrontements opposant les émeutiers aux forces de l'ordre, un officier de police fut atteint d'un coup de couteau.

Dès le mois suivant, plusieurs meneurs du GAU furent condamnés à des peines de prison ferme. Les activités du groupe furent placées sous haute surveillance policière, ce qui rendit pratiquement impossible toute démonstration publique.

Chris Bradford dénonça avec virulence « l'oppression d'État » dont il estimait être la victime. Un agent du MI5 infiltré au sein du groupuscule découvrit qu'il tentait d'acquérir des armes et des matériaux destinés à la fabrication d'engins explosifs.

(Extrait de l'ordre de mission de James Adams, octobre 2007.)

C'était le 21 décembre, le dernier vendredi avant Noël. Des guirlandes électriques étaient tendues entre les lampadaires de la rue piétonne située près de la station Covent Garden. Les pubs du quartier étaient bondés, les pas-de-porte pris d'assaut par des employés profitant de leur pause cigarette. Des adolescentes contemplaient avec émerveillement la vitrine illuminée d'un magasin de prêt-à-porter de luxe. Des hommes aux traits tirés patientaient à la caisse du *Body Shop* voisin, les bras chargés de cadeaux de dernière minute.

Parqués dans un enclos constitué de barrières mobiles, treize manifestants défiaient vingt-quatre policiers vêtus de dossards jaune fluo.

James Adams, seize ans, figurait au nombre des militants. Il portait une épaisse parka militaire et des Doc Martens à vingt-quatre œillets. À l'exception de l'iroquoise teinte en vert qui courait de son front à sa nuque, il s'était rasé le crâne au sabot d'un millimètre. Il frappait ses gants l'un contre l'autre pour combattre le froid mordant. Les policiers qui lui faisaient face le couvaient d'un œil méprisant.

Chris Bradford se tenait trois mètres en retrait. C'était un homme athlétique aux cheveux roux en bataille. Il portait un épais hoodie. Deux caméras étaient braquées sur son visage. L'une était tenue par un représentant des forces de l'ordre chargé de l'identification des agitateurs ; l'autre, équipée d'un puissant projecteur, par un cadreur de la télévision.

— Mr Bradford, je suis Simon Jett, de la *BBC*, dit l'homme en imperméable qui l'accompagnait. Comment expliquez-vous le faible nombre de militants présents à ce rassemblement ? Selon certaines sources, le Groupe d'action urbaine serait à bout de souffle.

Les yeux verts de Bradford jaillirent littéralement de leurs orbites. Ses larges mains se refermèrent sur les revers de l'imperméable du journaliste.

— Qui a dit ça ? gronda-t-il. Je veux des noms et des

adresses. Vous parlez sans arrêt de *sources*, mais j'aimerais en savoir plus. Je vais vous dire, moi, qui essaye de nous faire du tort. Ce sont des lâches à qui nous foutons la trouille.

Simon Jett était enchanté. Bradford, avec son comportement menaçant et son accent cockney, était extrêmement télégénique.

— Combien de manifestants vous attendiez-vous à rassembler ?

Bradford consulta sa montre et serra les dents.

— Le problème, c'est que la plupart de nos militants sont encore au lit à trois heures de l'après-midi. Je pense que j'ai juste programmé cette action un peu trop tôt.

Simon Jett hocha la tête.

— Vous semblez prendre ces défections à la légère, mais vous devez bien sentir que le GAU est à l'agonie. Si l'on compare cette manifestation à celle de Birmingham, l'an dernier...

Bradford boxa le capot en plastique qui recouvrait l'objectif.

— Soyez patient, Mr BBC ! lança-t-il en fixant la caméra. Les inégalités nourrissent la haine. Aujourd'hui, en Angleterre, la pauvreté a atteint son point culminant. Bien sûr, si vous regardez ces images assis dans votre joli salon, sur une énorme télé LCD, vous ne pouvez pas sentir la colère de la rue. Mais faites-moi confiance : exploiteurs, vous avez mangé votre pain blanc.

Simon Jett esquissa un sourire.

— Et vous avez établi un planning ? Quand pouvons-nous nous attendre à voir éclater cette révolution ?

— Dans un mois, dans un an, qui sait ? répondit Bradford en haussant les épaules. Ce monde changera radicalement avant la fin de cette décennie, mais vous qui m'écoutez, si vous passez votre temps à gober les contrevérités débitées par la *BBC*, vous ne serez au courant que lorsque mes camarades viendront défoncer votre porte.

Le journaliste hocha la tête.

— Merci, je vous remercie d'avoir répondu à mes questions.

— Va te faire foutre.

Le cadreur éteignit le projecteur qui équipait sa caméra. Bradford refusa de serrer la main que lui tendait Simon Jett. Il tourna les talons et se dirigea vers une jeune femme qui se tenait à l'autre bout de l'enclos.

Jett ordonna à son cameraman de filmer les manifestants en plan large avant de quitter les lieux.

— Ça passera aux infos de ce soir ? demanda un policier en poussant une barrière pour laisser sortir l'équipe de télévision.

— Ne vous faites pas trop d'illusions, répondit Simon Jett. J'étais ici pour filmer d'éventuels incidents mais, comme je le disais tout à l'heure à mon rédacteur en chef, le GAU, c'est de l'histoire ancienne.

— J'espère bien. Ils ont failli avoir la peau d'un de nos collègues de Birmingham, l'été dernier.

Jett adressa à son interlocuteur un regard complice.

— Bonnes fêtes de Noël, et prenez soin de vous.

— Merci, bonnes fêtes à vous.

Tandis que le cadreur filmait l'enclos à distance respectable, James rabattit sa capuche et en serra solidement la cordelette de façon à ce que l'encolure de son hoodie recouvre la quasi-totalité de son visage. Comme tous les agents de CHERUB, il prenait garde à ne pas apparaître dans les médias. Il baissa la tête, saisit son téléphone portable et composa un SMS adressé à sa petite amie Dana.

JESPER KE TU VA MIEU.
EKRI MOI. JE ME SEN TRO SEUL !

Dès qu'il eut enfoncé la touche ENVOI, James regretta le contenu de son message. Dana n'avait pas répondu à son précédent SMS. *Je me sen tro seul* était un aveu de faiblesse. Il ignorait quelle faute il avait bien pu commettre, mais son amie le battait froid depuis plusieurs jours.

Les agents écartèrent deux barrières, puis la fonctionnaire qui dirigeait le détachement de police lança à l'adresse des manifestants :

— Il est trois heures et demie. Direction Downing Street[1], immédiatement.

Les militants ignorèrent délibérément son ordre. Elle s'empara d'un porte-voix et brailla à pleins poumons :

— *LE CORTÈGE DEVAIT SE METTRE EN MARCHE À TROIS HEURES ET QUART. NOUS VOUS AVONS ACCORDÉ QUINZE MINUTES POUR VOUS RASSEMBLER. TOUTE PERSONNE QUI DEMEURERA DERRIÈRE LES BARRIÈRES SERA INTERPELLÉE POUR ENTRAVE À LA CIRCULATION. ALLEZ, TOUT LE MONDE SE BOUGE !*

Bradford se planta devant la fonctionnaire et jeta un œil à sa montre. Un photographe de presse immortalisa la confrontation entre le colosse et la jeune femme frêle vêtue d'un dossard jaune fluo qui brandissait le porte-voix.

— Allez, quoi, soyez cool. On attend encore quelques camarades. J'ai envoyé quelqu'un se renseigner à la station de métro. Il doit y avoir des problèmes sur la ligne, ou quelque chose comme ça.

— Je vous ai déjà fait une fleur. Mes gars veulent rentrer chez eux. Soit vous vous mettez en marche, soit vous vous dispersez pacifiquement. Maintenant, si vous préférez faire une balade en fourgon, c'est votre problème.

Bradford cracha sur la chaussée puis se tourna vers ses maigres troupes.

— Vous avez entendu la petite dame ? Allez, on y va.

Le flash du photographe illumina à plusieurs reprises les treize manifestants qui se mettaient en marche, encadrés par un cordon de policiers. Ces derniers, constatant l'échec patent du rassemblement du GAU, échangèrent des sourires amusés.

---

1. Le 10, Downing Street, à Londres, est la résidence du Premier Ministre britannique (NdT).

Les passants observaient la manifestation avec curiosité, comme s'il s'agissait d'un spectacle de rue. Lorsque le cortège approcha du marché couvert de Covent Garden, James remarqua sur les trottoirs plusieurs individus affichant des signes extérieurs de soutien à la cause du GAU, punks, gothiques et marginaux portant des vêtements provenant de surplus militaires. Plusieurs d'entre eux se mêlèrent au défilé. Les autres le suivirent à distance respectable.

Bradford se porta à la hauteur de la fonctionnaire de police lorsque les manifestants s'engagèrent dans la rue menant au Strand, une large avenue bordée de magasins, de théâtres et d'hôtels, à moins de cinquante mètres de la berge nord de la Tamise. James se trouvait en tête du cortège. Bradford lui adressa un clin d'œil. À cet instant précis, une douzaine d'adolescents portant des vêtements de sport déboulèrent d'une artère latérale.

— J'ai l'impression qu'on a fait le plein, finalement, dit Bradford à la femme policier. Celui qui a rédigé les cartons d'invitation a dû se tromper d'adresse.

Constatant que les militants s'étaient joués des forces de l'ordre, l'inspectrice porta son talkie-walkie à sa bouche et demanda l'envoi immédiat de renforts.

— GAU ! hurla Bradford en tendant le poing.

Les garçons en survêtements se mêlèrent aux activistes.

— GAU ! scanda la centaine de participants que comptait désormais le cortège.

James sentit le rythme de son cœur s'accélérer. Les militants marchaient en rangs serrés, coude à coude. En dépit des mesures rigoureuses adoptées par les forces de l'ordre, Bradford était parvenu à rassembler le cocktail explosif d'anarchistes radicaux et de jeunes déshéritées qui avait conduit à l'émeute de Birmingham, dix-sept mois plus tôt.

— GAU ! GAU ! GAU ! répéta la foule.

Cinquante autres manifestants rejoignirent la procession

avant qu'elle ne s'engage dans le Strand. Un homme au crâne rasé frappant sur un tambour émergea d'une ruelle perpendiculaire, une foule d'activistes sur ses talons.

Le policier le plus proche de James reçut un crachat dans le dos. Il dégaina sa matraque puis continua à marcher droit devant lui. Compte tenu de l'ampleur inattendue du rassemblement, les forces de l'ordre n'étaient plus en mesure de rompre leur formation.

— *J'T'AI PIQUÉ TON PORTE-VOIX, J'T'AI PIQUÉ TON PORTE-VOIX!* scanda une voix amplifiée à l'arrière du cortège.

Les militants éclatèrent de rire. L'homme au tambour se porta en tête de la manifestation.

— *FLICS, FACHOS, ASSASSINS! FLICS, FACHOS, ASSASSINS!* scanda l'activiste qui s'était saisi du porte-voix, aussitôt imité par l'ensemble des participants.

James constata que les policiers s'étaient regroupés à l'arrière de la procession. Une cinquantaine de sympathisants du GAU jaillirent d'un bus stationné le long du trottoir et se mêlèrent à la foule. Les sirènes des véhicules de patrouille qui convergeaient vers le Strand étaient assourdissantes.

La chaussée était noire de monde. Les conducteurs des véhicules immobilisés par ce déferlement humain actionnaient vainement leur avertisseur. Un chauffeur manifesta bruyamment son mécontentement. Un manifestant arracha l'un de ses rétroviseurs extérieurs, puis pulvérisa une vitre d'un violent coup de pied.

Alors que le cortège se dirigeait vers Trafalgar Square, James réalisa qu'il avait perdu de vue Bradford et les autres membres du GAU auxquels il s'était lié au cours des sept semaines d'infiltration. Entouré de casseurs à peine plus vieux que lui, il se sentait désorienté. Les garçons riaient, hurlaient des slogans et chahutaient bruyamment. Le cadreur de la *BBC*, juché en équilibre sur un plot de béton, immortalisait la scène.

— Je vous avais dit que ça vaudrait le déplacement, dit l'un des adolescents avant de siffler le contenu d'une canette de bière.

Une vitrine vola en éclats.

— C'est l'heure du shopping, ricana un inconnu.

— Ça déchire tout ! s'enthousiasma l'un de ses camarades.

— GAU ! GAU ! GAU ! reprit la foule.

Deux filles au look gothique lancèrent une poubelle dans la porte vitrée d'une sandwicherie. Un tonnerre d'applaudissements salua leur action.

D'autres devantures furent vandalisées. Un homme en costume de marque fut tiré sans ménagement d'un taxi, giflé, puis soulagé de sa Rolex et de son portefeuille.

Perdu dans la foule des militants, James ne pouvait pas se faire une idée générale de la situation, mais les exclamations triomphantes qui résonnaient autour de lui et le fracas incessant du verre brisé étaient éloquents : rien ni personne ne pouvait désormais empêcher le déclenchement d'une émeute de grande ampleur.

2. CCTA

— Vous ne pouvez pas arrêter de jacasser une minute ? hurla Lauren Adams, treize ans, en plaquant ses mains sur ses oreilles.

Elle se trouvait dans sa chambre, au huitième étage du bâtiment principal du campus de CHERUB. Le lit avait été redressé contre le mur afin de ménager suffisamment d'espace sur la moquette pour disposer cartes, plans et schémas. Assise en tailleur, elle étudiait cette documentation en compagnie de six agents : Rat, son petit copain ; Bethany, sa meilleure amie ; Jake, onze ans, le petit frère de cette dernière ; Andy Lagan, meilleur ami de Rat ; Ronan Walsh et Kevin Sumner, deux garçons du même âge que Jake.

— Si on veut conserver une chance d'être sélectionnés pour l'opération de Las Vegas le mois prochain, on doit élaborer un plan sans faille et montrer de quoi on est capables lors de ce test de sécurité. Le CCTA est équipé des systèmes de surveillance les plus performants. On doit s'introduire au cœur du bâtiment et saccager la salle de contrôle.

Kevin examina les cartes d'un œil anxieux.

— Ça veut dire quoi, déjà, CCTA ?

— Centre de contrôle du trafic aérien, répondit Jake Parker. Suis un peu, sinon on ne s'en sortira jamais.

Bethany lui donna une claque inoffensive à l'arrière du crâne.

— Sois gentil avec Kevin. Il est encore petit.

— Eh, on a moins d'un an de différence, je te signale.

Rat soupira.

— Pitié, vous n'allez pas remettre ça, vous deux… Nom de Dieu, mais qu'est-ce que c'est que cette odeur ?

Tous les regards se tournèrent vers Ronan. C'était une vraie petite terreur qui faisait des étincelles sur le terrain de rugby et sur les tatamis du dojo, mais fréquentait rarement les cabines de douche. Il venait d'ôter l'une de ses rangers.

— Remets ça immédiatement, s'étrangla Bethany en secouant une main devant son visage. Depuis combien de temps tu n'as pas changé de chaussettes ?

— J'ai les yeux qui piquent, gémit Andy.

— Il y a même pas une semaine, dit Ronan en se contorsionnant pour enfouir son nez entre ses orteils.

— Arrête ça ! s'indigna Bethany. Tu n'es qu'un animal !

— Ça n'a rien de toxique, sourit Ronan en tendant le pied vers son interlocutrice. Ce sont juste des sécrétions naturelles.

Lauren se dressa d'un bond.

— Si tu ne remets pas cette botte immédiatement, on te traîne sous la douche, on te fout à poil et on te récure avec le balai des toilettes.

— Mmmh, quel programme, ricana Andy. Être déshabillé et lavé par deux jolies filles…

— Jolies ? Je ne vois pas de qui tu veux parler, dit Jake.

Lauren adressa aux garçons un regard si menaçant qu'ils se turent aussitôt. Ronan remit sa botte à contrecœur. En dépit du froid qui régnait à l'extérieur, Bethany ouvrit grand la fenêtre.

Lauren s'accroupit devant les cartes puis s'adressa à Jake, Kevin et Ronan.

— Personnellement, je n'ai plus grand-chose à prouver, dit-elle en désignant son T-shirt noir. Si on rate cette opération, ça ne changera rien à ma vie, mais si vous voulez que la direction vous confie des missions plus importantes, il va falloir vous bouger. Vous pouvez continuer à faire les cons, ou vous calmer et vous mettre sérieusement au boulot. À vous de choisir.

Les trois garçons baissèrent la tête en signe de soumission.

— Très bien, poursuivit Lauren. Comme je suis le seul T-shirt noir dans cette pièce, c'est moi qui dirigerai l'opération.

Ses coéquipiers observèrent un silence respectueux.

Rat leva la main.

— Oui ?

— De mon point de vue, il y a quelque chose qui cloche dans le plan que tu as proposé. Si Bethany et toi intervenez devant le centre de contrôle, ça veut dire que moi, Jake et les trois autres, on va se retrouver à l'arrière du bâtiment, face à six employés de la sécurité, sans aucune arme pour nous défendre.

— Ouais, il nous faut du matos, lança Jake. Des armes à fléchettes tranquillisantes ou des Taser, au moins.

— Vous n'avez pas lu l'ordre de mission ? soupira Lauren. Notre objectif, c'est d'évaluer le dispositif mis en place par la société privée chargée de la sécurité du CCTA. Si le gouvernement voulait prendre d'assaut le bâtiment, il enverrait un commando d'intervention tactique avec cagoules et fusil d'assaut. Nous serons habillés et nous comporterons comme des enfants ordinaires. Enfin, comme des petits voyous cherchant un truc à vandaliser pour tromper l'ennui... On aura le droit d'utiliser nos téléphones portables, point final. Ni talkies-walkies, ni micros espions, ni explosifs, ni pistolets à aiguilles. Bref, rien, sauf ce qu'on trouve habituellement dans les poches de gens de notre âge.

Bethany brandit son ordre de mission :

— Mais là-dedans, ils disent que les vigiles sont en

relation permanente avec une unité de la police militaire prête à intervenir vingt-quatre heures sur vingt-quatre.

— Et ils sont armés, eux, ajouta Jake.

— Lisez plus attentivement, insista Lauren. Cette unité d'intervention d'urgence est stationnée dans une base de la Royal Air Force, à huit kilomètres du CCTA. Tant que les agents de sécurité ne donneront pas l'alarme, nous n'aurons pas grand-chose à craindre, à l'exception de leurs matraques et de leurs bombes lacrymogènes.

— Nous n'avons aucune information sur ces vigiles, reprit Bethany. Va-t-on tomber sur des petits vieux à quelques mois de la retraite ou sur d'anciens membres des forces spéciales ?

Lauren haussa les épaules.

— Lorsque le CCTA entrera en fonction, il sera responsable des vols civils et militaires dans tout le Royaume-Uni. S'il était détruit par une bombe, par exemple, les avions tomberaient littéralement du ciel.

Ronan hocha la tête avec gravité.

— Alors, à moins que les mesures de sécurité n'aient été mises en place par des abrutis complets, il ne faut pas s'attendre à rencontrer une bande de boy-scouts.

— Pourquoi ne pas aller voir Dennis King pour lui demander davantage d'informations ? demanda Andy.

— Les tests de sécurité sont considérés comme des exercices sur le terrain, expliqua Lauren. King accepterait peut-être de nous refiler des tuyaux, mais nous sommes censés établir un plan basé sur les informations figurant dans l'ordre de mission. Ce n'est qu'à ce prix que vous pouvez espérer recevoir une appréciation favorable.

— Je sais ! s'exclama Rat en frappant dans ses mains. Il nous faudrait des lance-pierres !

— Pardon ? s'étonna Lauren.

— Ça fait partie des objets qu'on pourrait trouver dans nos

poches sans nous soupçonner de faire partie d'un réseau d'espionnage. J'en avais un quand je vivais à l'Arche, en Australie[2]. Quand je m'ennuyais, je me planquais à la sortie des tunnels et je tirais sur les adeptes sans me faire repérer. J'ai corrigé un paquet de crétins avant de me faire attraper par Georgie. Je te raconte pas la correction qu'elle m'a mise...

— C'est une bonne idée, sourit Lauren.

— Moi aussi, je sais me servir d'un lance-pierres, intervint Jake. C'est avec ça que je chassais les écureuils dans les bois, à l'arrière du campus.

Lauren n'avait jamais aimé Jake. Et, en tant que végétarienne et sympathisante de la cause animale, elle était profondément choquée par cette révélation.

— Pardon ? s'exclama-t-elle. Peux-tu me dire ce qu'ils t'avaient fait, ces écureuils ?

— Ça date de l'époque où je vivais au bâtiment junior, quand on allait camper en forêt. Je ne ferais plus une chose pareille.

— Les garçons... soupira Bethany. Je crois qu'ils passent tous par une phase *meurtre et incendie volontaire*, à un moment ou à un autre.

— C'est complètement sexiste, comme propos ! s'indigna Rat. Si je me permettais de balancer de telles généralités sur les filles, qu'est-ce que je me prendrais !

— Moi, j'aimerais bien foutre le feu à des trucs, interrompit Ronan, l'air rêveur.

— Silence, vous tous, intervint Lauren en claquant dans ses mains. Peut-on rester concentrés sur le test de sécurité ? Il y a des lance-pierres à l'armurerie. Si vous pensez vraiment qu'ils pourraient être utiles, je suis partante.

— Ça fait longtemps que je n'ai pas tiré avec ce truc, dit

_____

2. Voir CHERUB mission 5 : *Les Survivants*.

Rat en jetant un coup d'œil à sa montre. Il nous reste deux heures. Je crois qu'on devrait en profiter pour s'entraîner.

— On pourrait aller au lac et faire un carton sur les canards, ricana Jake.

— Ça ne me fait pas rire, gronda Lauren. Si je surprends l'un de vous en train de faire souffrir un animal, je lui appliquerai un traitement identique. C'est compris ?

— Les canettes de Coca vides font d'excellentes cibles, dit Kevin, qui s'efforçait de rester constructif.

Jake hocha la tête.

— Ça me convient, du moment qu'on m'autorise à y dessiner un écureuil.

— Bon, conclut Lauren, sourde à cette énième provocation. Revoyons le plan une dernière fois. Je veux que vous connaissiez votre rôle par cœur. Ensuite, vous irez faire mumuse avec vos lance-pierres.

3. Tous au *Savoy*

Échaudées par les graves incidents survenus lors de la manifestation de Birmingham, les autorités avaient adopté des mesures radicales pour contrer les agissements du Groupe d'action urbaine. Désormais, tout regroupement public de militants se voyait opposer une présence policière deux fois supérieure en nombre. La plupart des rassemblements étaient proscrits par les municipalités, les rues barrées et les stations de métro voisines du point de ralliement fermées au public.

C'est grâce à de telles dispositions que le gouvernement était parvenu à briser de nombreux mouvements de grève, dont celui mené par les mineurs, au milieu des années 1980. Pour contourner ces mesures, Chris Bradford s'était efforcé depuis plusieurs mois de persuader les médias que son groupe était à bout de souffle, en réduisant artificiellement le nombre des participants à ses manifestations. Comme prévu, les autorités avaient mordu à l'hameçon et réduit les forces de maintien de l'ordre en conséquence.

Convaincu que la police avait baissé la garde, Bradford avait mis sur pied la plus importante manifestation anti-gouvernementale jamais menée par les activistes du GAU. Il n'avait pas choisi les fêtes de Noël par hasard. En cette période de vacances scolaires et universitaires, il était assuré de rassembler tous ses jeunes sympathisants, les plus disposés à semer le chaos au centre de Londres. Une grande partie des forces de l'ordre étaient réquisitionnées pour surveiller les grands magasins et les édifices publics en ces journées jugées propices aux attentats terroristes. En outre, l'actualité était on ne peut plus calme et ce coup d'éclat serait largement médiatisé, pourvu que les émeutiers accomplissent quelques actions particulièrement spectaculaires.

James Adams avait infiltré le GAU avec succès. Il connaissait le plan de Bradford. Il en avait informé John Jones, son contrôleur de mission, mais ce dernier avait choisi de ne pas alerter les autorités, de crainte qu'une intervention soudaine et massive de la police n'éveille les soupçons des militants. Il avait chargé son agent d'enquêter sur la possible transformation du parti radical en un authentique groupe terroriste.

Les services de renseignement sont fréquemment confrontés à ce dilemme : la plupart des informations rassemblées lors des missions d'infiltration ne peuvent être exploitées avant que les agents ne soient exfiltrés, sous peine de compromettre leur sécurité. Pourtant, au vu des centaines de casseurs qui déferlaient le long du Strand en direction de Trafalgar Square, James se demandait si John avait pris la bonne décision. En battant le rappel des militants du GAU et de ses sympathisants des quartiers les plus sensibles de Londres, Chris Bradford était parvenu à rassembler quatre cent cinquante émeutiers sans éveiller les soupçons. Ces effectifs dépassaient largement ses prévisions les plus optimistes.

Le vacarme était assourdissant. En dépit de la nervosité que lui inspirait la situation, il éprouvait une certaine excitation à l'idée de faire partie de cette foule menaçante que rien ne semblait pouvoir arrêter. Des projectiles fendaient les airs. Des vitres éclataient de part et d'autre de l'avenue. Un pavé traversa la vitrine d'un restaurant japonais, provoquant l'effroi des clients attablés près de la porte d'entrée. Quelques secondes plus tard, des manifestants pénétrèrent dans le hall d'un vieux théâtre, démolirent le guichet et s'emparèrent de la caisse. De retour sur le trottoir, ils remirent son contenu à un SDF et lui souhaitèrent de joyeuses fêtes de Noël.

Les passants prenaient la fuite dans les rues adjacentes ou s'entassaient dans les portes cochères. Les commerçants dont les vitrines n'avaient pas été vandalisées baissaient à la hâte leur rideau de fer. Si la plupart des participants se contentaient de hurler des slogans et de dégrader des biens matériels, un groupe de jeunes s'attaquait systématiquement aux promeneurs pris au piège, les délestant de leurs bijoux et de leur argent.

— GAU! GAU! GAU! criait James, le poing brandi.

Le verre brisé crissait sous les semelles de ses Doc Martens. Soucieux de se conformer à son rôle de punk anarchiste, il arracha d'un coup de pied le rétroviseur d'une Mercedes avec chauffeur coincée entre deux bus à impériale.

Une seconde plus tard, le cortège s'immobilisa brutalement, si bien que James, emporté par son élan, bouscula le manifestant qui le précédait. Constatant que les premiers rangs avaient cessé de scander des slogans, il se hissa sur la pointe des pieds pour tâcher de voir de quoi il retournait.

La gare de Charing Cross se trouvait à une cinquantaine de mètres. Il apercevait la colonne Nelson, mais un barrage constitué de véhicules de police avait été dressé sur le parcours de la manifestation.

— Salauds de nazis, gronda l'individu qui se pressait derrière James. Comment ils ont fait pour se pointer ici aussi vite?

James savait que la stratégie de Bradford comportait une faille: l'un des plus importants postes de police de Londres se trouvait aux abords du trajet de la manifestation. Lorsque le superintendant avait été informé que la marche de protestation tournait à l'émeute, il avait ordonné à ses hommes de bloquer le Strand.

Tous les policiers disponibles dans le commissariat, y

compris des fonctionnaires qui n'avaient pas quitté leur bureau depuis des années, avaient revêtu une tenue anti-émeutes. Plus de cinquante agents caparaçonnés avaient pris position derrière le barrage de véhicules.

— *DISPERSEZ-VOUS IMMÉDIATEMENT*, cracha le mégaphone équipant l'une des voitures de patrouille. *VOUS PARTICIPEZ À UNE MANIFESTATION INTERDITE. VOUS COUREZ LE RISQUE D'ÊTRE INTERPELLÉS.*

Les policiers commencèrent à frapper sur leur bouclier de plexiglas à l'aide de leur matraque dans l'espoir d'impressionner les manifestants.

La foule observa un silence absolu. L'haleine produite par les centaines d'émeutiers haletants formait un épais nuage de vapeur. En tournant la tête, James vit plusieurs personnes s'engouffrer dans les rues perpendiculaires.

À l'évidence, l'avertissement des forces de l'ordre avait porté ses fruits : le moral des militants était au plus bas, et le cortège semblait sur le point de se disperser. Soudain, un objet incandescent fendit les airs et explosa entre deux véhicules de patrouille, provoquant une gigantesque boule de feu. Profitant du face à face incertain entre la foule et les policiers, une poignée d'agitateurs avaient forcé une porte vitrée, gravi un escalier jusqu'à un bureau inoccupé et lancé un cocktail Molotov depuis une fenêtre du troisième étage.

Une pluie d'engins incendiaires s'abattit sur le barrage. Les forces antiémeutes, prises de panique, refluèrent dans le plus grand désordre.

Le tambour se remit à battre.

— GAU ! GAU ! GAU ! scandèrent les insurgés en bondissant comme des possédés.

James, qui pensait tout connaître de la stratégie de Bradford, ignorait qu'il avait prévu d'utiliser des cocktails Molotov. L'attaque avait été menée avec une précision digne d'un commando des forces spéciales.

— GAU ! GAU ! GAU !

Les véhicules de police étaient désormais la proie des flammes, si bien qu'il était plus que jamais impossible de franchir le barrage.

— *TOUS AU SAVOY! TOUS AU SAVOY*[3]! hurla l'homme au porte-voix.

— Merde, ça c'est une putain de bonne idée! s'exclama un émeutier.

Les manifestants tournèrent les talons comme un seul homme et rebroussèrent chemin en direction du palace.

Malgré le chaos ambiant, James sentit son mobile vibrer dans sa poche. Il consulta l'écran de l'appareil et constata qu'il avait reçu un SMS de Dana.

TA PA VU MON HAUT DE SURVET VERT?

Il était soulagé d'avoir des nouvelles de sa petite amie, mais vaguement déçu qu'elle n'ait pas réagi à son précédent message. Malgré la bousculade générale, il parvint à composer une réponse.

JE KROI KE JE LAI VU SOU MON LIT

James replaça le portable dans sa poche, jeta un œil à une rue adjacente et découvrit une ligne de voitures de patrouille barrant la chaussée. Il comprit que le Strand avait été intégralement bouclé par les forces de l'ordre.

∴

Rat, Andy, Jake, Kevin et Ronan, impatients de mettre la main sur les lance-pierres, dévalaient les escaliers quatre à quatre en direction de l'armurerie située au rez-de-chaussée.

— Elle se prend pour qui, cette nana? grommela Jake. C'est une espèce de sale petite…

— Eh! tu parles de ma copine, je te le rappelle, fit observer Rat.

---

3. Situé sur le Strand, le *Savoy* est l'un des plus luxueux hôtels de Londres (NdT).

Soucieux de favoriser la bonne entente entre ses coéquipiers, Andy prit soin d'émettre un avis modéré.

— Lauren a peut-être un peu la grosse tête, mais elle connaît son boulot, Jake. Elle n'a que treize ans et elle a les meilleurs états de service du campus.

— Si elle était roulée comme Bethany, ce serait la fille parfaite, gloussa Ronan.

Andy et Rat partirent d'un rire idiot.

— J'ai l'impression que les nichons de Bethany grossissent à vue d'œil, dit ce dernier.

— Eh ! tu parles de ma *sœur*, gronda Jake.

— Arrête ton char, vous ne pouvez pas vous blairer, fit observer Andy.

— Andy est amoureux de Bethany, ricana Rat. Mais il n'a pas le courage de lui demander de sortir avec lui.

— Tu dis n'importe quoi, répliqua Andy. J'ai dit que je la trouvais mignonne *une fois*, et depuis, tu n'arrêtes pas de me bassiner avec ça.

Lorsque le groupe atteignit le palier du sixième étage, Kevin s'engagea dans le couloir.

— Où est-ce que tu vas ? s'étonna Rat. Il faut qu'on aille s'entraîner au lance-pierres.

— Je fais juste un saut dans ma chambre. Je ne veux pas marcher dans la boue avec mes Nike toutes neuves. On se retrouve en bas dans une minute.

Ronan secoua la tête.

— Bon sang, tu es vraiment une gonzesse.

— Moi, au moins, je n'attire pas les mouches, répliqua Kevin.

Ronan s'immobilisa à mi-chemin du cinquième étage, fit volte-face puis se rua vers son interlocuteur.

— Encore une remarque dans ce genre, et je te casse les dents, pigé ?

— Bon, ça suffit vous deux ! s'exclama Rat, qui dominait de

la tête et des épaules les deux belligérants. Kevin, va dans ta chambre.

Il saisit Ronan par le col de son T-shirt.

— Le CCTA est à deux heures de route. Si tu ne prends pas une douche immédiatement, tu voyageras sur la galerie du minibus. On se retrouve à l'armurerie. Ne traîne pas.

En pénétrant dans sa chambre, Kevin trouva une boîte à outils posée devant la porte de la salle de bains. Vêtue d'un T-shirt CHERUB blanc et d'une salopette en jean, Karen, l'employée chargée de la maintenance de la plomberie, était agenouillée devant la cuvette, une lunette en PVC entre ses mains gantées de latex.

— Salut ! lança-t-elle. Je suis en train d'installer tes nouvelles toilettes.

Lors de l'assemblée hebdomadaire du lundi matin, la direction avait annoncé le remplacement de toutes les toilettes du bâtiment principal par des installations favorisant les économies d'eau.

— Je n'en ai que pour dix minutes, mais si tu as une envie pressante, tu peux utiliser celles de la chambre d'en face. Je viens juste de les poser.

— Ça marche, répondit Kevin.

Il s'assit au bord du lit, enfila une paire de vieilles baskets, souhaita à Karen un joyeux Noël, puis quitta la pièce. Comme elle l'avait suggéré, il traversa le couloir et poussa la porte de la chambre de James Adams.

4. Razzia

Un mur de flammes se dressait désormais au-dessus des véhicules de patrouille qui barraient le Strand. Un pneu explosa sous l'effet de la chaleur. Persuadé qu'un réservoir venait de prendre feu, James se jeta au sol. Les tympans déchirés par le hurlement des sirènes de police, les manifestants jouaient des coudes pour se soustraire au chaos. Les plus fragiles furent proprement renversés et piétinés par la foule affolée.

— *NE COUREZ PAS !* ordonna un policier dans le mégaphone. *SI VOUS VOUS DISPERSEZ DANS LE CALME, PERSONNE NE SERA MALTRAITÉ.*

Seuls quatre-vingts militants étaient parvenus à emprunter les rues latérales avant l'attaque aux cocktails Molotov. Trois cents émeutiers restaient prisonniers du dispositif mis en place par les forces de l'ordre.

Cinquante policiers avaient pris place à l'extrémité est du Strand. Des dizaines de leurs collègues bloquaient les voies adjacentes. Face à ces hommes équipés de boucliers, de casques et de matraques, les manifestants n'avaient aucune chance.

— Ces salauds vont nous garder ici pendant des heures, expliqua un vétéran du GAU qui se tenait près de James. Ils vont nous prendre en photo et relever nos identités avant de nous laisser partir.

— GAU ! GAU ! GAU ! cria un jeune homme.

Son slogan ne fut repris que par une dizaine de sympathisants. Le faisceau d'un projecteur d'hélicoptère balaya la foule. James supposait que les autorités tentaient de localiser Chris Bradford et les principaux cadres de son organisation, mais la plupart d'entre eux avaient été jetés en prison en raison de leur participation aux émeutes de Birmingham, et ceux qui avaient échappé aux poursuites judiciaires s'étaient discrètement éclipsés avant l'intervention de la police.

À l'arrière du cortège, le martèlement des matraques contre les boucliers se fit entendre. En se retournant, James constata que les policiers positionnés derrière le barrage principal avaient contourné les véhicules en feu et remontaient lentement le Strand, en ordre serré. Paniqués, les militants se pressèrent les uns contre les autres.

— Je ne peux plus respirer ! hurla une femme. Laissez-moi sortir !

La bousculade n'était pas la conséquence du manque d'espace mais de la crainte qu'éprouvaient les émeutiers à l'idée de se trouver en première ligne lorsque les forces de l'ordre se porteraient au contact du groupe.

Aux yeux de James, rien ne justifiait ce mouvement de foule. Jouant des coudes, il se fraya un chemin jusqu'à la jeune femme et passa les bras autour de sa taille.

— Calmez-vous, dit-il avant de l'escorter en tête du cortège, jusqu'au *no man's land* d'une trentaine de mètres qui séparait le premier rang des manifestants des forces anti-émeutes.

La circulation en direction de l'est avait été partiellement rétablie. Les véhicules étaient autorisés à se déplacer au pas, une à une, sur la voie de gauche.

L'inconnue, âgée d'une vingtaine d'années, explora le contenu de ses poches à la recherche d'un inhalateur de Ventoline. James sortit de son sac à dos une bouteille d'eau minérale et la lui tendit.

— Merci, dit-elle avec un fort accent français, avant

d'engloutir d'un trait la moitié du récipient. J'ai eu tellement peur.

— Il n'y a plus aucune raison de s'inquiéter.

Constatant que les policiers n'avaient pas l'intention de donner l'assaut, la foule retrouva progressivement son calme.

James et la jeune femme trouvèrent refuge dans un renfoncement, entre la vitrine barricadée d'une bijouterie et le double rideau de fer d'une boutique de matériel électronique.

— Tu fumes ? demanda la jeune fille en sortant de sa poche un paquet de cigarettes et un briquet.

— Asthme et tabac, le cocktail idéal, sourit James.

En consultant sa montre, il réalisa qu'il était censé assurer la protection de Chris Bradford lors d'une importante réunion, moins de trois heures plus tard, à l'autre bout de la ville. C'était un point essentiel de la mission, mais il n'avait aucune chance d'être au rendez-vous si la police avait décidé de laisser partir les manifestants deux par deux après vérification de leur identité.

— Il faut que je me taille, dit-il.

La Française lâcha un rire cristallin.

— Si tu as un plan pour nous sortir de là, ça m'intéresse.

James considéra les bas noirs et l'élégant manteau de l'inconnue. Elle ne ressemblait ni à une activiste du GAU, ni à une agitatrice venue des quartiers défavorisés de Londres.

— Comment t'es-tu retrouvée dans cette manif ?

— Je suis étudiante en journalisme, en stage pour un quotidien parisien. Hier soir, à une fête, j'ai entendu des types parler de ce rassemblement. Ils pensaient qu'il y allait avoir du sport. Ils ne s'étaient pas trompés.

— Tu cherchais un scoop, quoi, dit James, qui éprouvait quelques difficultés à se concentrer sur les explications de la jeune femme.

Il était d'ordinaire extrêmement attentif aux paroles des jolies filles, mais son attention était entièrement captivée par le rideau de fer du magasin de matériel électronique. Il était équipé de boucles métalliques destinées à recevoir des cadenas, mais ces accessoires n'avaient pas été mis en place, probablement faute de temps. Il en déduisit que le volet roulant avait été tiré de l'intérieur.

James jeta un œil entre les lattes. Des rayonnages étaient placés de part et d'autre du local plongé dans la pénombre. La vitrine en forme de U formait une alcôve menant à la porte d'entrée.

— Il doit y avoir une sortie de secours, à l'arrière, dit James.

Il jeta un coup d'œil anxieux au barrage de police puis s'accroupit, souleva le rideau de fer et se glissa à l'intérieur.

— Où vas-tu ? demanda la Française.

— Ne regarde pas dans ma direction, ordonna James.

Il se redressa dans l'espace de deux mètres carrés qui séparait la porte, équipée d'un triple vitrage à l'épreuve des balles, du volet métallique. Par l'ouverture donnant sur l'arrière-boutique, il aperçut un homme de dos, assis sur un coin de canapé, qui tuait le temps en jouant à *Pro Evolution Soccer* sur Xbox.

James poussa la porte et constata qu'elle était fermée de l'intérieur à l'aide d'un verrou. Ne disposant pas de son pistolet à aiguilles, il n'était pas en mesure d'en forcer la serrure extérieure. En revanche, la molette permettant de l'actionner de l'intérieur était parfaitement visible, de l'autre côté de la vitre blindée.

James sortit de sa poche son couteau suisse, la seule pièce d'équipement qu'il s'était autorisé à emporter.

Sa complice s'accroupit puis lâcha un nuage de fumée de cigarette.

— Qu'est-ce que tu fabriques ? demanda-t-elle.

— Par pitié, fais comme si je n'étais pas là, répliqua James.

Par miracle, ni les policiers ni les manifestants n'avaient remarqué son manège.

Il posa un genou contre la partie inférieure de la porte, poussa de toutes ses forces, glissa la lame la plus robuste de son couteau dans l'interstice, puis écarta le panneau de verre du chambranle par effet de levier. Il glissa sa main libre à l'intérieur du magasin et, du bout des doigts, parvint à faire tourner le verrou.

Lorsque la porte céda, emporté par son propre poids, il tomba à genoux sur la moquette du magasin.

Aussitôt, la jeune Française s'accroupit pour le rejoindre à l'intérieur mais, embarrassée par ses chaussures à talons, elle trébucha contre le rideau de fer. Alertés par le vacarme produit par la manœuvre, plusieurs manifestants tournèrent la tête dans sa direction.

L'employé lâcha sa manette, se rua vers le comptoir et actionna le bouton d'alarme.

— Vous n'avez rien à faire ici ! cria-t-il.

Lorsqu'ils entendirent hurler la sirène, les émeutiers semblèrent retrouver leur enthousiasme.

— À L'ATTAQUE ! brailla le militant au porte-voix.

Plusieurs dizaines d'individus se ruèrent vers le volet métallique puis jouèrent des coudes dans le sas d'entrée.

James saisit la jeune femme par le bras et l'entraîna vers la porte donnant sur l'arrière-boutique. L'employé se planta en travers de leur chemin. S'il avait soupçonné que l'inconnu qui avait fait irruption dans sa boutique avait, des années durant, étudié les arts martiaux, il se serait abstenu, sans l'ombre d'un doute.

James le saisit par la cravate et le projeta contre un rayonnage où étaient alignés des chargeurs pour téléphones portables et des transformateurs électriques, à l'autre bout de la pièce.

— Reste en dehors de mon chemin, ou tu le regretteras, gronda-t-il.

Une cinquantaine de manifestants étaient parvenus à s'introduire dans le local. Plusieurs d'entre eux entreprirent de piller systématiquement les vitrines où étaient exposés ordinateurs portables, iPods et appareils photos numériques. Les autres s'engouffrèrent aussitôt dans la remise.

À l'extérieur, six policiers prirent place devant le rideau de fer afin d'interdire l'accès au magasin. La majorité des émeutiers restait déterminée à forcer le barrage principal afin de se lancer à l'assaut du *Savoy*, mais un détachement défiait une poignée de fonctionnaires postés dans une rue perpendiculaire menant aux quais de la Tamise.

James, qui n'avait pas le droit de conserver les biens dérobés au cours d'une mission, traversa la remise sans jeter un œil au stock puis poussa une porte anti-incendie donnant sur une étroite rue à sens unique.

— Attends une seconde ! lança la jeune Française en s'emparant de l'un des cartons alignés sur une étagère en aluminium. Un ordinateur portable Toshiba ! Ce modèle coûte une fortune. Il est super léger, c'est idéal pour mon boulot.

Dans la ruelle, des pillards détalaient à gauche et à droite. Conscient que deux véhicules de patrouille suffiraient à leur interdire toute possibilité de fuite, James saisit le poignet de sa complice.

— Cours ! ordonna-t-il.

Deux cents mètres plus loin, ils débouchèrent sur une artère plus large, à deux pas de la façade du poste de police de Charing Cross.

— Viens par là, s'étrangla James en tournant les talons.

— Je n'arrive plus à respirer, haleta la jeune femme avant de lui remettre le carton contenant l'ordinateur Toshiba.

Par chance, un taxi s'immobilisa à une vingtaine de mètres

et déposa un photographe de presse. James se précipita vers le véhicule et s'adressa au chauffeur.

— Déposez-nous à Islington, sur Caledonian Road, dit-il.

— Une minute, mon garçon, dit l'homme en griffonnant sur un calepin. Ce monsieur m'a demandé un reçu.

Du coin de l'œil, James un aperçut un policier en tenue antiémeutes qui claudiquait vers le poste de police. Il n'était plus en état de procéder à la moindre arrestation : il boitait bas, et son casque était déformé par l'impact d'un pavé.

Au moment où le photographe se mit enfin en route en direction du Strand, trois pillards portant des survêtements et des bijoux clinquants jaillirent de la ruelle.

— C'est notre taxi ! hurla le plus grand.

Il traînait péniblement des sacs en plastique bourrés à craquer d'appareils photos numériques. Ses complices poussaient des caddies où étaient empilés des ordinateurs portables.

— Je te dis que c'est notre taxi, répéta l'inconnu en bousculant James d'un coup d'épaule.

Ce dernier saisit la main de son agresseur, lui fit lâcher l'un des sacs et lui brisa le pouce. La Française se glissa sur la banquette arrière puis claqua la portière.

— Démarrez ! implora-t-elle en frappant du poing contre la vitre de séparation de la cabine.

Le véhicule se mit en mouvement à l'instant où James posa la main sur la poignée. Il n'en croyait pas ses yeux.

— Toi, si jamais je te retrouve... gronda-t-il sans desserrer les dents.

L'un des pillards tenta de lui porter un coup de poing au visage. James saisit son bras, exploita son élan pour le faire basculer sur ses épaules puis le projeta au sol.

Ulcéré par le tour que lui avait joué la Française, il aurait volontiers corrigé le dernier membre de la bande, mais il devait rester professionnel, ravaler sa fierté et se concentrer sur la mission. Il donna un coup de pied dans les sacs abandonnés sur le trottoir par le jeune homme au pouce cassé, renversant la moitié de leur contenu sur la chaussée, puis il se mit à courir, le carton du Toshiba sous le bras.

Il ne savait pas avec précision où il se trouvait, mais il n'était pas désorienté. En se dirigeant vers le nord-ouest, il atteindrait Oxford Street en moins de dix minutes, se fondrait dans la foule des promeneurs sur un kilomètre, emprunterait le métro jusqu'à la gare, puis regagnerait l'appartement où l'attendait son contrôleur de mission.

5. Le scoop du siècle

Kevin tira la chasse d'eau puis se rinça les mains sous le robinet du lavabo. Il avait rendu visite à James à plusieurs reprises mais ne s'était jamais aventuré dans sa salle de bains. Il avait l'impression dérangeante et excitante d'avoir violé son intimité.

Après avoir jeté un regard circulaire à la petite pièce, il fut convaincu que la différence entre un adolescent de seize ans et un garçon de onze se mesurait au nombre de produits et d'accessoires de toilette.

Kevin se contentait d'une bouteille de shampooing, d'une savonnette, d'un tube de dentifrice et d'un pot de gel. James disposait d'une cinquantaine de flacons et d'atomiseurs, de la mousse à raser aux lotions anti-acné en passant par l'après-rasage hors de prix et le décolorant pour cheveux. En outre, Dana avait laissé traîner divers articles de maquillage sur la tablette.

Gagné par la curiosité, Kevin inspecta attentivement les étagères et découvrit une boîte de quarante-huit préservatifs. Intrigué, il jeta un coup d'œil anxieux en direction de la porte, souleva le rabat puis saisit un petit emballage métallisé entre le pouce et l'index. Il l'examina sous toutes les coutures et ressentit une envie irrépressible de le déchirer pour découvrir ce qui se trouvait à l'intérieur.

Il envisagea un instant de le glisser dans sa poche avant de rejoindre ses camarades à l'armurerie, mais il se sentait incapable de commettre un vol, aussi insignifiant soit-il.

Au moment où il s'apprêtait à replacer les préservatifs sur l'étagère, la porte donnant sur le couloir claqua. Il sursauta si violemment que la boîte lui échappa des mains. Une douzaine d'emballages achevèrent leur course dans le lavabo. Les autres s'éparpillèrent sur le carrelage.

Deux personnes venaient de pénétrer dans la chambre et se tenaient de l'autre côté de la cloison, à moins de deux mètres de lui.

— Il a dit que ma veste de survêtement se trouvait sous le lit.

Kevin reconnut aussitôt la voix de Dana, la petite amie de James.

— Ah oui, je la vois, répondit Michael Hendry, un agent âgé de seize ans.

Kevin s'agenouilla en silence et entassa les préservatifs dans la boîte. À la perspective d'être surpris dans cette situation, il sentit le rouge lui monter aux joues. S'il était découvert, il prétendrait avoir heurté l'étagère du coude en se lavant les mains, mais un tel incident était susceptible de générer des rumeurs incontrôlables.

Il se redressa et observa son reflet dans le miroir. Son visage était écarlate. Il était l'image même de la culpabilité.

— Où vas-tu ? demanda Dana.

— Je me suis fait une contracture à l'épaule pendant l'entraînement de karaté, répondit Michael. Je vais faire quelques longueurs de piscine pour l'assouplir.

— Si tu enlèves ton T-shirt, je te ferai des bisous magiques.

Kevin était en état de choc. Il ne pouvait plus désormais quitter la salle de bains et jouer la comédie de l'innocence. Il en avait trop entendu.

— T'es dingue, gloussa Michael. Tu veux qu'on fasse ça ici, dans la chambre de ton mec ?

— Ah, parce que tu crois que James se gêne pour me tromper ? Il doit être en train de faire des galipettes avec je ne sais quelle anarchiste crasseuse, en ce moment même.

— C'est surtout pour Gabrielle que ça me fait de la peine. Je n'ai absolument rien à lui reprocher.

— OK, dit Dana, mais on a seize ans. Si on ne peut pas s'amuser un peu à notre âge…

Au supplice, Kevin entendit un concert de grognements puis le grincement caractéristique d'un sommier. Il ouvrit lentement la porte de la salle de bains et jeta un bref coup d'œil dans la chambre. Michael, torse nu, ôtait l'une de ses baskets. Dana, assise en tailleur sur le lit, se débarrassait de son T-shirt noir.

— Qu'est-ce que tu peux être sexy ! lâcha Michael en prenant la jeune fille dans ses bras, exposant son dos constellé de boutons d'acné.

Passé le choc initial, Kevin commençait à percevoir le caractère excitant de la situation. Il tenait une histoire formidable à raconter à ses amis. Seulement, ce scoop était si invraisemblable qu'il craignait que ces derniers ne le traitent de mythomane. Il glissa une main dans la poche arrière de son pantalon de treillis et en sortit son téléphone portable.

Il s'assura que le flash et le son du déclencheur de l'appareil photo intégré étaient neutralisés, s'accroupit puis braqua l'objectif vers le couple.

Michael et Dana, torses nus, étaient enlacés sur le lit de James, visiblement disposés à aller plus loin qu'une simple séance de câlins. Kevin enfonça le bouton à deux reprises puis observa le résultat. Les clichés étaient un peu pixelisés, mais l'identité des modèles et la nature de leurs activités ne faisaient aucun doute.

À cet instant précis, le téléphone se mit à sonner.

— C'est ton portable ? demanda Dana.

— Je crois que ça vient de la salle de bains. Ça ne peut pas être celui de James. S'il l'avait oublié, la batterie serait à plat, depuis le temps qu'il est parti en mission.

Sur ces mots, le garçon se leva. Terrorisé, Kevin recula

jusqu'aux toilettes, tira la chasse et porta le téléphone à son oreille.

— Salut, Rat, bredouilla-t-il.

Michael poussa la porte de la salle de bains.

— Qu'est-ce que tu fous là ? gronda-t-il.

— Je suis à toi dans une seconde, chuchota Kevin en plaçant une main sur le microphone. Oui, Rat, j'arrive. C'est bon, j'ai changé de baskets, mais il fallait que j'aille aux W-C. Je vous retrouve en bas dans deux minutes.

Il coupa la communication puis glissa calmement le portable dans sa poche.

— Karen est en train de bricoler mes toilettes, expliqua-t-il.

— Ah bon, dit Michael, visiblement mal à l'aise.

À l'évidence, il soupçonnait Kevin d'en avoir trop entendu.

— Et toi, qu'est-ce que tu fabriques dans la chambre de James ? demanda ce dernier.

— Oh... eh bien... je changeais de T-shirt. James m'a autorisé à emprunter ses fringues en son absence.

— Ah.

— La prochaine fois, pousse le verrou.

Kevin haussa les épaules.

— Vu que James est en mission, je ne pensais pas avoir de la visite.

Il se planta devant le lavabo et se lava les mains pour la seconde fois.

— Bon, il faut que j'y aille. On doit s'entraîner à tirer au lance-pierres.

Il se glissa hors de la salle de bains et salua Dana, l'air parfaitement détaché. Elle avait enfilé son T-shirt noir, mais l'une des bretelles de son soutien-gorge, dissimulé à la hâte sous un oreiller, était parfaitement visible.

6. Jingle Bells

John Jones, le contrôleur de James, était étendu sur le canapé, les pieds posés sur la table basse. Il ôta ses lunettes de lecture, se tourna vers l'écran de télévision et découvrit un Strand dévasté, jonché de verre brisé.

— Viens vite, ils montrent les premières images ! s'exclama-t-il.

James Adams posa une barquette de macaronis réchauffés au micro-ondes et une canette de Coca sur un plateau, puis franchit la porte de la cuisine. John lui fit un peu de place à ses côtés.

— Quel massacre ! lança James, tout excité. Ça a dû dégénérer après mon départ. Il y a des débris jusqu'à Waterloo Bridge.

John hocha la tête.

— En chemin, ils ont pillé des dizaines de magasins à Covent Garden. Une soixantaine de manifestants ont été arrêtés. Deux policiers se sont fait tabasser, un troisième a été légèrement brûlé par un cocktail Molotov, mais rien de dramatique à déplorer.

— Je suis rassuré. Je m'en serais voulu de ne pas avoir dénoncé Bradford aux autorités si quelqu'un avait été gravement blessé ou tué. Qu'est-ce qu'ils racontent, à la *BBC* ?

— C'est l'hystérie, comme on pouvait s'y attendre. Le chef de la police métropolitaine a mis en cause les services de renseignement et l'insuffisance des effectifs mis en place au début de la manifestation. On t'a vu à l'écran pendant deux secondes, derrière les barrières. J'ai failli ne pas te reconnaître, avec ta capuche.

— Je ne m'attendais pas à voir débouler autant de monde, dit James. J'avais tablé sur deux cents manifestants, tout au plus.

— Les flics se sont fait avoir comme des débutants, soupira John.

— En plus, Bradford a tout fait dans les règles : il disposait d'une autorisation officielle, il a respecté la zone de regroupement, il s'est mis en marche au moment où le souhaitait la police et a disparu du cortège lorsque la manifestation a commencé à tourner à l'émeute. Sur le plan légal, les flics n'ont rien contre lui.

— Chris Bradford est un malin, dit John en se penchant pour attraper plusieurs dossiers posés sur la table basse. C'est pourquoi nous devons l'empêcher à tout prix de mettre la main sur un stock d'explosifs ou d'armes à feu...

— Si ça se trouve, le succès de la manifestation l'incitera à abandonner ses projets terroristes. C'est le désintérêt des journalistes pour les activités du GAU qui l'a conduit à se radicaliser, et cette émeute va le ramener au premier plan.

John secoua la tête.

— Bradford ne pourra plus jamais renouveler un coup comme celui-là. Désormais, dès qu'il mettra un pied dans la rue, même pour sortir son chien, il devra faire face à des forces antiémeutes chauffées à blanc. Tout ça est parfaitement calculé. Sous la pression des médias, les autorités vont concentrer leurs efforts sur la prévention de nouveaux incidents sans s'imaginer une seule seconde que la menace a changé de nature.

James avala une dernière bouchée de macaronis puis déposa le plateau sur la moquette.

— J'ai reçu les résultats que nous attendions, dit John.

Il ouvrit l'un des dossiers et en sortit une photo anthropo-métrique issue des fichiers de la police.

— Selon le laboratoire d'analyse audio du MI5, voici l'homme qui a joint Chris Bradford sur son mobile la nuit dernière et l'a convoqué à la réunion de ce soir. Ce résultat est fiable à quatre-vingt-dix-neuf pour cent.

— Qui est-ce ?

— Richard Davis, alias Rich. Cette photo a été prise il y a une vingtaine d'années. C'est un ancien membre de l'IRA[4]. Il a été condamné pour meurtre et actes de terrorisme, mais il a été libéré après seulement douze ans d'emprisonnement en vertu des accords de paix de Belfast. Depuis, il a disparu de la circulation, mais il est soupçonné d'avoir organisé la filière soviétique d'approvisionnement en armes de l'IRA.

James ouvrit grand les yeux.

— Je ne savais pas que les Soviétiques avaient fourni des armes à l'IRA.

— Les gens pensent généralement que les États commu-nistes livraient des armes aux groupes terroristes d'extrême gauche. En vérité, ils fournissaient sans sourciller tous les activistes susceptibles de déstabiliser les gouvernements occidentaux. L'IRA avait davantage de difficultés à cacher son arsenal qu'à se le procurer. Il y a quelques années, des dizaines de lance-grenades et vingt caisses d'AK47 ont été découverts sur le chantier d'un lotissement à proximité de Dublin. Ce matériel n'était plus en état de fonctionner, mais il est probable qu'une partie du stock de l'IRA est encore en circulation.

— Mais les véritables effectifs du GAU sont plutôt maigres, fit observer James. Ce ne sont que des anars tout

---

4. L'Irish Republican Army (Armée républicaine irlandaise) est un groupe para-militaire luttant pour le rattachement de l'Irlande du Nord, province britannique, à la République irlandaise (NdT).

juste bons à lancer des pavés et des cocktails Molotov. Je ne les vois pas se transformer en un groupe paramilitaire organisé. Je suppose que Bradford envisage une action spectaculaire impliquant l'usage d'un lance-roquettes ou d'explosifs.

— Peut-être... Certaines relations d'affaires de Davis sont aujourd'hui à la tête de l'industrie de l'armement russe et, selon nos informations, ils n'ont pas rompu le contact. Non seulement il est en mesure d'exhumer le vieil arsenal de l'IRA, mais il pourrait aussi importer du matériel neuf depuis la Russie ou l'Ukraine.

— Et c'est le sujet de la réunion de ce soir, j'imagine...

— Probable. Tu as été chargé de jouer les gardes du corps mais, quoi qu'il arrive, efforce-toi d'éviter tout affrontement physique. Bradford ne sait pas où il met les pieds. Il est rusé, mais il ne boxe pas dans la même catégorie que Davis. Nous allons laisser la rencontre se dérouler afin de rassembler des informations sur ce dernier. Tu emporteras quelques dispositifs de géolocalisation et tu t'en serviras si l'occasion se présente. Notre objectif principal, c'est d'obtenir l'immatriculation de sa voiture. Elle nous mènera à son adresse, et nous pourrons alors placer un système de surveillance digne de ce nom.

— Ni Bradford ni Davis ne seront arrêtés ce soir, quoi que nous apprenions ?

— Et ça nous mènerait où ? demanda John. Deux types complotant dans une pièce ? Au mieux, on pourrait espérer les mettre au trou pendant deux ans pour conspiration criminelle. Nous procéderons à leur arrestation lorsque nous aurons une chance de les prendre en flagrant délit, de saisir leur arsenal et de présenter des preuves solides devant le tribunal.

— Ça risque de prendre des mois, soupira James. Je ne sais pas si je vais pouvoir supporter ces tarés et cette coupe de cheveux débile aussi longtemps...

— On t'a trouvé une excuse pour rentrer au campus à Noël. Tu es censé rendre visite à ta vieille tante.

— Et toi ?

John sembla décontenancé.

— Ma fille passe les fêtes chez sa mère et son nouveau copain, alors je rentrerai sans doute au campus avec toi. Si on ne travaille pas le vingt-sept, je l'emmènerai faire du shopping et je la laisserai faire chauffer ma carte de crédit.

James consulta sa montre.

— Oh, il est déjà six heures et quart. Il faut que je prépare mon équipement.

John bâilla à s'en décrocher la mâchoire puis éteignit le poste de télévision.

— Je vais passer un coup de fil à mon contact du MI5. Davis vous ordonnera d'éteindre vos portables avant de vous informer du lieu de la réunion, alors place un mouchard dans ta botte afin que je puisse vous filer en voiture.

...

Le minibus cabossé se traînait à soixante kilomètres heure sur la route de campagne. Dennis King, doyen des contrôleurs de CHERUB, se trouvait au volant. Maureen Evans, sa jeune assistante, était assise à ses côtés. Sept agents, entassés sur les banquettes, reprenaient à tue-tête la version de *Jingle Bells* diffusée à la radio.

Rat et Lauren brandissaient le poing en cadence, grattaient leurs guitares imaginaires et frappaient joyeusement du pied. Andy et Bethany chantaient d'une voix haut perchée. Ronan, une joue collée à la vitre arrière, fredonnait sans grande conviction.

Kevin glissa son portable dans la main de Jake.

— Jette un œil, mais il ne faut pas que Lauren soit au courant.

Au campus, Jake était constamment entouré d'une petite bande de garçons de son âge dont Kevin rêvait de faire partie. Les clichés de Michael et Dana lui offraient une occasion inespérée de se faire remarquer favorablement.

Jake observa l'écran et reconnut la partie inférieure du poster Harley-Davidson qui ornait l'un des murs de la chambre de James Adams. Il jeta un œil au couple étendu sur le lit.

— Ouais, c'est la chambre de James, et alors ? Je l'ai déjà vu sortir avec Dana, ce n'est pas une nouveauté.

— Si j'étais toi, je regarderais plus attentivement, ricana Kevin.

Jake plissa les yeux et se concentra sur la partie inférieure de l'image.

— Nom de Dieu, gloussa-t-il. C'est pour ça que tu as mis tout ce temps à changer de chaussures…

Sur ces mots, il arracha le portable des mains de son camarade et enfonça nerveusement une séquence de touches.

— Qu'est-ce que tu fabriques ? demanda Kevin.

— Je me l'envoie en MMS. Il m'en faut absolument une copie.

— Non, arrête, je ne veux pas que cette photo circule. Si Michael Hendry tombe dessus, il saura immédiatement que c'est moi qui l'ai prise, et je passerai un sale quart d'heure.

— T'inquiète, c'est pour ma collection personnelle. Je ne la diffuserai pas, c'est promis.

Kevin ne semblait nullement rassuré.

— Ça va, détends-toi, ajouta Jake. Je te croyais plus cool… Tu ne me fais pas confiance ?

— Si mais… promets-moi que tu feras gaffe.

Ronan glissa la tête entre les deux garçons.

— Qu'est-ce que vous complotez, vous deux ?

Ronan était un individu difficile à cerner. Certains jours,

il se montrait étrangement pressant et généreux, comme s'il cherchait désespérément à se faire de vrais amis. Le lendemain, il se faisait remarquer en poussant ses camarades dans l'escalier ou en jetant leur sac de classe sous la douche. Il était aussi brillant que la plupart des autres agents, mais les règles élémentaires des relations sociales lui étaient parfaitement inconnues.

— Mêle-toi de ce qui te regarde, dit Jake.

Ronan fit la moue, détourna le regard quelques secondes, puis, d'un geste vif, s'empara du téléphone portable.

— Eh, rends ça immédiatement ! cria Jake.

Kevin détacha sa ceinture de sécurité, se mit à genoux sur la banquette centrale et saisit le poignet de Ronan.

— Je t'ai dit de me rendre ce téléphone ! hurla-t-il.

— Séparez-vous et retournez à vos places, ordonna Maureen Evans, ou je distribue les punitions !

Ivre de frustration, Kevin dut se résoudre à lâcher prise. Ronan jeta un coup d'œil au téléphone puis le lança en direction de Lauren.

— Eh, Miss T-shirt noir ! J'ai un super cadeau de Noël pour ton frère. Je te conseille d'imprimer cette photo et de la faire encadrer.

Lauren lui adressa un regard méprisant, ramassa le téléphone tombé à ses pieds, sur la moquette, puis découvrit le cliché affiché sur l'écran.

7. Ennemi public numéro un

— Tu es certain de ne pas avoir été suivi ? demanda Chris Bradford.

James prit place sur le siège passager avant d'une Volkswagen Sirocco et claqua la portière. La voiture de sport, avec ses deux cent quarante mille kilomètres au compteur, avait presque vingt ans. Il était sept heures moins le quart, il bruinait et le froid était particulièrement mordant.

— J'ai pris deux bus et un taxi pour brouiller les pistes, mentit James.

— C'est bien.

Le moteur gronda, puis la boîte de vitesses émit un craquement inquiétant.

— À qui appartient ce tas de ferraille ? demanda James.

— À une copine, expliqua Bradford.

Il actionna le levier commandant les essuie-glaces, mais seul l'accessoire côté conducteur se mit en mouvement. Craignant d'apparaître trop au fait des méthodes de la police, James s'abstint de faire remarquer que l'état de délabrement du véhicule avait toutes les chances d'attirer l'attention d'une patrouille de routine.

— Comment as-tu fait pour disparaître aussi facilement de la manif ? demanda-t-il. Tu marchais à côté de l'inspectrice et, la seconde d'après, c'était comme si tu t'étais volatilisé.

— Moi aussi, je t'ai cherché partout, dit Bradford. J'ai

besoin que tu m'accompagnes à la réunion de ce soir, alors je ne voulais pas que tu te fasses arrêter.

— J'ai été submergé par les manifestants. Il en arrivait de partout. C'était complètement dingue.

— C'était le baroud d'honneur de l'ancien GAU, sourit Bradford. Si cette réunion porte ses fruits, on passera à une autre forme d'action. J'ai l'intention de jouer les Guy Fawkes[5]...

— La sécurité autour du Parlement est nettement plus serrée, de nos jours.

— Mais les explosifs sont beaucoup plus puissants. Imagine tous ces voleurs de politiciens en train de courir avec le feu aux fesses, dans leurs costumes à trois mille livres.

James esquissa un sourire et se tourna vers la vitre pour observer une femme qui se battait avec son parapluie dans le vent déchaîné.

En tant que groupe anarchiste, le GAU se déclarait opposé à toute forme d'autorité, de hiérarchie ou de gouvernement. Cependant, il devait sa notoriété au charisme d'un seul homme.

Les révolutionnaires aux discours les plus radicaux voyaient en Bradford un personnage caricatural qui administrait le GAU comme un fan-club. Ce dernier les méprisait de tout son cœur : à ses yeux, ils n'étaient que des *losers* velléitaires tout juste bons à refaire le monde autour d'une tasse de café issu du commerce équitable.

Lors de la phase de préparation de la mission, James avait étudié les thèses anarchistes. De son point de vue, il n'y avait pas plus stupide : bien entendu, personne n'aimait les interdits et les obligations, mais le monde serait livré au chaos si chacun était libre d'agir à sa guise, sans autorités ni règles établies.

---

5. Guy Fawkes est le membre le plus célèbre d'une conspiration visant à faire exploser le Parlement de Westminster à l'aide de huit cents kilos de poudre placés dans les caves, en 1606 (NdT).

Il avait infiltré le groupe pendant six semaines avant de gagner la confiance de Bradford. À son contact, il s'était rangé à l'avis de ses opposants. Le GAU n'avait pas grand-chose à voir avec la politique. Il était le fruit des aspirations de son leader, un enfant gâté qui préférait passer son existence à fomenter des émeutes et des attentats plutôt que d'achever ses études d'économie avant de prendre la place qui lui était réservée dans le cabinet comptable de son père.

Quinze kilomètres après avoir quitté le centre de Londres, la Volkswagen atteignit les abords de *L'Oasis*, un hôtel de luxe qui accueillait des couples fortunés pour des week-ends golf et remise en forme.

La voiture s'engagea dans un parking où étaient stationnées un nombre impressionnant de Jaguar et de Mercedes.

— J'enverrais bien quelques types du GAU pour leur refaire la carrosserie, à ces pourris, lança Bradford.

Cette remarque puérile prouvait une fois de plus qu'il n'était pas de taille à se mesurer à des trafiquants d'armes internationaux.

Les deux complices quittèrent la voiture et se dirigèrent vers l'entrée de l'établissement. Leur dégaine attira l'attention de clientes dont la moindre bague, la moindre boucle d'oreille valait davantage que la vieille Volkswagen. Le portier les considéra comme s'ils venaient de débarquer d'une soucoupe volante.

— Que puis-je faire pour vous, messieurs ? demanda-t-il.

— On a rendez-vous, gronda Bradford en poussant d'autorité la porte vitrée.

James considéra les dalles de marbre blanc, les bouquets de fleurs séchés et la fontaine qui ornaient le vaste hall d'entrée. Conscient que sa crête verte suscitait la curiosité des clients, il rabattit la capuche de son hoodie et suivit son complice jusqu'aux ascenseurs.

— Vous faites vraiment tout pour vous faire remarquer, dit

un homme au fort accent irlandais, en posant une main sur l'épaule de Bradford.

James observa l'inconnu au visage grêlé et estima qu'il était trop jeune pour être Rich Davis.

— Où sont vos téléphones portables ?

— On s'en est débarrassé, comme on nous l'a demandé.

— Et personne ne vous a suivis ?

Bradford secoua la tête.

— On a pris des bus et des taxis, puis une bagnole immatriculée au nom d'un revendeur de véhicules d'occasion.

— OK.

— C'est quoi, votre nom, déjà ? demanda Bradford, visiblement mal à l'aise, lorsque les portes de l'ascenseur s'écartèrent.

— Il n'est pas nécessaire que vous connaissiez mon identité. Le seul nom dont vous devez vous souvenir, c'est celui de Rich Kline. Et je peux vous dire qu'il est absolument furieux contre vous.

Sur ces mots, l'inconnu enfonça le bouton du cinquième étage.

— Il m'a dit qu'on avait rendez-vous dans la chambre 603, fit observer Bradford.

— Mr Kline est un homme prudent.

James considéra l'Irlandais et estima qu'il s'agissait d'un garde du corps. Il s'exprimait avec l'accent des faubourgs de Belfast, mais son costume était bien taillé et sa montre Omega semblait authentique.

Au sortir de l'ascenseur, l'homme colla un téléphone portable à son oreille.

— Tu as vu quelqu'un entrer derrière eux ? demanda-t-il avant de hocher la tête.

Il coupa la communication puis composa un autre numéro.

— Rich... Bradford est arrivé... Oui... Très bien, c'est compris.

Le garde du corps rabattit le clapet de son mobile, tira de sa poche une carte magnétique puis la tendit à son hôte.

— Le patron est en train de dîner. Il vous recevra dans environ trois quarts d'heure.

Bradford tressaillit.

— C'est une blague ?

— Allez patienter dans la chambre au bout du couloir, ou tirez-vous. Mr Rich est un homme sérieux. Compte tenu de ce qui s'est passé aujourd'hui, vous pouvez vous estimer heureux qu'il n'ait pas purement et simplement annulé cette rencontre.

— Je ne comprends pas. Que me reproche-t-il ?

Le garde du corps fit un pas en direction de Bradford puis fit craquer ses phalanges.

— Ah, vraiment, vous ne comprenez pas ? L'émeute du Strand a fait de vous l'ennemi public numéro un. Vous êtes venu à ce rendez-vous à bord d'une voiture repérable à des kilomètres et vous êtes accompagné d'un lycéen teint en vert et coiffé comme un balai à chiottes. Mr Kline souhaite que vous attendiez dans votre chambre jusqu'à ce que nous soyons certains qu'aucun client de l'hôtel ne vous a reconnu. Je vous signale que votre interview est passée au journal de dix-huit heures. Vous comprenez, à présent ?

James, qui connaissait le tempérament volcanique de Bradford, préféra intervenir avant qu'il ne perde le contrôle de ses nerfs.

— C'est très clair, dit-il en s'emparant de la carte magnétique. Nous patienterons, ne vous inquiétez pas.

— Parfait, conclut le garde du corps. Vous pouvez commander à manger auprès du room service. Nous réglerons la note. Je vous passerai un coup de fil dès que Mr Kline sera prêt à vous recevoir.

Sur ces mots, l'homme franchit la porte donnant sur l'escalier de secours.

— Ça ne sent pas bon, lâcha Bradford. Soit il s'agit d'un

piège, soit Rich essaye de nous montrer qui est le boss. Dans les deux cas, tout ça ne me dit rien qui vaille.

∴

Dennis King déposa les agents à proximité d'un lotissement rural situé en périphérie d'une petite ville des Midlands, et les laissa parcourir à pied les trois kilomètres qui les séparaient du Centre de contrôle du trafic aérien. Parvenus aux abords du complexe, les cinq garçons franchirent une barrière de bois et progressèrent à travers champs. Lauren et Bethany continuèrent à marcher droit devant elles, au bord de la route menant au portail principal.

Le CCTA était un parallélépipède de béton comportant trois étages, aux parois percées de fenêtres en PVC. Deux particularités permettaient de le distinguer d'un lycée ou d'un hôpital : une batterie d'antennes-satellites placées sur le toit et un pylône de cent mètres de hauteur coiffé de trois radars rotatifs et d'une grande sphère blanche semblable à une balle de golf géante posé sur un tee démesuré.

Lauren et Bethany s'engagèrent sur la bande de gravier qui séparait la route du périmètre sécurisé. Les véhicules qui frôlaient Lauren et Bethany soulevaient des gerbes d'eau glacée. Elles se mirent à couvert derrière un buisson.

— Tu crois que James se doute de quelque chose ? demanda Bethany en faisant glisser la fermeture Éclair de son sac à dos.

— Je ne sais pas s'il soupçonne Dana de le tromper, mais la dernière fois que je l'ai eu au téléphone, il m'a confié qu'il la trouvait bizarre, ces derniers temps.

— Si tu veux mon avis, ça fait un moment que leur relation se dégrade. Tu te rappelles du dernier stage de secourisme ? Ils étaient partenaires, mais ils ne se sont pratiquement pas adressé la parole.

— Je ne vais rien lui dire, dit Lauren. Ce serait trop dur à encaisser, juste avant Noël.

— Fais gaffe. S'il apprend que tu étais au courant, il va t'en vouloir à mort.

— Je sais, c'est un risque à courir. Mais James sera de retour au campus dans quelques jours. Si Dana se sent le courage de lui dire la vérité et de lui pourrir les fêtes, je ne peux pas l'en empêcher, mais il est hors de question que ce soit moi qui m'en charge.

— Dès notre retour au campus, tout le monde sera au courant. Jake et sa clique sont incapables de tenir leur langue.

— Ça restera une rumeur. J'ai forcé Kevin à effacer la photo.

À cet instant précis, le téléphone de Lauren se mit à vibrer.

— Rat, je t'écoute, dit-elle.

— On est en position, prêts à tirer. On attend votre signal.

— Ça s'est calmé, entre Kevin et Ronan ?

— L'un est furieux, l'autre fait la tronche, mais je crois que la crise est passée.

— Et Jake ?

— Odieux, comme d'habitude.

— Eh, j'ai tout entendu ! protesta Jake, qui se tenait près de Rat.

— On sera devant le portail dans deux ou trois minutes, conclut Lauren. Je te rappelle dès qu'on est à l'intérieur.

— Finalement, poursuivit Bethany, vu la façon dont James considère les filles, ça ne lui fera peut-être pas de mal de se faire larguer.

— On peut parler d'autre chose ? dit Lauren, que cette conversation commençait à lasser. Pour le moment, la vie sentimentale de mon frère n'est pas une priorité. Tu as le faux sang ?

— Ouais, répondit Bethany en dévissant le bouchon d'un tube métallique.

Lauren s'allongea dans le gravier mêlé de boue puis s'y roula consciencieusement afin de souiller ses vêtements. Enfin, elle détacha ses cheveux et les ébouriffa.

— Ça fait son petit effet, dit Bethany en brandissant un canif. Je vais faire quelques trous dans ta chemise. Ne gigote pas...

— Je ferai passer une note de frais à la direction. Je profiterai des soldes pour m'offrir un jean neuf et deux chemisiers.

— Arrête de délirer. Tu as acheté ce T-shirt trois livres chez *H & M*. Qu'est-ce que tu pourrais te payer pour ce prix-là ?

— Ne sois pas débile. Je l'estimerai à vingt livres.

— Belle mentalité... sourit Bethany.

8. Faille de sécurité

Joe Prince venait de prendre son service au poste de sécurité situé à l'entrée du Centre de contrôle du trafic aérien. À vingt-huit ans, père de trois enfants, il était heureux d'avoir retrouvé un emploi après deux ans d'inactivité, conséquence de la faillite de la laiterie locale.

Il était chargé de garder l'œil rivé à des rangées d'écrans de surveillance LCD pendant douze heures. C'était un travail ennuyeux. Entre dix-huit et dix-neuf heures, une douzaine de techniciens regagnaient leur domicile à bord de leur BMW de fonction. Ces spécialistes avaient reçu pour mission de détecter d'éventuelles failles de sécurité avant l'ouverture du centre prévue pour les premiers jours de 2008. Joe, qui recevait le salaire minimum légal, jalousait leur train de vie. En outre, l'administration leur avait promis une prime de soixante mille livres si le centre ouvrait à la date prévue sans dépassement de budget.

Une voix enfantine résonna dans le haut-parleur encastré dans le plafond du poste de sécurité.

— J'ai besoin d'aide...

C'était la première fois qu'il entendait fonctionner l'interphone destiné aux piétons se présentant à l'entrée principale. Il posa un magazine consacré à la pêche sur ses genoux, fit rouler sa chaise jusqu'à la console et contempla avec stupeur l'image en couleur diffusée par l'un des écrans LCD.

Les vêtements de l'adolescente qui avait actionné l'interphone étaient déchirés, son visage était maculé de sang.

— S'il vous plaît, gémit-elle. Il y a quelqu'un ? Par pitié, aidez-moi.

Les règles de procédure offraient à Joe un large éventail d'options, de l'ouverture du portail au bouclage général d'urgence. Sensible à la détresse de la jeune fille, il suivit son instinct : il quitta le poste de sécurité et parcourut au pas de course les cinq mètres qui le séparaient de l'entrée principale.

— Ma pauvre petite, dit-il en considérant l'inconnue à travers les barreaux. Que t'est-il arrivé ?

— J'étais en ville, sanglota Lauren tandis que Joe glissait un pass magnétique dans le panneau commandant l'ouverture du portail. Des hommes m'ont fait monter de force dans leur voiture et… oh, mon Dieu !

Comme tous les agents de CHERUB, elle avait appris à pleurer sur commande et à mentir sans trahir le moindre signe d'embarras. Elle offrait un spectacle si convaincant que Joe sentit les larmes lui monter aux yeux.

— Tu n'as plus rien à craindre, dit-il d'une voix étranglée. Je vais t'emmener à l'intérieur, puis j'appellerai la police et tes parents. J'ai des trucs à grignoter et des boissons chaudes.

Lauren boita jusqu'à Joe puis referma ses bras autour de sa taille épaisse avant qu'il ne puisse verrouiller la grille.

— Merci, pleurnicha-t-elle. Ils m'ont jeté sur le bas-côté de la route et…

— Ça va aller, ma chérie, dit l'homme en lui frottant le dos.

Du bout des doigts, Lauren repéra la bombe lacrymogène suspendue à la ceinture de son sauveteur et se sentit submergée par un profond sentiment de culpabilité. Joe avait tout l'air d'être un type bien. Il risquait de perdre son emploi pour l'avoir laissée pénétrer dans le complexe.

— J'ai tellement mal au dos, pleurnicha-t-elle.

En un éclair, elle saisit la bombe, recula d'un pas et enfonça le bouton du pulvérisateur.

Joe poussa un hurlement déchirant et tituba vers l'arrière, les mains plaquées sur ses yeux. Lauren lui porta un coup de pied à l'aine, le contraignant à se plier en deux. Bethany franchit le portail, se posta dans son dos et brandit son couteau.

— Fais ce qu'on te demande, ou je te plante, dit-elle. Direction le poste de sécurité, *en vitesse*.

Craignant d'être repérées par les autres vigiles en poste dans le complexe, les deux filles préféraient ne pas s'attarder en terrain découvert. Lauren introduisit le pass de Joe dans le lecteur du portail. Bethany poussa son prisonnier vers la guérite.

— Il n'y a rien à voler, ici, bredouilla l'homme. Vous feriez mieux de partir si vous ne voulez pas avoir de sérieux ennuis.

— La ferme, gronda Bethany. Tu parleras lorsqu'on te donnera la parole.

En dépit de la lame pointée dans son dos, Joe restait convaincu qu'il était en mesure de maîtriser l'adolescente qui le menaçait. Dès qu'il se trouva dans le poste de sécurité, il bondit vers la console, écarta la chaise roulante d'un coup de pied puis approcha la main du bouton commandant l'alarme générale. Bethany plongea deux doigts entre les côtes du garde, occasionnant un spasme incontrôlable qui l'envoya rouler sur le lino.

— Qu'est-ce que j'ai dit ? hurla la jeune fille en posant la lame du couteau sur la nuque de sa victime. Tu ne nous prends pas au sérieux ?

— Je ne sais pas ce que vous avez en tête, mais je vous jure que vous ne pourrez pas refourguer le matériel qui se trouve dans cette pièce. Prenez mon portefeuille, si vous voulez. Il doit y avoir trente livres à l'intérieur.

— Si tu prononces encore un mot, je te bute.

Bethany aperçut une photo de famille placée sur la console. Joe et sa femme y posaient en compagnie de leurs trois filles. L'une, assise sur les genoux de son père, n'était encore qu'un nourrisson. La plus grande, âgée de six ans, adressait à l'objectif un sourire auquel manquaient deux incisives.

Lauren attacha les chevilles et les poignets de Joe.

Bethany brandit le cadre photo.

— Elles sont mignonnes, dit-elle avant de s'emparer du talkie-walkie suspendu à la ceinture du gardien. Si tu veux les revoir, tu vas faire exactement ce qu'on te demande.

Joe hocha la tête.

— Parfait. Je veux que tu lances un appel radio. Explique à l'équipe de sécurité que tu as repéré quelque chose sur l'écran de contrôle, du côté du silo à grains, à l'arrière du bâtiment.

— Tu as intérêt à être convaincant, ajouta Lauren.

Bethany tendit le talkie-walkie devant le visage de Joe.

— Vas-y, parle, ordonna-t-elle avant d'enfoncer le bouton émetteur.

Le gardien déglutit avec difficulté.

— Ici Joe, à l'entrée principale, dit-il. Désolé de vous déranger mais je crois que j'ai vu quelque chose bouger près du silo.

— Laisse tomber, on regarde un DVD, répondit l'un de ses collègues. Ça doit encore être un mouton, et il fait un froid de canard, dehors.

On entendit distinctement les autres membres de l'équipe éclater de rire.

Lauren était consternée : les communications échangées par le personnel durant le test de sécurité étaient enregistrées. À coup sûr, le comportement non professionnel des vigiles coûterait à la société qui les employait la perte du contrat signé avec le gouvernement.

— Quelle bande de feignants, chuchota Bethany. Dis-leur que tu es certain qu'il s'agit d'un rôdeur.

— Je ne plaisante pas, les mecs, poursuivit Joe. Je suis pratiquement sûr d'avoir vu un type marcher près de la clôture. Si vous n'intervenez pas, je serai obligé de rédiger un rapport.

— Eeeh, ça va, inutile de t'énerver, ricana son collègue. OK, shérif, on va aller jeter un coup d'œil.

— Bien joué, dit Bethany avant d'obstruer les yeux et la bouche de Joe à l'aide de ruban adhésif.

Lauren composa un numéro sur son téléphone portable.

— Rat, la sécurité ne va pas tarder à débarquer. Vu ce qu'on vient d'entendre à la radio, je crois que vous n'avez pas beaucoup de souci à vous faire.

...

À l'examen des plans du CCTA, les agents avaient constaté que l'entrée principale était protégée par une solide enceinte sécurisée, mais que la clôture située du côté opposé était à peine digne d'un terrain de basket.

À l'origine, tout le périmètre du complexe devait offrir le même degré de sécurité, mais l'administration locale avait mis son veto, arguant qu'un tel dispositif défigurerait le paysage. Les responsables du projet, trop heureux de pouvoir économiser un demi-million de livres, n'avaient pas insisté. C'était exactement le type d'erreurs de conception que CHERUB et le MI5 étaient chargés de mettre en relief lors des tests de sécurité.

Rat et ses quatre complices avaient pataugé dans un champ boueux et s'étaient postés à une vingtaine de mètres du périmètre. Ronan et Kevin, les plus jeunes membres du commando, avaient rampé jusqu'au grillage puis avaient pratiqué deux brèches à l'aide de pinces coupantes avant de rejoindre leurs complices.

Celle de Ronan était facile à repérer. Il avait relevé le pan de treillis métallique et y avait coincé un gant de ski orange fluo. Celle de Kevin se trouvait à quinze mètres de là. Elle était plus étroite, presque impossible à localiser dans la pénombre.

Andy fut le premier à repérer la lueur des torches électriques entre les arbres récemment plantés. Jake jeta un œil dans sa paire de jumelles.

— Ils sont cinq, dit-il.

— Zut, lâcha Rat. Le sixième membre de l'équipe a dû rester dans la salle de sécurité. Jake, Andy, Ronan, préparez-vous à entrer.

— À vos ordres, capitaine Rathbone ! lança Andy avant d'adresser à son camarade un salut militaire puis de courir vers la clôture, Jake et Ronan sur ses talons.

Trois cents mètres séparaient le périmètre du complexe du centre de contrôle. Les quatre vigiles marchaient côte à côte en bavardant. L'un d'eux alluma une cigarette.

Rat se tourna vers Kevin.

— Ils ne prennent pas l'alerte au sérieux. À ton avis, quel entraînement ont-ils reçu ?

— Une demi-journée d'initiation à la self-défense, tout au plus, ironisa son ami.

— Tu te sens prêt ?

— À vrai dire, je suis un peu nerveux. Je sais que ce n'est pas une mission très importante, mais c'est ma première opération sur le terrain.

Rat posa une main rassurante sur l'épaule de Kevin et sortit son mobile.

— Je vais appeler Lauren pour lui demander de rechercher le sixième vigile.

Andy, Jake et Ronan se postèrent au pied de la grille. Il ne leur restait plus qu'à attendre que les capteurs de mouvement soient désactivés pour franchir le périmètre du centre.

Alertés par le faisceau d'une puissante lampe torche, les trois garçons se jetèrent à plat ventre.

Comme prévu, les gardes repérèrent immédiatement le gant orange fluo marquant l'emplacement de l'ouverture pratiquée par Ronan.

— Karen, tu m'entends ? dit l'un d'eux dans son talkie-walkie. On dirait que Joe avait raison. Quelqu'un a découpé le grillage, mais s'il était entré, il aurait déclenché l'alarme. Tu peux désactiver les capteurs, qu'on puisse jeter un œil ?

Quelques instants plus tard, deux vigiles se dirigèrent vers la brèche.

— Ils ont mordu à l'hameçon, chuchota Andy. Faites le moins de bruit possible et gardez la tête baissée. Les visages accrochent la lumière des lampes électriques.

— Tu me prends pour un débutant ? répliqua Jake.

Lorsque les deux gardes atteignirent l'ouverture signalée par le gant, Rat entendit la respiration de Kevin s'accélérer. Il sortit son lance-pierres et un petit sac en tissu de la poche de son blouson. En dépit des dix mètres qui le séparaient de la clôture et de ses doigts engourdis par le crachin glacial, il était convaincu d'atteindre sa cible.

— C'est des mômes qui ont fait le coup, dit l'un des gardes en désignant le gant de petite taille coincé entre les mailles du grillage.

À la lumière de sa lampe torche, il examina les empreintes de pas et de mains laissées intentionnellement dans la boue par Ronan.

— Ils ne doivent pas avoir plus de dix ou onze ans, ajouta le vigile.

— Si ça se trouve, ils sont toujours dans le coin, fit observer le quinquagénaire au crâne dégarni qui l'accompagnait. On va jeter un coup d'œil ?

— Laisse tomber. T'as vraiment envie de courir dans la boue après des gamins ?

— Ken, on ferait mieux d'appliquer la procédure. Si les autorités ordonnent une enquête, je préférerais qu'ils n'aient rien à nous reprocher.

— Mais les empreintes constituent des pièces à convictions, insista Ken avec une mauvaise foi évidente. Si on franchit cette brèche, on risque de les effacer.

Rat, qui comptait placer son attaque au moment où les gardes se trouveraient à l'extérieur du périmètre, poussa un soupir de frustration. Dans cette situation, les billes risquaient de ricocher contre le treillage métallique.

Constatant que les gardes s'apprêtaient à tourner les talons, il décida de tenter sa chance.

Il se redressa, arma son lance-pierres et visa le ventre de Ken. Cette partie du corps offrait une cible plus large et minimisait les risques de blessure grave. La bille d'acier frôla une maille du grillage, changea légèrement de trajectoire et emporta la casquette du vigile.

— Qu'est-ce que c'est que ce bordel ? s'exclama ce dernier, sans comprendre l'origine du phénomène.

La deuxième bille fendit les airs et l'atteignit à l'abdomen. Kevin, posté un mètre derrière Rat, visa une partie non vitale du second vigile, mais il n'avait suivi qu'un bref entraînement au maniement du lance-pierres, et le projectile toucha la nuque de sa victime. L'homme laissa échapper un cri de douleur.

Les trois autres gardes comprirent que leurs collègues étaient pris pour cible.

— On se replie ! cria l'un d'eux avant de faire volte-face.

Mais Andy, Jake et Ronan, qui avaient pénétré discrètement à l'intérieur du périmètre, les prirent à revers. Une pluie de billes d'acier neutralisa deux des fuyards, mais le troisième, indemne, porta la main à son talkie-walkie.

S'il parvenait à alerter sa collègue demeurée dans la salle de contrôle, l'escouade de renforts militaires et la police locale seraient aussitôt dépêchées sur les lieux. Rat bondit vers la clôture, franchit la brèche puis neutralisa le dernier vigile d'un ultime tir entre les omoplates.

Les cinq gardes se tordaient de douleur dans l'herbe humide. Kevin frappa l'un d'eux à la tempe puis, profitant de son état de confusion, s'empara de sa bombe de gaz lacrymogène. Un à un, sous la menace de cette arme, les vigiles se laissèrent entraver chevilles et poignets.

— Excellent travail, les gars, dit Rat avant de composer le numéro de Lauren sur son téléphone portable.

— Comment ça se passe ? demanda-t-elle.

— L'équipe de sécurité est neutralisée. Dépêchez-vous d'entrer dans le bâtiment avant que leur collègue ne se demande où ils sont passés.

9. Smiley

Dès que la porte de la suite s'ouvrit, James reconnut Rich Davis. Il avait grossi, perdu des cheveux et rasé ses favoris à la mode des années soixante-dix, mais c'était sans nul doute l'homme qui avait autrefois figuré en tête des criminels les plus recherchés d'Irlande du Nord.

— Je suis heureux que nous puissions enfin nous rencontrer, dit Chris en serrant la main de Davis.

— J'aimerais partager votre enthousiasme, répliqua ce dernier d'une voix lasse. Bradford, j'ai été condamné à trente ans de prison sur la base de preuves falsifiées par la police. Si le traité de paix n'avait pas été signé, je serais toujours enfermé dans un quartier de haute sécurité. Maintenant que vous êtes l'ennemi public numéro un, sachez que les flics feront tout pour vous coincer. S'ils n'y parviennent pas par des moyens légaux, ils manipuleront les pièces à conviction. C'est pour cette raison que vous devez vous montrer discret. Vous pointer ici dans une poubelle roulante et vous faire accompagner d'un gamin aux cheveux verts était parfaitement *stupide*.

— Il a seize ans. Il sait se battre, et il est trop jeune pour être flic ou journaliste.

Le garde du corps posté dans un angle de la pièce fit à nouveau craquer ses phalanges. James savait que Rich Davis s'efforçait d'établir une relation de domination. C'est pour cette raison qu'il les avait fait patienter près d'une heure et adoptait un ton méprisant. Il n'avait pas l'intention de négocier avec Bradford. Il souhaitait tout simplement lui faire comprendre qui était le patron.

Il se tourna vers le garde du corps.

— Vérifie qu'ils ne portent pas de mouchards, puis raccompagne le gamin en bas. Paye-lui une sucette, si ça lui fait plaisir.

— James reste avec moi, dit Bradford, sans parvenir à maîtriser les tremblements de sa voix.

Le cerbère fit glisser un détecteur de micros sur les vêtements de Chris et de James. Ce dernier, qui portait un micro et deux cellules de géolocalisation, n'était pas inquiet, car le matériel dernier cri fourni par les services techniques de CHERUB était rigoureusement indétectable.

— Pas de micros, pas de téléphones, chef, dit le garde du corps avant de se tourner vers James. Viens, petit. Laissons les grandes personnes parler affaires.

James lui lança un regard noir. Sa mission consistait à rassembler des preuves et à poser des dispositifs d'écoute, mais il ne pouvait pas désobéir à l'ordre qui venait de lui être intimé sans compromettre la rencontre entre Bradford et Davis.

— Il reste, gronda Chris. Et personne ne me donne des ordres, compris ?

— Vous feriez bien de surveiller vos manières, grinça Davis.

Le garde du corps posa une main sur l'épaule de James. Ce dernier considéra sa silhouette un peu lourde et estima qu'il n'aurait aucune difficulté à le maîtriser.

— C'est bon, je viens, ne vous énervez pas, dit-il, l'air soumis, en se tournant vers le gorille.

L'homme afficha un sourire satisfait.

— Allez, magne-toi, petit merdeux, lança-t-il en le poussant brutalement vers la porte.

Outre la volonté évidente de Bradford de ne pas rester seul à la merci de Davis, l'insulte que James venait d'essuyer lui offrait un prétexte pour passer à l'action. Dès qu'il se trouva à un mètre du garde du corps, il fit volte-face et lui porta un coup de pied à l'abdomen.

L'homme tituba vers l'arrière puis s'écrasa contre une commode. Lorsqu'il le vit glisser une main sous sa veste pour s'emparer d'une arme de poing, James se porta à son contact, saisit son pouce, le brisa d'un coup sec puis envoya son adversaire au tapis d'un coup de genou à l'estomac.

— Alors, le vieux, t'as un coup de mou ? lança-t-il avant de s'emparer du pistolet automatique glissé dans le holster de sa victime.

Le garde du corps cracha un filet de sang. Convaincu qu'il ne constituait plus une menace, James pointa l'arme en direction de Davis.

— Eh, du calme, petit... bredouilla ce dernier. Discutons calmement, d'accord ?

— Ne me parlez plus jamais comme à un gamin, gronda James.

Sur ces mots, il ôta le chargeur du pistolet — avec un peu trop d'expérience pour un adolescent ordinaire —, vida les balles dans sa poche, vérifia que la culasse était vide puis remit l'arme à Davis.

Un silence tendu s'installa dans la pièce. L'homme examina longuement le pistolet, puis éclata de rire.

— J'en ai vu des trucs de dingue, dans ma vie, mais des comme ça, jamais. Félicitations, Bradford. Ce petit punk ne paye pas de mine, mais c'est un vrai dur à cuire.

— James est un bon, comme tous mes hommes, dit Chris, à qui cette démonstration de force avait redonné confiance. Maintenant, vous ne croyez pas qu'on pourrait laisser tomber ce combat de coqs et parler affaires ?

68

∴

Le centre avait été conçu pour accueillir deux cent trente contrôleurs civils et militaires chargés de régler le trafic aérien, ainsi que deux cents employés assignés aux départements administratif, informatique, maintenance et restauration.

Le bâtiment était désert. La plupart des plafonniers étaient éteints par souci d'économie d'énergie, si bien que Lauren et Bethany devaient s'orienter à la lueur verdâtre des boîtiers lumineux signalant les issues de secours.

— Le local de la sécurité doit se trouver par ici, chuchota Lauren.

Bethany trébucha contre un seau en plastique à demi rempli d'eau.

— Fais moins de bruit... dit sa camarade. Si cette bonne femme donne l'alerte, on n'a aucune chance de s'en tirer.

Bethany braqua brièvement sa lampe torche vers le plafond et découvrit une large tache d'humidité.

— Les architectes ont fait du beau boulot, ironisa-t-elle.

Lauren aperçut un rai de lumière vive filtrant au pied d'une porte où figurait l'inscription SALLE G117 – SÉCURITÉ – ENTRÉE INTERDITE. Elle y colla l'oreille.

— Eh, les gars, qu'est-ce qui se passe dehors ? dit une femme. Répondez, maintenant. Si c'est une blague, elle ne me fait pas rire du tout.

Lauren fit signe à Bethany de s'approcher.

— Elle est à l'intérieur, chuchota-t-elle, et je crois qu'elle est en train de perdre les pédales. Passe-moi le seau.

— Le seau ?

— Je n'ai pas le temps de t'expliquer. Dépêche-toi.

Lauren ignorait la configuration exacte de la salle, mais elle était convaincue qu'elle était équipée d'un bouton permettant de déclencher l'alarme générale. Elle craignait que la femme n'ait le temps de l'activer dès qu'elle verrait deux inconnues se ruer sur elle.

Elle versa le contenu du seau sur le linoléum de façon à ce qu'il s'écoule à l'intérieur de la pièce.

— Nom de Dieu ! s'exclama la vigile. Saloperie de canalisation ! Je ne suis pas payée pour passer la serpillière.

Elle ouvrit la porte, se retrouva nez à nez avec Lauren et reçut un coup de seau sur le crâne avant de comprendre de quoi il retournait. Mais l'objet était trop léger pour lui faire perdre connaissance. Elle poussa un hurlement, tourna les talons et se précipita vers le panneau de contrôle qui trônait au centre de la pièce.

Lauren plongea, referma les bras autour de ses jambes et la plaqua sur le sol ruisselant d'eau de pluie. Elle la maintint immobile en plaçant un genou entre ses omoplates, puis sortit de sa poche un rouleau de ruban adhésif qu'elle confia à sa complice.

Sans trop savoir pourquoi, Bethany ramassa le seau puis plaça sur la tête de la femme. À ses yeux, les *Oh mon Dieu* étouffés et les vaines tentatives de sa victime pour se libérer étaient absolument hilarants. Elle s'empara d'un marqueur posé près du panneau de contrôle puis traça un *smiley* sur le récipient en plastique.

Lorsqu'elle aperçut le dessin, Lauren fut prise d'un fou rire incontrôlable.

— Je crois que je vais mourir, bredouilla-t-elle, le visage baigné de larmes. Je ne peux plus respirer.

— Je suis vraiment une saleté, lança Bethany, hilare, en fixant le seau sur la tête de sa victime à l'aide du ruban adhésif.

— Tu ne peux pas la laisser comme ça, gloussa Lauren. Il faut qu'elle puisse respirer. En plus, si ça se trouve, elle est enceinte ou asthmatique…

— Rabat-joie, répliqua Bethany.

Elle effectua plusieurs clichés avec son téléphone portable, ôta le récipient, puis bâillonna sa prisonnière dans les règles de l'art : une boule de ruban dans la bouche, juste assez grosse pour immobiliser la langue sans risquer d'obstruer les voies aériennes, puis un rectangle de quinze centimètres sur les lèvres, en prenant soin d'épargner les narines.

Lauren composa le numéro de Rat sur son mobile.

— Qu'est-ce qui te fait marrer ? demanda ce dernier.

— Je t'expliquerai plus tard, soupira la jeune fille en chassant ses larmes d'un revers de manche. Comment ça se passe, de votre côté ?

— Je crois que la température est passée au-dessous de zéro. On a regroupé les gardiens dans l'abri situé sous la tour radar. On attend votre signal.

— Tout est sous contrôle. Rappliquez en vitesse. On a du vandalisme sur la planche.

10. Face à face

— Voyons si nous pouvons nous entendre, dit Rich en invitant Bradford à s'asseoir devant une petite table placée près de la plus haute fenêtre de la suite.

Constatant que le garde du corps était incapable de se relever, James prit une bouteille d'eau minérale dans le minibar et la lui remit.

— Où as-tu appris à te battre ? demanda ce dernier.

James lui tendit la main et l'aida à se redresser.

— Mon père était champion de kick-boxing, mentit-il. Il m'a mis au travail dès que j'ai su marcher.

— J'aurais pu t'avoir, tu sais, dit le garde du corps en examinant son pouce cassé. Tu m'as pris par surprise.

Pour toute réponse, James lâcha un éclat de rire moqueur.

— Au téléphone, vous avez parlé d'un stock d'armes russes, dit Bradford.

Rich fit tomber deux glaçons dans son verre à whisky.

— L'arsenal de l'IRA, précisa-t-il. Mais je peux trouver mieux, si vous êtes intéressé : des explosifs d'Europe de l'Est, des grenades italiennes, des pistolets-mitrailleurs israéliens… Le problème, c'est que tout a un prix, et que je n'ai pas l'impression que vous roulez sur l'or, vous et votre petite bande d'anarchistes.

La conversation devenait instructive, mais l'objectif prioritaire de James consistait à placer un mouchard GPS dans l'un des effets personnels de sa cible.

— Je peux aller aux toilettes ? demanda-t-il.

— Oui, bien entendu, vas-y, répondit Davis, tout sourire.

— Ne tourne pas le verrou, ajouta le garde du corps.

James pénétra dans la salle de bains, ferma la porte, puis déplaça le tapis afin de gêner son ouverture. Il souleva la lunette en prenant soin de la faire cogner contre la céramique, puis il examina les produits de toilette posés dans la cabine de douche et sur la tablette du lavabo.

Il tira de la poche arrière de son jean un disque de trois centimètres de diamètre et de deux millimètres d'épaisseur, puis il inspecta la trousse de toilette dépliable suspendue à côté du miroir. Il y trouva un rasoir Mach-3, un blaireau et un bol en matière plastique contenant un bloc de savon à barbe.

Il s'adossa à la porte et dévissa le couvercle du bol. Les voix de Davis et de Bradford témoignaient de la tension croissante qui régnait entre les deux hommes, mais leurs paroles étaient inintelligibles.

James pressa les bords du bol afin d'en faire sortir le contenu, ôta l'opercule protégeant la face adhésive du mouchard, colla le dispositif au fond du récipient en plastique puis y replaça le savon.

C'était la cachette idéale. Selon toute vraisemblance, Davis n'utiliserait pas le produit jusqu'à la dernière particule et ne découvrirait jamais la cellule. Au pire, il supposerait que le petit disque noir servait à faire tenir le savon au fond du bol.

Lorsqu'il regagna la chambre, il trouva le garde du corps assis au bord du lit, le poing serré sur son pouce cassé. Rich Davis et Chris Bradford se défiaient du regard.

— Vous vivez au pays des Bisounours, ou quoi ? gronda Rich. Vous devriez redescendre sur terre. Si vous voulez du matériel sophistiqué, il va falloir en payer le prix. Je veux bien travailler avec vous, Bradford, mais si vous voulez jouer dans la cour des grands, vous allez devoir vous préoccuper du financement de votre organisation.

— Je ne suis ni un braqueur ni un escroc, et je n'ai aucune intention de me lancer dans le racket.

— Alors, comment comptez-vous vous équiper ? Je hais les institutions britanniques autant que vous. Je veux bien vous avancer quelques armes pour vous mettre le pied à l'étrier, mais je ne suis pas milliardaire. Le GAU doit se donner les moyens de ses ambitions. J'ai trente ans d'expérience dans le domaine du financement de groupes combattants, et je dispose de contacts dans l'industrie de la défense qui peuvent vous fournir tout ce dont vous avez besoin pour commencer.

— Je ne recherche pas un partenaire, dit fermement Bradford.

— Parfait. En ce cas, quel est le but de cette réunion ? Espériez-vous un don pour votre organisation ?

— J'espérais que vous soutiendriez notre cause.

— Vous pensiez vraiment que j'allais vous livrer un stock d'armes, vous laisser filer dans la nature et en faire ce que bon vous semble ?

Bradford baissa la tête et posa les mains sur ses tempes.

— Je croyais que vous aviez des convictions.

— Ça ne m'empêche pas d'être réaliste. Quoi qu'il en soit, nous avons suffisamment perdu de temps. Nous n'avons aucune raison de travailler ensemble.

Rich consulta sa montre puis se tourna vers le garde du corps.

— Prépare les bagages, lâcha-t-il. Nous n'avons plus rien à faire ici.

Habitué à vivre entouré d'une cour de militants dociles, Bradford avait perdu de sa superbe. Il avait fondé tous ses espoirs sur la transformation du GAU en groupe terroriste. La fin de non-recevoir opposée par Rich réduisait ses projets à néant.

— Je ne vous retiens pas, Mr Bradford, insista ce dernier. J'ai un coup de téléphone important à passer.

74

James, le visage fermé, ouvrit la porte de la suite. En vérité, il rayonnait intérieurement : grâce au mouchard qu'il était parvenu à poser, le MI5 pourrait suivre en direct les déplacements de Rich ; il avait prouvé sa loyauté envers Bradford en corrigeant le garde du corps ; en outre, il était ravi que les négociations aient échoué, gage que le GAU resterait incapable de rassembler un arsenal digne de ce nom.

Lorsqu'il s'engagea dans le couloir, il aperçut furtivement une femme policier en tenue d'assaut, le corps à demi penché à l'angle de la cage d'escalier. Elle se mit aussitôt à couvert. Les nerfs à vif, James marcha dans la direction opposée, Bradford à ses côtés.

— Pourquoi ça a mal tourné ? demanda-t-il en jetant un coup d'œil anxieux par-dessus son épaule.

— Il me considère comme un débile, répondit Bradford. Tout ce qui l'intéresse, c'est de prendre le contrôle du GAU.

— Je pense que tu as vu clair dans son jeu.

À cet instant, les portes de deux chambres situées sur leur passage s'ouvrirent à la volée et une dizaine de policiers firent irruption dans le couloir.

— Les mains en l'air ! ordonna l'un d'eux.

D'autres membres de l'équipe tactique d'intervention surgirent de la cage d'escalier, interdisant toute retraite.

— Et merde, lâcha Bradford.

James n'y comprenait plus rien. Cette intervention ne faisait pas partie du plan dressé par son contrôleur de mission, deux heures et demie plus tôt.

11. Une pure théorie

Lorsque les cinq garçons s'immobilisèrent à l'angle du centre de contrôle, Rat brandit son lance-pierres et pulvérisa le pare-brise de la BMW garée devant la porte principale. Ses camarades firent voler en éclats les quatre vitres latérales, brisèrent un phare, puis lâchèrent une pluie de billes d'acier sur la carrosserie.

— *Oh yeeeah!* cria Jake avant de bondir sur le capot et d'arracher les essuie-glaces.

Ronan et Kevin détruisirent les rétroviseurs extérieurs. Rat se hissa au sommet du véhicule et démolit le toit ouvrant à coups de talon.

— Vous vous amusez bien ? demanda Bethany.

— Tu m'étonnes ! répliqua Andy en s'acharnant sur la trappe du réservoir. Je vais faire exploser cette caisse. Ça va faire un sacré feu d'artifice.

— Ne sois pas stupide, gronda Lauren. La détonation s'entendrait à des kilomètres. Allez, rassemblement !

Les agents se regroupèrent devant la porte du bâtiment. Ronan et Kevin, tout excités par l'acte de vandalisme auquel ils venaient de se livrer, gloussaient comme des demeurés.

— Souvenez-vous qu'on est censés être des casseurs, pas des terroristes surentraînés, précisa Lauren. On a quinze minutes devant nous. Ce centre a coûté une fortune, alors je vous demande de vous concentrer sur le mobilier et le matériel léger, pas de foutre le feu à l'immeuble ou de détruire le système informatique. Compris ?

— On va essayer de se contrôler, ricana Ronan.

Lauren empoigna le garçon de onze ans par le col de sa veste et le plaqua contre la porte vitrée.

— J'en ai par-dessus la tête de ton attitude ! rugit-elle. Je te conseille de la fermer une bonne fois pour toutes et de faire *très précisément* ce que je te demande.

Bethany ouvrit la marche à l'intérieur du bâtiment. Jake et Kevin pénétrèrent dans les toilettes pour hommes du rez-de-chaussée, bouchèrent le siphon des vasques à l'aide de papier hygiénique, ouvrirent les robinets en grand puis détruisirent les séchoirs et les distributeurs de savon liquide. Un flot de produit rosâtre se déversa sur le sol, se mêlant à l'eau qui débordait des lavabos. Les deux garçons rejoignirent le hall d'accueil en glissant sur le carrelage comme des patineurs.

Tandis que Bethany s'attaquait au comptoir à l'aide d'un extincteur, Lauren arrachait consciencieusement les plantes vertes en braillant un chant de Noël.

— Où sont passés Rat et les autres ? demanda Jake.

Lauren désigna un couloir sur sa droite.

— Je crois qu'ils sont dans la salle de contrôle.

Kevin et Jake parcoururent trente mètres de galerie puis longèrent la baie vitrée derrière laquelle trônait l'imposant ordinateur central. Ils débouchèrent dans une vaste salle disposant d'une rampe menant aux postes de travail des contrôleurs aériens. Certains ordinateurs étaient déjà connectés et allumés. D'autres étaient en procédure d'installation ou en pièces détachées, si bien que câbles, écrans et unités centrales jonchaient le sol.

— Dommage qu'on n'ait pas le droit de toucher à ce matériel, dit Jake en déchiffrant le numéro affiché sur l'un des moniteurs.

Il chaussa le casque audio posé près de l'ordinateur, enfonça le bouton d'émission et lança :

— Vol AQ71, descendez à deux cents mètres et faites un looping, terminé.

Kevin éclata de rire. Alors, une voix jaillit du haut-parleur intégré à l'écran.

— Vol AQ71 à contrôle. Pouvez-vous répéter vos instructions ? À vous.

— Oups ! lâcha Jake, avant d'ôter les écouteurs et de reculer vivement, comme s'il venait de recevoir une décharge électrique. Je ne savais pas que le système fonctionnait.

Kevin gloussa.

— Tu n'obtiendras jamais le T-shirt bleu marine, si tu provoques un accident aérien.

— Boucle-la, et ne parle à personne de ce qui vient de se passer.

Un choc assourdissant accompagné d'un fracas de verre brisé se fit entendre dans la salle de réunion attenante. Lorsque Jake et Kevin pénétrèrent dans la pièce, ils constatèrent qu'un immense lustre design s'était écrasé sur la table de conférence.

— En plein dans le crochet de fixation, du premier coup ! triompha Rat.

— Je suis témoin, confirma Andy. Ce mec est un dieu du lance-pierres.

Jake renversa l'un des caddies métalliques où les informaticiens remisaient tournevis, clés Allen et autres outils.

— On pourrait s'en servir pour faire une course de chariots le long de la rampe, suggéra Kevin.

— C'est parti ! s'exclama Rat, au comble de l'excitation.

Jake, Rat, Kevin et Andy poussèrent les chariots hors de la pièce puis les alignèrent au sommet de la rampe tapissée de carrés de moquette qui reliait les deux niveaux de la salle de contrôle.

— *Go !* hurla Rat.

Il donna un coup de pied contre le mur qui se trouvait derrière lui, puis se coucha à plat ventre sur son caddie.

— Eh, tu triches ! protesta Jake. Je n'étais pas prêt !

Les chariots équipés de larges roues dévalèrent la rampe à une vitesse inattendue. Chahuté par les vibrations, leur chargement produisait un vacarme infernal.

Rat, qui se trouvait en tête de la course, vit la trajectoire de son caddie modifiée par une dalle de moquette mal ajustée et s'écrasa contre une console. Andy, qui le suivait à moins d'un mètre, le percuta de plein fouet, roula au sol et évita d'un cheveu d'être écrasé par son propre chariot.

Par chance, Jake et Kevin parvinrent à se glisser entre les deux caddies renversés et à poursuivre leur course folle en direction de la cloison qui séparait la salle de contrôle du couloir. Ils se défièrent du regard puis abandonnèrent leurs chariots une seconde avant qu'ils ne percutent le mur.

Bethany et Lauren, couvertes de neige carbonique, pénétrèrent dans la salle.

— Qu'est-ce que c'est que ce bordel ? gloussa cette dernière en considérant l'enchevêtrement de caddies et les outils éparpillés le long de la rampe.

Les quatre garçons se redressèrent péniblement.

— On a bien fait de sauter, fit observer Kevin en examinant la brèche pratiquée par son chariot dans le panneau de bois.

Au même moment, Rat remarqua un gobelet de café *fumant* posé entre deux postes de contrôle.

— Nom de Dieu, s'étrangla-t-il. Je crois qu'on a un gros problème.

— Qu'est-ce qui se passe ? demanda Lauren.

Rat trempa l'index dans le gobelet en carton.

— Ce café est encore brûlant. Ça veut dire qu'un ingénieur se trouvait ici, il y a quelques minutes.

— Je croyais que la BMW qui se trouvait à l'entrée était celle de l'équipe de sécurité, s'affola Bethany.

— Il faut le retrouver au plus vite, dit Andy.

— Impossible, répliqua Lauren. Il y a au moins deux cents salles pour se cacher dans ce bâtiment, et il a sans doute déjà appelé la police.

— Formidable, grommela Kevin. On n'a pas de moyen de transport et le point de rendez-vous avec Dennis se trouve à cinq kilomètres.

Rat dégaina son téléphone portable.

— Ronan ? Où est-ce que tu es ? Tu *quoi* ?… Oui, eh bien, tu ferais mieux de laisser tomber et de te ramener en vitesse.

— Qu'est-ce qu'il fout ? demanda Lauren.

— Il était au premier étage, en train de saccager la cafétéria, et il a vu une femme détaler dans le couloir.

— Ça fait deux témoins en liberté, dit Jake. Qui ça peut être, celle-là ? Une femme de ménage ?

— Qu'est-ce qui te fait dire que ce n'est pas l'ingénieur que nous recherchons ? dit Rat.

Bethany adressa à son frère un regard noir.

— Il a raison. Ce que tu peux être sexiste !

Lauren donna un discret coup de coude à son amie afin de la dissuader de se disputer avec Jake en des circonstances aussi délicates.

— Pourquoi Ronan ne nous a-t-il pas prévenus ? demanda-t-elle.

— Il vient de la voir passer, expliqua Rat. Il a essayé de la tacler, mais elle a réussi à s'enfuir et à se barricader dans un bureau. Par chance, elle a laissé tomber son sac. En vérifiant l'historique des appels de son mobile, Ronan a découvert qu'elle avait appelé la police onze minutes plus tôt.

— Elle a dû vous entendre saccager la voiture, soupira Lauren. Les renforts seront ici d'une minute à l'autre. Il faut qu'on se tire.

À cet instant précis, les lumières et les écrans de la salle de contrôle s'éteignirent. En l'absence de fenêtre, les agents se retrouvèrent plongés dans le noir absolu.

— Quelqu'un a coupé l'électricité *et* le générateur de secours, dit Rat.

— OK, lança Lauren en s'efforçant de conserver son calme. On va sûrement être confrontés à la police militaire. Ce ne sont pas des tendres, et ils connaissent leur métier. Le mieux, pour limiter les dégâts, c'est de nous séparer.

Des pas précipités résonnèrent dans le couloir puis la voix de Ronan retentit dans la salle.

— Je les ai vus, en passant par la réception. Deux vans bourrés de militaires, de flics et de bergers allemands. Il faut absolument qu'on trouve un moyen de foutre le camp.

•••

James avait été interpellé à de nombreuses reprises. Cela n'avait rien de plaisant. Les policiers prenaient un malin plaisir à malmener les prévenus et à les laisser moisir dans des cellules repoussantes sans rien à boire ni à manger.

Convaincu qu'il avait encore une chance d'échapper à l'arrestation, il courut droit devant lui, sans savoir si Bradford aurait la présence d'esprit de l'imiter.

Il écarta brutalement un policier, sentit une main frôler sa cheville et poursuivit sa course. En jetant un coup d'œil par-dessus son épaule, il constata que Chris avait été cloué au sol par trois membres de l'équipe d'intervention. Quatre de leurs collègues défoncèrent la porte de la suite de Rich à l'aide d'un bélier.

Plusieurs policiers étaient armés, mais James savait qu'ils n'étaient autorisés à en faire usage que s'ils se trouvaient confrontés à une menace vitale imminente.

Lorsqu'il s'engagea dans la cage d'escalier, il tomba nez à

nez avec la femme qu'il avait aperçue en sortant de la chambre. Elle fit tournoyer sa matraque et tenta de lui porter un coup à l'abdomen. Emporté dans son élan, James la bouscula sans qu'elle puisse achever sa manœuvre. Elle tomba à la renverse, dégringola une volée de marches et se cogna lourdement la tête contre un mur.

Parvenu au premier étage, il s'engagea sur la coursive qui constituait le palier du grand escalier et découvrit une douzaine de policiers, portant des dossards jaune fluo, rassemblés dans le hall du rez-de-chaussée.

James poussa la première double porte qui se présentait et déboucha dans une salle de banquet déserte. Des centaines de chaises étaient empilées contre les murs. Il contourna les tables à plateau de contreplaqué, bondit derrière le bar situé près de la sortie de secours, puis s'accroupit entre les fûts de bière et la vitrine réfrigérée où étaient conservés sodas et jus de fruits.

Il décrocha le téléphone mural fixé au-dessus d'un présentoir garni de sachets de chips, et composa le numéro de son contrôleur de mission.

— John, qu'est-ce qui se passe ? Pourquoi l'hôtel grouille-t-il de flics ?

— Attends un peu, qu'est-ce que tu racontes ?

— Quoi, tu n'es pas au courant ? Rich et Bradford ont été arrêtés, et je ne sais plus où aller.

— Qu'est-ce que c'est que cette embrouille ? bredouilla John, qui n'en croyait pas ses oreilles. Je... je suppose que d'autres enquêteurs étaient sur la même affaire.

Depuis qu'il travaillait pour CHERUB, James avait maintes fois été informé de la possibilité que deux investigations menées dans le plus grand secret se croisent et se fassent obstacle, mais il l'avait toujours considérée comme une pure théorie.

— Alors, qu'est-ce que je fais ?

— Tire-toi si tu en as la possibilité, mais ne prends pas de risques inconsidérés. Si tu es interpellé, je te ferai sortir dès que possible.

— OK. Mais toi, où es-tu ?

— Je suis garé près d'un pub à environ une demi-heure de…

Une dizaine de membres de l'équipe d'intervention déboulèrent dans la salle de banquet.

— Cette saloperie de punk a dû passer par là, gronda l'un d'eux en se précipitant vers la sortie de secours.

James lâcha le combiné et se recroquevilla derrière le bar.

Le policier poussa la porte coupe-feu. Aussitôt, une sirène retentit.

— Il n'a pas pu partir par l'escalier sans déclencher l'alarme, dit-il en se tournant vers ses collègues.

Ces derniers entreprirent de passer la pièce au peigne fin.

— Bonjour, monsieur, dit James lorsqu'il aperçut la tête de l'un d'eux apparaître au-dessus du bar. Qu'est-ce que ce sera pour vous ? Une pinte, un ballon de rouge, des cacahuètes ?

L'homme dégaina son Taser, le dissuadant de pousser plus loin la provocation.

— Debout ! Les mains sur la tête !

Deux officiers de police se ruèrent derrière le comptoir, le saisirent par les bras, le forcèrent à s'allonger à plat ventre sur le carrelage, puis lui lièrent les poignets à l'aide d'une paire de menottes en plastique. L'un d'eux commença à lui lire ses droits sur un ton mécanique.

— Suspect appréhendé, dit son collègue dans son talkie-walkie.

Incapable de lever la tête, James vit une paire de bottes plus petites que les autres marcher dans sa direction, puis le visage contusionné de la femme qu'il avait renversée dans l'escalier apparut dans son champ de vision.

— Parfait, dit-elle en empoignant sa matraque. On dirait que tu fais moins le malin, petit punk.

Sur ces mots, elle lui porta un coup violent dans le dos puis lui piétina les reins sans ménagement. James lâcha un grognement sourd.

— Ça fait mal ? demanda la femme. Serre les dents, gros dur. Ce n'est rien en comparaison de la correction que tu vas recevoir, quand tu seras à l'arrière du fourgon.

12. Au peigne fin

Tandis que la police militaire déployait son dispositif devant le CCTA, Jake, Ronan et Kevin franchirent une porte coupe-feu située à l'arrière du bâtiment puis rabattirent leur capuche.

— On a un plan ? demanda Kevin.

— Ouais, répondit Jake. On court droit devant nous et on escalade la clôture.

— Tu appelles ça un plan ? lança Ronan.

— Si tu as mieux, te gêne pas. On t'écoute.

Les garçons longèrent le mur de béton du centre.

— Ça ne marchera pas, fit observer Kevin. La clôture mesure quatre mètres, et elle est surmontée de barbelés. En revanche, j'ai toujours les pinces coupantes qui m'ont servi à découper le grillage.

— J'en ai une paire aussi, dit Ronan.

— Si on a les deux paires de pinces, comment Rat et les autres vont-ils sortir ?

— Rien à foutre. Lauren nous a traités comme des débutants. Elle est tellement géniale, à ce qu'il paraît. Voyons comment elle s'en sort sans matériel.

— Ronan a raison, dit Jake. Vu la situation, c'est chacun pour soi. Et puis, de toute façon, il fait tellement sombre qu'on n'a aucune chance de les retrouver.

·:·

Rat et Lauren avaient opté pour une stratégie plus audacieuse. Ils avaient traversé le hall de réception avant que la police militaire n'investisse le bâtiment, puis ils avaient suivi le long couloir menant à la pièce où ils avaient abandonné la femme de l'équipe de sécurité.

— Salut ! lança Lauren en braquant sa lampe dans les yeux de sa prisonnière.

Ses liens étaient toujours en place, mais elle était parvenue à se débarrasser de son bâillon.

— Va te faire foutre, petite salope, gronda-t-elle.

Rat inspecta les poches des imperméables suspendus au portemanteau et y trouva deux trousseaux de clés de voiture.

— Fiat ou Volvo ? demanda Rat.

— Volvo, c'est du solide, répondit Lauren. Il n'y a rien de mieux pour abattre une barrière de sécurité. Mais prends les deux. On empruntera la voiture garée le plus loin du dispositif policier.

·:·

Andy et Bethany progressaient dans le terrain boueux à l'arrière du complexe. Les aboiements des bergers allemands leur semblaient plus proches que jamais.

— Je n'aime pas ça, lâcha Bethany. Éteins ta lampe. Les flics ont dû nous repérer.

— Juste une seconde, dit Andy. Je suis certain de l'avoir vue tout à l'heure, quelque part par là. Une grande bâche orange…

— On ferait peut-être mieux de tenter notre chance sans plus attendre.

— Vas-y, si ça te chante. Les barbelés à lames de rasoir, très peu pour moi. Je ne veux pas finir en steak haché.

— Là, près de l'abri de jardin, dit Bethany en apercevant la bâche posée sur une tourelle rotative prévue pour accueillir une antenne satellite.

Ils déplacèrent les parpaings qui la maintenaient en place, puis Andy la roula hâtivement sous son bras.

Une douzaine de militaires avaient formé une ligne à l'arrière du centre. Ils remontaient lentement vers la clôture en balayant le terrain à l'aide de leurs lampes torches. Des maîtres-chiens et des bergers allemands les suivaient à dix pas. Par chance, Andy et Bethany ne se trouvaient qu'à six mètres du grillage.

⫶

Lorsque les agents avaient rompu les rangs, Jake, Ronan et Kevin avaient opté pour la prudence. Ils étaient restés cachés dans un parterre de fleurs aux abords du bâtiment, et s'étaient montrés si discrets que les militaires chargés de passer la zone au peigne fin étaient passés devant eux sans les débusquer.

Jake observa brièvement les environs puis se tourna vers ses camarades.

— Trois gardes et deux chiens, à moins de quinze mètres, chuchota-t-il.

Kevin n'en menait pas large.

— On n'y arrivera jamais, dit-il en considérant les vingt mètres d'espace découvert qui séparaient le centre du bâtiment annexe réservé aux services administratifs.

— On n'a pas le choix, répliqua Jake. Faites-vous le plus discrets possible. Allez, on y va !

Sur ces mots, il jaillit de sa cachette, parcourut quelques mètres, s'empêtra les pieds dans un tuyau d'arrosage et s'étala de tout son long. Son genou heurta une pierre, lui arrachant un cri de douleur. Les bergers allemands, alertés par cette exclamation, se mirent à aboyer en tirant furieusement sur leur laisse.

— J'ai un visuel ! cria l'un des soldats en braquant sa lampe en direction des garçons.

Ronan saisit Jake par le col de son blouson et l'aida à se redresser.

— Magnez-vous, haleta Kevin avant de se précipiter vers l'annexe.

Jake enchaîna deux foulées et comprit aussitôt que l'état de son genou ne lui permettrait pas d'aller plus loin. Il poussa Ronan dans le dos.

— Tire-toi d'ici, dit-il.

Au moment où son camarade allait se remettre en route, un molosse lancé à pleine vitesse posa ses pattes sur sa poitrine et le renversa. Contre toute attente, l'animal poussa un couinement perçant puis battit en retraite en tremblant. Ronan en profita pour se relever et sprinter vers le bâtiment administratif. Alors, il aperçut Kevin, posté à l'angle d'un mur, lance-pierres braqué en direction d'un second berger allemand.

Hélas, le chien atteignit Jake avant que son coéquipier ne puisse ajuster son tir et referma ses mâchoires à quelques centimètres de son avant-bras. Le garçon roula sur le ventre et tenta de ramper vers ses camarades, mais il sentit les crocs du molosse déchirer son pantalon et pénétrer dans l'une de ses fesses.

— Nom de Dieu, c'est horrible, bredouilla Kevin. On ferait mieux de se rendre.

Ronan secoua la tête.

— Pas question. Grâce aux pinces coupantes, on peut être dehors dans quelques secondes. Allez, on se remet en route.

Les deux maîtres-chiens maîtrisèrent leurs animaux, puis un soldat remit Jake sur pied d'une seule main et le plaqua contre le mur du centre.

— Tu t'es fourré dans de sales draps, mon garçon, gronda-t-il.

∴

En sortant de la pièce réservée au personnel de la sécurité, Rat et Lauren constatèrent que le hall avait été investi par un grand nombre de policiers.

— Merde, soupira Lauren. Comment va-t-on rejoindre le parking ?

Elle tenta vainement de se rappeler les plans étudiés lors de la préparation de l'opération. Rat la prit par la main et l'entraîna dans la direction opposée aux forces de l'ordre. Ils progressèrent prudemment dans un couloir, en prenant soin de longer le mur afin de minimiser les chances de croiser le faisceau d'une lampe torche.

— Il y a un escalier, tout au bout. On va monter au premier, traverser tout le bâtiment en sens inverse et descendre au parking par l'escalier de secours.

Rat était un garçon brillant, même au regard des critères extrêmement sélectifs de CHERUB. Il était crédité de l'un des QI les plus élevés du campus et sa mémoire était pratiquement infaillible. En outre, il jouissait d'un sens aigu de l'improvisation qui lui permettait d'échafauder mensonges et plans d'action en quelques fractions de seconde.

Ronan avait ravagé le premier étage. Le couloir était inondé ; deux distributeurs de snacks et de sodas étaient couchés sur le flanc ; les plaques de polystyrène du plafond avaient été éventrées à l'aide d'un manche à balai et plusieurs portes vitrées étaient réduites à l'état de verre pilé.

— Je dois reconnaître que Ronan est assez doué pour le vandalisme, sourit Lauren en contemplant les dégâts.

Rat se hissa sur un distributeur et jeta un œil à l'une des fenêtres donnant sur l'extérieur. Un embouteillage de véhicules de police et de fourgons de l'armée s'était formé devant le centre. Un van de la télévision équipé d'une antenne satellite était prisonnier de ce chaos.

— Des journalistes, dit Lauren. On avait bien besoin de ça...

— Quelqu'un a dû leur refiler un tuyau. Si nos visages apparaissent au journal télévisé, on peut dire adieu à toute mission opérationnelle pendant des années.

Ils reprirent leur progression dans le couloir aussi vite et discrètement que leur permettait la pénombre ambiante. Lorsqu'ils estimèrent avoir atteint le centre du bâtiment, ils poussèrent une double porte puis s'engagèrent sur une coursive haut perchée qui dominait la grande salle de contrôle, théâtre de la course de caddies.

La lumière ayant été rétablie, une foule de policiers et de militaires inspectaient les lieux.

— Des mômes ! s'exclama un officier de la Royal Air Force. Vu la façon dont ils ont neutralisé les gardes, on dirait qu'ils avaient tout planifié... C'est à peine croyable.

Par chance, la coursive, bien qu'exposée aux regards des hommes qui se trouvaient au rez-de-chaussée, était encore en chantier. Rat et Lauren s'allongèrent derrière un rouleau de moquette, rampèrent jusqu'à la porte qui leur faisait face, puis se glissèrent dans une pièce nue dont l'une des parois était percée de quatre fenêtres et d'une porte anti-incendie permettant d'accéder à un escalier de secours extérieur. Le câblage n'ayant pas été achevé, le sol était jonché de câbles électriques.

— Fais attention où tu mets les pieds, avertit Rat.

Lauren regarda par la fenêtre.

— Il y a des flics partout, dit-elle.

— C'est vraiment pas notre soirée... soupira son coéquipier.

La pièce où ils se trouvaient n'avait pas encore été

meublée, si bien qu'ils ne disposaient d'aucune cachette. La police semblait avoir entrepris une fouille minutieuse du bâtiment. Lauren et Rat n'avaient aucune chance d'échapper à l'arrestation.

— Oh, je vois la Fiat d'ici, dit ce dernier en observant le parking depuis une fenêtre située à l'angle du bâtiment. Il n'y a pas grand monde, de ce côté-là. Tu crois qu'on pourrait sauter ?

Lauren tourna la poignée, poussa le panneau de verre et se pencha au-dessus du vide. L'air froid fouetta son visage.

— À l'entraînement, j'ai déjà sauté de bien plus haut.

Elle enjamba le rebord et se laissa tomber quatre mètres plus bas, sur une place de parking inoccupée. Son poids étant imparfaitement réparti, son pied gauche encaissa tout le choc, lui arrachant un gémissement.

— Tu t'es fait mal ? demanda Rat lorsqu'il se fut réceptionné à ses côtés.

— Ma cheville a dégusté, gémit Lauren.

Par chance, la Fiat était garée devant un taillis, à moins de dix mètres de leur position.

— Je vais t'aider à marcher, dit Rat en passant un bras sous les aisselles de son amie.

Il sortit un porte-clés de la poche de son blouson et actionna le biper qui y était attaché. La Fiat émit trois signaux sonores. Les quatre phares clignotèrent dans l'obscurité.

— Visuel ! cria un policier. La Fiat !

Lauren se glissa péniblement sur la banquette. Rat tourna la clé de contact d'une main tremblante puis passa la marche arrière. Un soldat s'accrocha à sa portière mais fut contraint de lâcher prise lorsque la voiture se mit en mouvement.

Le garçon actionna le levier de vitesse si maladroitement que le moteur cala.

— Meeerde ! cria-t-il en manipulant fébrilement la clé.

— Je croyais que tu savais conduire, balbutia Lauren.

— Laisse-moi me concentrer, par pitié !

Le véhicule bondit en avant, abattit une haie, puis dérapa dans l'herbe humide. Rat serra fermement le volant, enfonça la pédale d'accélérateur et fonça droit sur la clôture.

13. Une malheureuse coïncidence

James était allongé à plat ventre sur le sol de tôle du fourgon de police. Les menottes en matière plastique blessaient ses poignets. Les quatre officiers de police assis sur les banquettes ne le quittaient pas du regard. La femme qu'il avait malmenée dans l'escalier de l'hôtel gardait la semelle d'une botte posée sur son cou.

L'un de ses collègues se pencha vers la grille qui séparait le compartiment de la cabine de pilotage.

— Tu ne peux pas nous trouver une route bien sinueuse, pleine d'ornières et de dos-d'âne ? demanda-t-il au conducteur.

Les policiers n'étaient pas tendres avec les délinquants qui osaient s'en prendre à leur corporation. Les suspensions du fourgon, réglées en vue de manœuvres à grande vitesse, répercutaient toutes les irrégularités de la chaussée. James, qui souffrait du coup que lui avait infligé la femme, était au supplice.

— Conspiration terroriste, ricana l'un des officiers, agression sur un représentant des forces de l'ordre et refus d'obtempérer. Tu as intérêt à te trouver un bon avocat, mon garçon.

— Rien que sa coupe de cheveux mériterait la prison à vie, ajouta la femme.

James savait qu'il n'aurait jamais à répondre de telles accusations, mais ces moqueries blessaient son orgueil.

Le fourgon franchit un ralentisseur à près de cinquante kilomètres heure, si bien que sa tête frappa lourdement le sol métallique.

— Oups ! ricana l'un des policiers.

— Vous trouvez que je roule trop vite, derrière ? demanda le chauffeur.

— Non, au contraire, dit la femme. Je ferais bien un deuxième tour. Tu ne veux pas contourner le pâté de maisons ?

— Il est plutôt mignon, ce petit punk. Je suis sûr qu'il va se faire plein de copains, en prison.

James garda le silence. En dépit de leurs fanfaronnades, les policiers étaient manifestement sous pression. Ils n'attendaient qu'un prétexte pour lui faire tâter de leur matraque, voire le tourmenter à l'aide d'un Taser.

Quelques minutes plus tard, le fourgon s'immobilisa.

— Terminus ! brailla le plus athlétique des officiers. Tout le monde descend.

James roula sur le dos, puis se tortilla maladroitement vers la portière arrière.

— Magne-toi ! gronda l'homme avant de le pousser à coups de pied hors du véhicule.

James se réceptionna tant bien que mal et constata qu'il se trouvait dans l'arrière-cour d'un poste de police.

John Jones marchait dans sa direction, accompagné d'un policier portant l'uniforme de superintendant.

— C'est le garçon que vous recherchez ? demanda ce dernier.

John hocha la tête.

— Relâchez-le et rendez-lui ses affaires personnelles.

La femme policier sortit de ses gonds.

— Qu'est-ce que ça veut dire, chef ? s'étonna-t-elle. Ce petit con s'est pointé à la réunion en compagnie de Bradford, et il m'a poussée dans l'escalier pour échapper à l'arrestation.

— Faites ce qu'on vous demande, Catherine, répondit le superintendant, ou préparez-vous à une carrière courte et déplaisante. Est-ce que je me fais bien comprendre ?

— C'est parfaitement clair, chef, soupira sa subordonnée.

Un policier trancha les menottes en plastique de James.

— À la prochaine ! lança ce dernier à l'adresse des fonctionnaires.

— Je ne sais pas qui tu es, mon garçon, gronda la femme, mais je te déconseille de traîner dans le secteur.

— Vous allez la fermer à la fin ? interrompit le superintendant.

John Jones saisit James par le bras et le tira vers une Jaguar garée à l'autre extrémité du parking.

— J'ai un mal de dos terrible, gémit ce dernier en s'installant dans le siège passager. Cette sadique m'a roué de coups.

— C'était de bonne guerre, plaisanta John en tournant la clé de contact, après ce que tu lui avais fait subir.

— C'est une maniaque de la matraque.

— J'ai connu pas mal de collègues femmes, quand je travaillais dans la police, et je dois avouer qu'elles ne sont pas tendres. Parfois, j'ai l'impression qu'elles en rajoutent dans la brutalité pour se faire accepter par leurs coéquipiers.

— Par qui s'est-on fait doubler, à l'hôtel ?

La voiture franchit le poste de sécurité du parking, puis s'engagea dans le trafic.

— Je n'ai pas encore tous les détails, mais je crois que nous avons été victimes d'une malheureuse coïncidence. Apparemment, Rich a égaré une carte de crédit au nom de Richard Kline. Lorsqu'il s'est rendu à la banque pour la faire remplacer, le guichetier, un jeune homme originaire de Belfast, l'a immédiatement reconnu. Dès que les services antiterroristes de la police ont reçu son tuyau, ils ont mis en place une opération de surveillance.

— Depuis quand Rich était-il repéré ?

— Deux ou trois semaines.

— Et ils ont assez de preuves pour le faire condamner ?

— Dans le cas contraire, ils n'auraient pas investi l'hôtel. Contrairement à nous, ils connaissaient le lieu de la réunion, ce qui leur a permis d'installer des micros espions. Ils possèdent des enregistrements où l'on entend Rich et Bradford parler ouvertement de futurs actes terroristes.

— On ne peut pas gagner à chaque fois, soupira James.

— L'essentiel, c'est que ces criminels soient mis hors d'état de nuire.

— Ouais, mais si je n'avais pas été là, le résultat serait exactement le même. Et j'ai supporté cette coupe de cheveux ridicule pendant six semaines pour rien...

Bethany et Andy saisirent chacun un angle de la toile cirée, le glissèrent dans la ceinture de leur pantalon, puis entreprirent l'ascension de la clôture. La semelle boueuse de leurs baskets et leurs doigts engourdis par le froid rendaient l'exercice délicat.

— Je crois qu'ils ne nous ont pas vus, chuchota Andy en jetant un regard inquiet aux innombrables faisceaux lumineux qui s'entrecroisaient aux quatre coins du complexe.

— Ça ne devrait pas tarder, fit observer Bethany, vu la couleur de cette bâche.

Elle fut la première à se hisser jusqu'aux fils de fer coupants qui couronnaient le grillage.

— C'est bon, je suis prêt, annonça Andy en se portant à sa hauteur.

Cette manœuvre constituait la phase la plus délicate du plan d'évasion : ils devaient dérouler la bâche puis, d'une main, la lancer simultanément par-dessus l'obstacle tout en s'agrippant à la clôture de l'autre.

— À trois, dit Bethany. Un, deux, trois…

Ils soulevèrent la toile cirée et tentèrent d'en recouvrir les pointes d'acier galvanisé. Hélas, le vent s'y engouffra, l'arracha des mains d'Andy et la plaqua contre les jambes de Bethany. Emportée par le poids de l'objet, cette dernière resta suspendue par une main pendant quelques secondes avant de lâcher prise et de se réceptionner dans la boue, quatre mètres plus bas. Andy la rejoignit et l'aida à se dégager des plis de la bâche.

— Ça ne marchera jamais, dit Bethany. Il est impossible de lancer la toile et de se retenir au grillage en même temps.

— On pourrait l'attacher en haut de la grille, se glisser dessous, et la soulever avec le dos tout en grimpant.

— Bonne idée. Il y a des œillets dans les angles. Tu as de la ficelle ?

— J'allais te poser la question.

— Alors on est foutus, dit Bethany en piétinant rageusement le sol boueux.

— Et si on essayait de retrouver les brèches ? Je sais à peu près où elles sont.

— Ah ouais, dans le noir complet ? En plus, si l'équipe d'intervention a libéré les vigiles neutralisés au début de l'opération, ces deux issues seront placées sous surveillance.

— Oui, t'as pas tort, soupira Andy, mais on n'a pas vraiment d'autre solution. Je suggère de tenter le coup.

Alors, il distingua deux petites silhouettes qui se déplaçaient dans l'obscurité. Une douzaine de soldats accompagnés de deux maîtres-chiens les suivaient à la trace.

— Par ici ! lança Andy.

— Moins fort ! s'étrangla Bethany en posant une main sur la bouche de son coéquipier.

Kevin et Ronan se tournèrent dans leur direction.

— Déplions la bâche et retournons à la clôture, ordonna Andy.

— Pour quoi faire ? Et depuis quand tu me donnes des ordres ?

— Fais-moi confiance.

Ils renouvelèrent la manœuvre qui avait échoué quelques minutes plus tôt et s'immobilisèrent à la limite des fils de fer barbelés. Ronan et Kevin se plantèrent au pied du grillage. Leurs poursuivants, guidés par les bergers allemands, se trouvaient à deux cents mètres. Ils se dirigeaient droit dans leur direction.

— Grimpez sous la bâche ! lança Andy à l'adresse des nouveaux venus, puis lancez-la par-dessus les barbelés.

Ronan ne comprenait pas à quoi rimait cet ordre, mais Kevin, qui avait employé une technique similaire pour franchir un obstacle lors d'un exercice de simulation, souleva la toile et commença à escalader le grillage. Aussitôt, son camarade l'imita.

Leurs pieds, plus étroits que ceux de leurs coéquipiers plus âgés, se glissaient facilement entre les mailles de métal, si bien qu'ils atteignirent le sommet de la clôture en quelques secondes. Se retenant d'une main à l'encadrement du grillage, les quatre agents, conjuguant leurs efforts, parvinrent à hisser la bâche par-dessus les barbelés.

— On y est ? demanda Kevin, en jetant un œil inquiet aux bergers allemands qui aboyaient à dix pas du périmètre.

Andy hocha la tête. La toile imperméable recouvrait intégralement l'obstacle, mais il faisait trop sombre pour s'assurer que les lames et les pointes acérées ne l'avaient pas transpercée. Il souleva une jambe et pesa de tout son poids sur le rouleau de barbelés.

— Ça m'a l'air impec.

— Descendez de là immédiatement ! gronda un officier de la Royal Air Force.

L'écume aux lèvres, les deux bergers allemands se jetèrent contre le grillage comme des bêtes sauvages.

Andy franchit la clôture, se laissa tomber de l'autre côté du périmètre, puis effectua un roulé-boulé, à la manière d'un parachutiste.

Kevin et Bethany firent de même.

— AAARGH ! hurla cette dernière. J'ai atterri dans une bouse de vache. Je m'en suis foutu partout !

Craignant que leurs poursuivants n'utilisent le dispositif qui leur avait permis de franchir la clôture, Ronan brandit la bombe lacrymogène dérobée à l'un des gardiens au début de l'opération. Il aspergea la bâche de gel et y mit le feu à l'aide d'un briquet jetable avant de sauter dans le vide.

— Personne n'a des pinces coupantes ? cria un lieutenant de police.

— Il faut les prendre à revers. Demandez à vos hommes postés à l'entrée de contourner le périmètre et de les interpeller.

Andy et Ronan détalèrent côte à côte.

— Bien joué, mon pote, dit Andy. Où as-tu trouvé ce briquet ?

— J'en ai toujours un dans la poche, dit Ronan. J'adore foutre le feu à des trucs.

Andy sortit son téléphone portable et contacta son contrôleur de mission.

— Dennis, on a besoin d'une exfiltration d'urgence… Quoi ? Si loin que ça ? Je sais qu'il y a des flics partout mais… OK, c'est compris.

Il referma rageusement son mobile.

— Qu'est-ce qui se passe ? demanda son camarade.

— Dennis ne viendra pas nous chercher. Il dit qu'il y a des barrages sur la route principale. Il nous a donné rendez-vous à cinq kilomètres, en pleine campagne.

Accablés par ce revers de fortune, les agents détalèrent à travers champs.

— C'est une blague, n'est-ce pas, cette histoire de bouse de vache ? demanda Kevin en se portant à la hauteur de Bethany.

— Non. J'en suis couverte de la tête aux pieds. Et le premier qui se permet une plaisanterie, je le massacre. Qu'on se le dise.

— Ne te plains pas. Jake s'est fait choper par les chiens. Au fait, tu sais où sont passés Rat et Lauren ?

∴

Dans les films et les séries télévisées, les voitures balayaient clôtures et poteaux dans une gerbe d'étincelles, sans que leurs passagers n'essuient le moindre dommage. Rat soupçonnait les scénaristes de prendre quelques libertés avec les lois de la physique. Or, dans la précipitation, il avait oublié de boucler sa ceinture.

— Accroche-toi, dit-il à Lauren.

Il jeta un coup d'œil au compteur et constata que la Fiat, qui n'était pas équipée de pneus tout-terrain, dépassait à peine les trente kilomètres heure. Au moment où le pare-chocs heurta une section de grillage entre deux poteaux de béton, une détonation assourdissante retentit et les airbags se déployèrent. L'un des soutiens se brisa, mais l'autre tint bon. La voiture s'engagea sur le tremplin formé par la treille métallique puis l'avant se cabra, si bien qu'elle se retrouva presque à la verticale.

Le second poteau finit par céder. Le véhicule bascula en avant puis glissa lentement le long d'une pente boueuse.

— Appuie sur l'accélérateur ! cria Lauren. Qu'est-ce qui se passe ? Tu as encore calé ?

— Le moteur s'est arrêté, expliqua-t-il. Le coupe-circuit a dû s'enclencher quand la voiture a failli se renverser.

Il faisait nuit noire, et l'airbag à demi dégonflé obstruait son champ de vision. Il actionna les freins, mais les roues se bloquèrent sans freiner la course de la Fiat.

Après dix secondes d'aquaplaning, le véhicule percuta un

tronc d'arbre, partit en tête-à-queue, se pencha sur le flanc et acheva sa course dans une mare de boue. Une vingtaine de policiers et de militaires se précipitèrent vers l'épave. Lauren reconnut le claquement caractéristique de la culasse d'un fusil d'assaut et comprit que toute tentative de se soustraire à l'arrestation était désormais vouée à l'échec.

— Sortez de la voiture, et gardez les mains en l'air !

Un policier ouvrit la portière côté conducteur et extirpa Rat de la voiture. Lauren se glissa docilement à l'extérieur. Incapable de se tenir debout à cause de sa cheville foulée, elle tomba à genoux dans la boue.

Deux militaires la soulevèrent et la plaquèrent contre le toit de la voiture. Des flashs d'appareil photo crépitèrent. Elle tenta d'enfouir son visage entre ses mains, mais un policier la saisit par les cheveux pour la forcer à redresser la tête.

— Pas de photos ! hurla-t-elle. Pas de photos !

14. La boule à zéro

— Alors, c'est terminé ? demanda Dana.

James était assis sur une chaise pivotante, au centre de sa chambre, une serviette de bain posée sur les épaules.

— Oui, dit-il. Bradford a été arrêté, et je ne peux plus continuer à infiltrer le GAU, vu que je suis censé être en cavale.

Dana saisit la tondeuse électrique et l'équipa d'un sabot d'un millimètre.

— Tu es certain que tu les veux aussi courts ? Une fois que ce sera fait, tu ne pourras pas revenir en arrière.

James hocha la tête.

— J'ai refait une teinture il y a deux semaines, et mes cheveux sont colorés jusqu'aux racines. Je n'ai pas le choix. En plus, la dernière fois que je me suis rasé la tête, tu as dit que c'était super sexy.

— Comme tu veux, dit Dana, sans grand enthousiasme.

Elle poussa le bouton *marche/arrêt* et balaya la crête de son petit ami. Des cheveux verts tombèrent en pluie sur la serviette.

— Tout va bien ? demanda James.

— Oui, ça roule, répondit Dana avant d'éteindre la tondeuse. Pourquoi cette question ?

— Je t'ai trouvée un peu distante, quand j'étais en mission. Je t'ai envoyé plein de messages. Une fois sur deux, tu ne m'as pas répondu.

Dana se remit à l'ouvrage.

— Arrête de bouger si tu ne veux pas qu'on y passe la journée.

— Voilà, c'est de cette attitude que je veux parler.

— Qu'est-ce que tu racontes ?

— Tu n'arrêtes pas de te défiler.

Dana déposa un baiser sur son cou.

— J'étais super occupée. J'ai chopé la crève et j'ai travaillé comme une dingue pour mon option arts plastiques.

— T'angoisse pas pour ça. Tes peintures sont géniales.

Dana pencha la tête de James en avant et lui rasa la nuque. Il passa un bras dans le dos et caressa sa taille.

— Arrête de gigoter, lâcha-t-elle. Je risque de faire des trous.

James glissa une main dans l'élastique du short de Dana.

— Lâche-moi ! gronda-t-elle avant d'éteindre la tondeuse et de lui donner une claque à l'arrière de la tête.

— Qu'est-ce que tu me fais, là ? On était si proches avant que je ne parte en mission. On fait un câlin ?

— Je ne suis pas d'humeur, répliqua Dana. Et *arrête* de bouger la tête, à la fin !

— Allez, s'il te plaît… gémit James. Détends-toi, c'est samedi. Je te rappelle qu'on ne s'est pas vus depuis trois semaines.

Il quitta sa chaise et enlaça sa petite amie.

— Arrête de me harceler ! hurla-t-elle en jetant la tondeuse sur le lit. Tiens, tu n'as qu'à te débrouiller tout seul.

Sur ces mots, elle traversa la chambre, ouvrit rageusement la porte et s'engagea dans le couloir.

— Eh, je suis désolé, pleurnicha James en se lançant à sa poursuite. Je ne faisais que te taquiner.

— Tu n'as aucun respect pour moi ! rugit Dana en gravissant l'escalier menant au septième étage. Je t'ai dit que je n'étais pas d'humeur. Combien de fois il faut que je te le répète ?

Kevin, vêtu d'un caleçon et d'un T-shirt gris, entrouvrit sa porte et se pencha dans le couloir.

— Excuse-nous pour le bruit, soupira James. Je sais que tu as passé une nuit difficile. On ne t'a pas réveillé, j'espère ?

Kevin, qui venait d'obtenir le statut d'agent opérationnel, admirait James et cherchait à gagner son amitié depuis qu'il avait emménagé dans le bâtiment principal.

— Nan, t'inquiète, bâilla-t-il. De toute façon, il faut que je descende au réfectoire. Dans dix minutes, ils ne serviront plus le petit déjeuner. Qu'est-ce qui est arrivé à tes cheveux ?

James regagna sa chambre et observa son reflet dans le miroir de la salle de bains. Son crâne était encore parsemé de touffes de cheveux verts.

— Quel massacre, lâcha-t-il.

— Tu veux un coup de main ? demanda Kevin. Je sais me servir d'une tondeuse. On se coupait les cheveux entre nous, avec mes copains du bloc junior, plutôt que de faire la queue les jours de coiffeur.

— Franchement, ce ne serait pas de refus.

— OK. J'arrive dans deux minutes, le temps d'enfiler un pantalon.

Lorsque Kevin le rejoignit, James s'assit sur la chaise pivotante.

— Ah, les femmes… soupira-t-il. Si je peux me permettre de te donner un conseil, fais en sorte qu'elles restent en dehors de ta vie le plus longtemps possible.

— J'essaierai, sourit Kevin en éliminant les dernières mèches vertes qui ornaient le crâne de James.

— Je ne sais pas ce qui ne tourne pas rond chez Dana. Avant que je ne parte en mission, c'était l'amour fou entre nous. Et puis tout à coup, *pfuit !* Elle ne répond plus au téléphone et elle refuse que je la touche. Je n'y comprends plus rien.

Kevin hésitait à informer James de l'infidélité de Dana.

Lauren lui avait fermement recommandé de n'en rien faire et lui avait rappelé que son frère avait la désagréable habitude de s'en prendre physiquement au premier venu chaque fois qu'il perdait le contrôle de ses nerfs.

— Excuse-moi, dit James en remarquant l'expression embarrassée de son camarade dans le miroir de la penderie. Je vois bien que je t'ennuie avec mes histoires.

— Non, non, c'est instructif, bredouilla Kevin. Je suppose qu'il faudra bien que j'en passe par là, dans quelques années.

— Tu es meilleur coiffeur que Dana, en tout cas.

— C'est vrai, ça te plaît ? En ce cas, j'espère que tu n'oublieras pas le pourboire.

James appréciait la compagnie du jeune garçon. Il savait qu'il suscitait son admiration, et il avait grand besoin de redresser son *ego* mis à mal par l'attitude de sa petite amie.

— Alors, comment s'est passée la petite mission de la nuit dernière ? J'ai entendu dire que vous aviez eu du fil à retordre.

— Je ne m'en suis pas trop mal tiré, sourit Kevin. Lauren et Rat ont été arrêtés, mais Dennis a obtenu leur libération après deux heures de garde à vue. En revanche, Jake a bien dégusté. Il s'est fait mordre à la fesse par un berger allemand. Ils lui ont posé douze points de suture.

— Ouille ! lança James, hilare.

— Ah, j'oubliais… Ça va te faire plaisir : Bethany s'est roulée dans une bouse de vache. Elle en avait jusque dans les cheveux. Et je te raconte pas l'odeur dans le minibus, sur le chemin du retour… On s'est bien foutus de sa gueule, Ronan et moi.

— Qu'est-ce que j'aurais aimé voir ça.

— Voilà, c'est presque terminé, dit Kevin en passant un ultime coup de tondeuse autour des oreilles de James.

Rat déboula dans la pièce. Sa bouche était barbouillée de ketchup. À l'évidence, il venait tout droit du réfectoire.

— Eh, les mecs, il faut que vous voyiez ça! cria-t-il en brandissant un quotidien du matin.

Il posa le journal sur le lit, ignora la une consacrée à l'arrestation de Bradford et à la mise à sac du Strand, puis tourna les feuilles jusqu'à la photo couleur d'une jeune fille couverte de boue figurant en page cinq.

Par chance, la loi ne permettait pas aux journalistes d'indiquer l'identité des criminels mineurs. Le visage de Lauren avait été flouté, mais elle était parfaitement identifiable par les agents qui partageaient son existence.

— *Exclusif!* lut James à haute voix. *UN GANG D'ENFANTS RAVAGE UN CENTRE DE CONTRÔLE AÉRIEN: une bande d'enfants âgés d'une dizaine d'années agissant sous l'effet de stupéfiants a causé pour deux millions de livres de dégâts dans un centre de contrôle aérien ultramoderne, trois semaines avant son inauguration.*

— Deux millions mes fesses, dit Kevin. On a fait ce qu'on nous avait demandé: semer le chaos en épargnant le matériel le plus cher. Et qu'est-ce que c'est que cette histoire de drogue?

— Vous n'avez pas vu le meilleur, gloussa Rat. Lisez la légende sous la photo.

— *Quelques secondes après son arrestation par la police militaire, une apprentie hooligan insulte notre photographe.*

— Oh, c'est génial, lança James. Il me faut une copie de cette page. Je la punaiserai au-dessus de mon lit.

Il ôta la serviette qui couvrait ses épaules puis secoua la tête. Des cheveux verts tombèrent sur la moquette.

— Je ferais mieux d'aller prendre une douche, dit James.

— N'oublie pas le match de foot de ce soir.

— Ne comptez pas trop sur moi, dit James en soulevant son T-shirt pour exhiber la large ecchymose violette qui barrait son dos.

— Mmmh, ça doit faire mal...

— Ouais, je confirme. Vous savez ce qu'il y a de pire qu'une femme en colère ? Une femme en colère avec une matraque.

...

Deux heures plus tard, Lauren quitta les toilettes des filles et s'engagea dans le couloir aux murs décorés de guirlandes en papier confectionnés par les plus jeunes résidents du campus. Elle avait découvert le bâtiment junior dans le cadre d'une sanction disciplinaire, mais elle avait fini par apprécier la compagnie des enfants et s'y rendait régulièrement pour prêter main-forte aux éducateurs.

— Joyeux Noël, *apprentie hooligan* ! lança un petit garçon aux incisives manquantes.

— Continue sur ce ton, Kurt, et je te débarrasse des dents qui te restent, gronda-t-elle.

Quatre T-shirts rouges formèrent une ronde autour de Lauren.

— Tu as vu nos cadeaux ? demanda l'un des enfants.

— Bien sûr qu'elle les a vus, répondit l'un de ses camarades. Alleeez, Lauren, dis-nous ce que c'est...

— Je ne sais même pas de quoi vous parlez.

— On est pas débiles, rétorqua une fillette. On t'a vue entrer dans le bâtiment avec des rouleaux de papier cadeau. Sois sympa, donne-nous au moins un indice.

— Dites, vous n'êtes pas censés jouer dans la pièce de Noël, vous quatre ? s'étonna Lauren. Vous devriez être en train d'apprendre votre rôle.

— On connaît nos répliques par cœur.

Lauren frappa à la porte d'une salle de classe. Megan, la petite sœur de Kevin, s'accrocha à sa jambe.

— Il faut que je sache, supplia-t-elle. S'il te plaît, s'il te plaît, s'il te plaît !

Un éducateur nommé Pete Bovis ouvrit la porte. Aussitôt, Megan lâcha prise.

— Du vent, les enfants, dit-il. Je vous ai demandé de laisser Lauren tranquille. Si je vous attrape encore en train de l'embêter, chacun de vous trouvera un cadeau de moins sous l'arbre de Noël.

Lauren se glissa par la porte entrouverte.

— De vrais pots de colle, sourit-elle.

Pete poussa le verrou. La salle de classe était dédiée à l'apprentissage des plus jeunes résidents du bâtiment junior. Une montagne de jouets occupait un angle de la pièce. Elle disposait d'un bac à sable d'intérieur, d'un bassin où flottait une armada de bateaux et de canards en plastique, et d'un coin lecture jonché de livres d'images. Les jouets destinés aux enfants étaient empilés contre un mur.

Les éducateurs et les agents de CHERUB chargés d'emballer et d'étiqueter les cadeaux avaient pris place autour des tables dressées au centre de la pièce. Ils consultaient l'interminable listing indiquant le destinataire de chaque paquet. Certains contenaient des jouets génériques, d'autres des articles choisis en fonction de l'âge et des goûts de leurs futurs propriétaires.

Confrontés au caractère fastidieux de cette tâche, les agents, qui s'étaient portés volontaires pour échapper au grand nettoyage qui, chaque année, précédait les fêtes de Noël, n'avaient pas tardé à regretter leur choix.

Lauren s'installa dans une minuscule chaise en plastique.

— OK, soupira-t-elle en consultant le listing. Robert Cross, huit ans : ordinateur portable, maillot de Manchester United, *Call of Duty 4* pour Xbox. L'un de vous a-t-il vu le sac qui contient les articles de sport ?

L'un des éducateurs jeta un regard circulaire à la salle de classe.

— Il était dans le coin, il y a deux minutes...

— Les enfants sont trop gâtés, de nos jours, dit Lauren en s'efforçant d'adopter la voix métallique et haut perchée d'une vieille dame. Quand j'avais huit ans, le soir de Noël, je ne recevais qu'une orange, une pomme ou une noix.

— Mais bien sûr, sourit Pete. Rafraîchis-moi la mémoire... Ta mère n'était-elle pas à la tête du plus important réseau de fauche dans les magasins du nord de Londres ?

15. Le huitième en force

À sa création, CHERUB avait pris ses quartiers dans une école désaffectée, le bâtiment qui devait, des années plus tard, héberger les T-shirts rouges. Au fil des ans, le campus avait englobé un village et plusieurs fermes des environs. À l'époque, les agents – exclusivement des garçons – ne disposaient pour tout terrain de football que de quelques lignes tracées à la craie dans un pré, aux environs du lac.

Chaque hiver, la pièce d'eau débordait et transformait la pelouse en marécage. D'autres terrains avaient été construits dans des positions plus élevées afin d'éviter ces inondations, et les berges du lac avaient été renforcées. Cependant, la tradition de disputer un tournoi, la veille de Noël, dans le pré historique s'était perpétuée de génération en génération.

Pour recréer les conditions de jeu originelles, l'eau du lac était aspirée à l'aide d'une pompe électrique et déversée dans le pré depuis une élévation voisine. Les jardiniers du campus labouraient ensuite consciencieusement un rectangle, afin de le transformer en un champ de boue parsemé de flaques profondes.

Il était impossible de tracer des lignes, mais d'antiques poteaux de but en bois délimitaient les deux extrémités du terrain. Les matchs se disputant après le coucher du soleil, des rampes de projecteurs mobiles étaient placées à chaque angle.

Deux grandes tentes étaient dressées aux abords du

champ. L'une permettait aux participants de se nettoyer sommairement à l'aide d'un tuyau d'arrosage avant de regagner leur chambre. L'autre abritait un barbecue destiné à la cuisson de hot-dogs et de hamburgers, ainsi qu'une sono diffusant du rock à plein volume.

À dix-sept heures, il faisait déjà nuit noire. Un vent glacial soufflait à la surface du lac. Toute la population du campus était rassemblée autour du terrain. Les agents portaient des tenues peu orthodoxes, assemblages de vêtements usés et d'articles de sport. Les anciens de CHERUB venus passer les fêtes au campus et les membres du personnel, regroupés autour d'un buffet à l'intérieur de la tente de restauration, sifflaient des coupes de champagne.

James observait avec intérêt un groupe de T-shirts rouges qui se livraient à une sauvage bataille de boue, lorsqu'il sentit une main se poser sur son épaule.

— Kyle ! s'exclama-t-il. Depuis quand es-tu là ?

— J'arrive à l'instant de Cambridge, répondit son ami. Je pensais me pointer pour l'heure du déjeuner, mais je me suis tapé des embouteillages monstrueux.

Kyle tendit à James une bouteille de bière chipée sur le buffet des adultes.

— Alors, c'est comment l'université ? demanda ce dernier.

— Génial. Je me suis fait une foule d'amis, et il y a plein de mecs craquants. Les étudiants organisent des fêtes tous les soirs, mais ça finit par revenir un peu cher.

— La dernière fois, tu disais que tu cherchais un job.

— Je bosse comme videur dans une boîte gay, pour me faire un peu de fric. Ça paye bien, mais c'est plutôt mouvementé.

— Je pensais que tu étais trop petit pour décrocher une place de videur.

— C'est un concours de circonstances. Un soir, deux

ploucs en maillot de rugby se sont pointés au bar où j'avais mes habitudes, et ils ont commencé à se foutre de la gueule des homos à haute voix. J'ai attendu qu'ils s'en prennent à un client, je leur ai proposé qu'on s'explique dans la rue et je les ai corrigés avec un couvercle de poubelle.

James éclata de rire.

— Comme quoi, toutes ces années d'entraînement n'auront pas été inutiles.

— Le lendemain, le patron du club m'a proposé du boulot. Il me file dix livres de l'heure en liquide, et je ne paye pas les consommations.

— Sympa, dit James avant d'avaler trois gorgées de bière.

— Tu joues, ce soir?

— Non. J'ai mal au dos. J'ai reçu un coup de matraque. Le docteur m'a formellement interdit de me rouler dans la boue.

— J'ai pensé à toi, hier soir, en regardant les images de l'émeute aux infos. Et à part ça, comment tu vas?

— Pas trop mal. Dana est juste un peu bizarre, en ce moment.

— Eh, *l'apprentie hooligan!* lança Kyle en apercevant Lauren qui boitait dans leur direction. Ça roule?

Avant qu'elle ne puisse répondre, la musique s'interrompit puis un sifflement de larsen jaillit de la sono.

Zara Asker, la directrice de CHERUB, se tenait à l'entrée de la tente barbecue, un micro dans une main. Intimidée par la foule, sa fille Tiffany était cramponnée à sa jambe.

— Un peu de silence, s'il vous plaît, dit-elle, provoquant un nouvel effet de larsen qui força Tiffany à se boucher les oreilles. Voici enfin venues les vacances de Noël. Les cours sont terminés jusqu'à l'année prochaine, et j'ai le plaisir de vous annoncer officiellement... l'ouverture des festivités!

Un concert de cris et d'applaudissements salua ce discours. Joshua, le fils de Zara âgé de quatre ans, fendit la foule et passa un bras autour de la taille de James. Il tenait Boulette en laisse. Lauren s'agenouilla pour chatouiller le petit beagle, un chien qu'elle avait sauvé lors d'un raid mené sur un élevage destiné à l'expérimentation animale.

— Mais tu t'es fichu de la boue partout, vilaine bête, gloussa-t-elle. Tu feras moins le malin, tout à l'heure, quand Zara te mettra dans la baignoire.

— Quelques conseils avant le coup d'envoi, annonça la directrice. Comme vous l'avez constaté, il fait froid et humide. Nous pouvons nous permettre quelques chevilles foulées, mais je ne veux pas de malades à l'infirmerie. Les rencontres dureront quinze minutes. Dès le coup de sifflet final, je veux que vous couriez prendre une douche chaude et changer de vêtements. À présent, place à la première rencontre de la soirée : T-shirts rouges, filles contre garçons.

La foule applaudit à tout rompre l'entrée des petits agents. Certains foulaient le terrain avec précaution et prenaient soin d'éviter les flaques. D'autres s'ébrouaient dans la boue comme des bêtes sauvages.

L'un des enfants percuta accidentellement sa grande sœur. S'ensuivit un échange de grossièretés qui provoqua l'hilarité du public. L'arbitre laissa tomber le ballon dans la mare située au centre du terrain. Des *Allez les filles* et des *Allez les garçons* retentirent parmi les spectateurs.

— Je meurs de faim, dit Kyle. Si on allait se chercher des burgers avant qu'il n'y ait la queue ?

— D'accord, à condition que tu me piques une autre bière, répondit James.

Lauren, Joshua et Boulette les accompagnèrent sous la tente. Le chien, affolé par les odeurs de cuisson, ne tenait pas en place. James passa commande auprès du cuisinier et patienta pendant que Kyle raflait des canettes et du Pepsi sur le buffet.

Lorsqu'ils eurent quitté l'abri et dégusté leurs hamburgers au bord du terrain, le match prit fin. Les enfants étaient couverts de boue des pieds à la tête. Les garçons l'avaient emporté, mais les filles, ivres de rage, apostrophaient violemment l'arbitre, l'accusant d'avoir favorisé leurs adversaires en leur accordant un penalty à l'ultime seconde de la rencontre.

Zara annonça que la confrontation suivante opposerait les résidents du sixième étage à ceux du huitième. James encouragea à pleins poumons ses voisins de palier, au rang desquels figuraient son ex-petite amie Kerry, Bruce, Shakeel, Andy, Rat et Kevin.

— Le huitième en force ! hurla Lauren, tandis que Bethany et ses autres camarades foulaient à leur tour le champ de boue.

Les chambres du bâtiment principal étaient assignées sans condition d'âge ou de sexe. Dans chaque équipe, des gamins de dix ans fraîchement qualifiés côtoyaient des agents expérimentés proches de leur majorité. Lors d'une compétition ordinaire, ce déséquilibre aurait pu conduire à de graves blessures, mais le tournoi de Noël était disputé dans un esprit de camaraderie. Les matchs dégénéraient fréquemment en combat de catch improvisé ou en concours de jet de boue dans le public.

Les T-shirts rouges avaient rejoint le bâtiment junior et la majorité des résidents du bâtiment principal étaient désormais en lice. Le public était essentiellement composé de membres du personnel et d'agents éclopés.

— Tiens, ce n'est pas Jake, là-bas, de l'autre côté du terrain ? demanda James.

— Cool, dit Lauren. Suivez-moi, je ne l'ai pas revu depuis qu'il s'est fait mordre les fesses. Ça me donne une super occasion de me payer sa poire.

Kyle, qui ignorait tout de la mésaventure de Jake, éclata de rire.

— Mordre les fesses ? répéta-t-il.

Tout en marchant, Lauren décrivit par le menu la rencontre entre Jake et le molosse aux abords du CCTA.

— Alors, comment va ton postérieur, héros ? lança-t-elle.

— T'as les pieds carrés, ou quoi ? hurla Jake à l'adresse de Shakeel, qui venait de rater un but immanquable.

Il se tourna vers Lauren et grommela :

— Ne commence pas, OK ? J'en ai marre que les gens se moquent de moi. Je suis à deux doigts de péter les plombs.

— Oh, tu n'es pas de très bonne humeur, apparemment... sourit Lauren.

Kyle se montra plus compréhensif.

— T'as encore mal ?

— À ton avis ? Douze points de suture, ça te dit quelque chose ?

— Tu nous fais voir ? gloussa Lauren en tirant sur l'élastique du pantalon de Jake.

— Lâche-moi, gronda-t-il. Tu trouves ça marrant ? J'ai hyper mal, merde, tu peux comprendre ça ?

— Oh ça va, arrête de chouiner, tu nous soûles... lâcha Lauren.

Kyle lui adressa un regard désapprobateur.

— C'est bon, laisse-le un peu tranquille.

— Je te signale qu'il est toujours le premier à se moquer de nous, et il se fiche pas mal qu'on soit d'humeur ou pas.

— C'est sûr, tu es tellement compréhensive, toi, ironisa Jake. Au fait, tu as parlé à ton frère des évolutions de sa vie sentimentale ?

Lauren sentit son cœur bondir dans sa poitrine, mais elle s'efforça de conserver une expression parfaitement neutre.

— Qu'est-ce que tu racontes ?

Jake sortit son téléphone portable de sa poche.

— Jette un œil à cette photo, James. Ta sœur a forcé Kevin à effacer l'originale, mais j'ai gardé une copie.

— C'est minable, Jake ! s'exclama Lauren.

James contempla le cliché affiché à l'écran puis actionna le zoom afin d'en examiner les détails. Il reconnut aussitôt le poster punaisé au-dessus de son lit puis il identifia le garçon vautré sur sa petite amie.

— De quand date ce truc ? rugit-il.

— D'hier, sourit Jake. Demande à ta sœur, elle en sait plus que moi.

James se tourna vers Lauren. Ses yeux lançaient des éclairs.

— Tu étais au courant ?

— James… tu étais en mission. J'allais te le dire, mais je ne voulais pas gâcher ton Noël.

— Tu es ma sœur, nom de Dieu ! Tu n'avais pas le droit de me cacher ça. Tu m'as fait passer pour un con !

— Lauren est une garce manipulatrice, dit Jake.

— Toi, si tu ajoutes un mot, je t'envoie passer les fêtes à l'infirmerie.

Kyle posa une main sur l'épaule de James.

— C'est bon, calme-toi.

— Toi aussi, tu savais ?

— James, je n'ai pas mis les pieds au campus depuis juillet. Respire à fond et compte jusqu'à dix.

— Putain, la moitié des agents doivent savoir que Michael Hendry se tape ma copine dans mon dos, et ma propre sœur m'a menti droit dans les yeux !

— Je n'ai pas menti, dit Lauren. Je voulais laisser à Dana une chance de te parler. Et puis j'ai effacé la photo pour éviter que tu l'apprennes de cette façon.

James, conscient que Lauren avait tout fait pour le ménager, éprouvait une haine indicible à l'égard de Dana.

— Elle est où, cette salope ?

— Je ne l'ai pas vue. Tu sais bien qu'elle n'aime pas les fêtes. Elle est sûrement en train de bouquiner dans sa chambre.

James se tourna vers le terrain de football et aperçut Michael Hendry, qui jouait ailier gauche dans l'équipe du huitième étage.

— File-moi ce téléphone, gronda-t-il en arrachant l'appareil des mains de Jake.

— Ne fais pas de connerie, dit fermement Kyle en essayant de le retenir par le bras.

James se déroba à son emprise et s'élança sur le terrain. Furieuse, Lauren saisit Jake par le col de son blouson.

— Espèce de fumier ! gronda-t-elle.

— Va te faire foutre ! répliqua le garçon.

Lauren le gifla de toutes ses forces. Il tituba puis tomba sur les fesses.

— Mes points de suture… gémit Jake en se tordant de douleur dans la boue.

Lauren posa les mains sur les hanches et lança :

— Arrête de te comporter comme un bébé. Je t'ai à peine touché.

16. Une stupidité légendaire

Dès qu'il eut pénétré sur le champ, James sentit ses baskets se remplir d'eau boueuse. À chaque foulée, une vive douleur courait le long de son dos meurtri. De jeunes agents se disputaient le ballon aux abords de l'une des cages. Michael se tenait à l'écart, au centre du terrain. Il frappait ses gants l'un contre l'autre pour combattre le froid mordant.

En dépit de la rage qu'il éprouvait, James sentit son désir de vengeance décroître à mesure qu'il se rapprochait : il était plus petit que Michael, sa musculature était moins développée, et son niveau d'entraînement était strictement identique à celui de son rival. L'effet de surprise était son seul atout.

— Eh, espèce d'enfoiré ! cria-t-il.

Dès que Michael se fut retourné, James lui porta à la tempe un coup de téléphone si violent que la coque se brisa, puis il enchaîna par deux crochets à l'estomac. Ces coups auraient terrassé tout individu normalement constitué, mais son adversaire encaissa sans broncher, le saisit par la capuche de son hoodie et écrasa les crampons de sa chaussure de rugby pointure quarante-six sur sa cheville.

— Tu veux vraiment te battre avec moi ? gronda-t-il.

James lâcha un gémissement puis s'effondra dans la boue. Malgré la douleur que lui causaient ses reins endoloris, il saisit le pied de Michael, le souleva de terre et le tordit de toutes ses forces.

Les joueurs témoins du pugilat se précipitèrent dans leur direction afin de les séparer. L'arbitre soufflait frénétiquement dans son sifflet.

— Sale traître ! cria James en accentuant son mouvement de torsion.

Vaincu par la douleur, Michael posa un genou à terre, se laissa tomber sur James, puis lui assena un puissant coup de poing à l'arrière de la tête. Ce dernier sentit l'eau glacée imprégner ses vêtements. Il tenta de se redresser mais il essuya une rafale de directs. L'effet de surprise ayant fait long feu, il avait perdu toute chance de prendre le dessus.

Bruce Norris se porta à son secours. Il neutralisa Michael d'un coup de pied entre les omoplates, passa les bras autour de son cou et le tira en arrière.

Bruce était beaucoup plus fort que sa taille ne le laissait supposer, mais il dut recourir à l'aide de Shakeel et de Rat pour immobiliser son adversaire. James était sonné par les deux coups reçus à la tête, mais il n'avait pas perdu connaissance. Gabrielle, la petite amie de Michael, l'aida à se relever. Kerry maintint fermement ses bras derrière son dos.

— Nom de Dieu, James, dit-elle. Ce n'est qu'un match de foot. En plus, tu avais déclaré forfait, à cause de ton dos.

Les deux belligérants essayaient vainement de se libérer. L'arbitre, qui ne comprenait rien à la situation, leur adressa un carton rouge.

— Je n'en ai rien à foutre, de ce match à la con ! hurla James. Gabrielle, jette un œil au portable de Jake, et regarde ce que ton copain trafique avec Dana.

La jeune fille saisit l'appareil et examina la photo affichée à l'écran. Chose étrange, elle ne trahit aucun signe d'étonnement. À l'évidence, elle nourrissait déjà des soupçons concernant la fidélité de son petit ami. Soudain, elle se rua sur lui.

— Gabrielle, non ! s'étrangla Kerry.

— Alors, c'est ça que tu faisais, quand tu prétendais préparer cet exposé d'histoire de l'art ! hurla Gabrielle. C'est pour ça que tu passais tant de temps dans la chambre de Dana ! Sale fils de...

De stature longiligne, elle n'aurait eu aucune chance de dominer Michael au combat singulier, mais ce dernier était toujours fermement maintenu par Bruce et Shakeel. L'arbitre essaya de s'interposer, mais Gabrielle le repoussa puis écrasa la paume de sa main droite contre le nez de son petit ami.

— Je vais te tuer ! hurla-t-elle.

L'arbitre la saisit fermement par la taille et l'entraîna à l'écart.

— Je croyais que tu m'aimais ! sanglota Gabrielle avant de s'effondrer entre les bras de l'homme qui la maintenait immobile.

— Toi, tu as intérêt à te tenir tranquille, glissa Kerry à l'oreille de James avant de le lâcher pour se précipiter au chevet de sa meilleure amie.

Les sanglots désespérés de Gabrielle aiguisaient la colère de James. S'il avait sincèrement aimé Dana, personne n'avait jamais cru à la solidité de leur relation. En revanche, aux yeux de toute la population du campus, Michael et Gabrielle faisaient figure de couple modèle. Ils ne se quittaient pas d'un cheveu, si bien qu'on ne parlait jamais de l'un sans mentionner l'autre.

James se sentait humilié. Il avait mal à la tête, au dos et à la cheville. L'une de ses chaussettes était tachée de sang. Pourtant, tout cela lui semblait insignifiant en comparaison du désespoir de Gabrielle, qui pleurait toutes les larmes de son corps entre les bras de Kerry.

— Ça va ? demanda Kyle.

— J'ai une grosse migraine, et je crois que ma cheville a besoin de quelques points de suture. Je... je suis désolé.

— Désolé de quoi ?

— De tout ce bordel. Ça fait cinq mois que tu n'es pas venu au campus, et il a fallu que je fasse une de mes scènes.

— Elles m'ont manqué, tes scènes. Ta stupidité légendaire met en valeur mon intelligence et mon esprit rationnel.

Malgré la douleur que lui infligeaient ses nombreuses blessures, James esquissa un sourire.

— Accroche-toi à mon épaule, dit Kyle. Je vais emprunter une voiture de golf pour te conduire à l'infirmerie.

...

Deux heures plus tard, Lauren frappa à la porte de la chambre de James.

— Comment tu te sens ? demanda-t-elle en passant la tête à l'intérieur de la pièce.

Son frère, drapé dans un peignoir, était étendu sur le lit. Il portait un bandage à la cheville. Un large pansement recouvrait la plaie ouverte à l'arrière de son crâne par l'une des bagues de Michael Hendry.

La pièce était plongée dans la pénombre. Lauren s'assit au coin du matelas.

— J'ai connu des jours meilleurs, mais aussi des pires, dit James en posant le magazine consacré aux motos dont il n'était pas parvenu à lire une ligne.

— Tu as dit toi-même que ça n'allait pas vraiment entre Dana et toi, ces derniers temps, fit observer Lauren d'une voix apaisante. Tu devais un peu t'y attendre.

— Ce n'est pas la rupture qui me fout les boules, c'est d'être passé pour un con devant tout le campus. Tout le monde savait, y compris toi…

— Je t'aurais tout raconté, si ça avait duré. Je n'ai jamais été très fan de Dana « Cheddar » Smith. Je n'avais aucune raison d'être loyale envers elle.

— Elle est super bien foutue, soupira James. En plus, c'est la première fille avec qui j'ai couché, alors je pense que je me souviendrai d'elle toute ma vie.

Lauren esquissa un sourire malicieux.

— Tu oublies la fille de Luton que tu t'es envoyée pendant la mission antigang.

James lâcha un bref éclat de rire.

— OK, je rectifie : Dana est la première avec qui j'ai couché, exception faite de ces deux minutes de trouille absolue dans une baignoire en compagnie d'une fille qui ne m'a plus jamais adressé la parole.

— Il n'y a qu'à toi que ça pouvait arriver, un truc pareil, gloussa Lauren.

— C'est surtout pour Gabrielle que j'ai de la peine. Elle était toujours en larmes dans la chambre de Kerry quand je suis revenu de l'infirmerie.

— Et Zara, qu'est-ce qu'elle dit de tout ça ?

— Elle nous a rendu visite pendant qu'on se faisait soigner, et elle nous a forcés à nous serrer la main, Michael et moi, comme des gamins de cinq ans. La bonne nouvelle, c'est que Gabrielle lui a démoli le nez. Personne ne sera puni si l'affaire en reste là, mais le téléphone de Jake ne fonctionne plus, et il va falloir que je le remplace.

— Combien ça va te coûter ?

— Cent cinquante livres, grommela James. Tout mon argent de Noël, plus une retenue de cinq livres d'argent de poche par semaine jusqu'à fin mars.

— Galère. Dommage que tu aies raté le match instructeurs contre T-shirts noirs. C'était trop marrant. Bruce a planté trois buts. À la fin, Mr Pike et Mrs Smoke l'ont jeté dans le lac.

— Zara doit être ravie, elle qui insistait pour que personne n'attrape froid…

— Après, on nous a servi du chocolat chaud et de la tarte

pour nous réchauffer. Au fait, tu es au courant pour l'exercice aux États-Unis ? Tu pourrais poser ta candidature, vu que ta mission s'est terminée plus tôt que prévu.

— Franchement, j'en ai ma dose, de l'entraînement.

— Ce n'est pas un exercice d'entraînement, mais des manœuvres à grande échelle en zone urbaine contre les troupes américaines. On jouera le rôle des insurgés, sous le commandement de Mac. En plus, les volontaires auront droit à un court séjour touristique à Las Vegas.

— Ça m'a l'air pas mal du tout, admit James. Pas de randonnées avec des sacs remplis de pierres, tu es formelle ?

— Ces manœuvres sont organisées par l'US Army et les forces spéciales britanniques. Ils ont requis l'intervention de CHERUB pour placer les troupes américaines en présence d'un ennemi… inattendu.

— Évidemment, présenté comme ça, ça pourrait m'intéresser.

— Je crois que ça te ferait du bien de quitter CHERUB pendant quelques semaines. De nombreux agents ont posé leur candidature, mais vu ton dossier, je suis certaine que tu seras sélectionné.

— J'en discuterai avec Mac, la prochaine fois qu'il viendra au campus.

— Cool, dit Lauren.

On frappa à la porte.

— C'est ouvert ! lança James.

Dana fit son apparition, un carton entre les bras.

— Ah, tu oses enfin te montrer, lâcha-t-il sur un ton glacial.

La jeune fille posa la boîte sur le sofa placé près de la porte.

— Je ne te demande même pas de me croire, James, mais sache que j'avais l'intention d'être honnête avec toi, dit-elle. Seulement, Michael préférait y aller en douceur avec Gabrielle. Finalement, elle a commencé à avoir des soupçons, et elle lui a fait de telles scènes qu'il a préféré tout nier en bloc.

— C'est ça, bien sûr, grogna Lauren. La vérité, c'est qu'il avait deux nanas, et que cette situation lui convenait très bien.

— Au cas où tu ne l'aurais pas remarqué, ton frère n'est pas un champion de la fidélité, répliqua Dana.

James se leva, fit trois pas hésitants et examina le contenu du carton d'un air détaché. Il y trouva des CD, des vêtements, des livres scolaires et divers objets abandonnés dans la chambre de sa petite amie au cours des treize mois qu'avait duré leur relation.

— Je t'ai trompée une fois, et je t'en ai parlé immédiatement, fit-il observer.

— N'en fais pas un drame, James. Notre histoire était complètement bidon. On n'avait rien à faire ensemble. Au fond, pour toi, j'étais la solution de facilité. C'est moi qui t'ai fait du rentre dedans, et tu es incapable de dire non à une fille.

James éprouvait un vif ressentiment envers Dana, et il aurait aimé rompre dans les règles de l'art, en lui jetant objets et insultes au visage. Mais il avait mal partout et se sentait vidé de toute énergie.

— Ramasse tes affaires et tire-toi, dit-il.

Dana récupéra les produits de toilette et de maquillage qu'elle avait laissés traîner dans la salle de bains, quelques vêtements et l'exemplaire du *Seigneur des anneaux* dont James n'était jamais parvenu à achever la lecture. Lauren, consciente de la détresse de son frère, posa une main sur son épaule.

— Bonne chance pour l'avenir ! lança ce dernier sur un ton sarcastique.

— À toi aussi ! répondit Dana avant de quitter la pièce en claquant la porte.

— C'est trop bête que tout ça se passe la veille de Noël, fit observer Lauren.

— T'inquiète pas pour moi. Dès demain, j'irai faire un tour en ville pour me faire rembourser les trente-six livres quatre-vingt-dix-neuf que m'a coûtées le cadeau que je réservais à cette traînée.

17. L'attaque des piranhas

Le lendemain, à six heures cinquante-huit du matin, Meryl Spencer, postée devant l'entrée de la salle des fêtes du bâtiment principal, s'efforçait de résister à la poussée des T-shirts rouges gagnés par l'hystérie.

— Si vous ne reculez pas, rugit-elle, je vous renvoie au lit jusqu'à huit heures !

Un murmure de réprobation parcourut l'assistance, mais la plupart des enfants savaient que Meryl ne mettrait pas sa menace à exécution.

Ils s'étaient levés une heure plus tôt, avaient enfilé un anorak sur leur veste de pyjama et s'étaient rués en chaussons fourrés vers le lieu de rassemblement. Deux résidents particulièrement indisciplinés avaient même essayé de pénétrer dans la salle à quatre heures du matin en forçant les issues de secours.

Kyle, James et les adolescents du campus se tenaient à l'écart. Leur excitation n'avait rien de comparable, mais ils avaient tenu à assister au spectacle réjouissant du déballage des cadeaux.

— Ça me donne un sacré coup de vieux, tout ça, dit Kyle. Il y a dix ans, je me trouvais au même endroit, à la même heure. Chaque minute semblait durer des siècles…

Kevin Sumner, Jake Parker et les agents de leur âge ne savaient pas sur quel pied danser. Ils patientaient derrière les T-shirts rouges mais, en dépit des efforts consentis pour paraître raisonnables et détendus, ils ne parvenaient pas à dissimuler leur impatience.

— RECULEZ! hurla Meryl.

Un éducateur du bloc junior saisit un enfant par le poignet et le tira *manu militari* à l'écart du groupe.

— Tu crois que je ne t'ai pas vu frapper ta camarade? dit-il. Pour la peine, tu entreras le dernier.

Un concert d'exclamations enthousiastes salua l'arrivée de Zara Asker et des principaux cadres de CHERUB. Lorsque la pendule fixée au-dessus de la porte indiqua 6:59, les T-shirts rouges se mirent à scander le compte à rebours.

— Cinquante-neuf, cinquante-huit, cinquante-sept…

— J'en peux plus! cria une fillette prénommée Coral. Je vais devenir folle!

Megan, la petite sœur de Kevin, tentait de se frayer un passage à coups de coude jusqu'à la porte.

— Nom de Dieu, Meg, gronda son frère, arrête de te comporter comme un animal!

— Seize, quinze, quatorze…

À *dix*, Meryl fit volte-face et glissa une clé dans la serrure. À *zéro*, elle poussa la porte, et les T-shirts rouges déboulèrent dans la salle.

Les agents âgés de six à neuf ans se jetèrent aussitôt sur les cadeaux disposés par ordre alphabétique sur le parquet, écartant les emballages les plus petits pour s'attaquer aux plus volumineux. Deux éducateurs aux yeux gonflés aidèrent les enfants trop jeunes pour maîtriser l'alphabet à localiser leurs paquets.

Lorsque James et ses camarades pénétrèrent dans la pièce, la manière dont les T-shirts rouges déchiquetaient les emballages évoquait une attaque de piranhas.

Le vacarme était assourdissant. Les cris de joie se mêlaient au bruit du papier cadeau déchiré et des mélodies produites par les jouets électroniques.

Les agents opérationnels se dirigèrent d'un pas tranquille vers les tables où étaient entreposés leurs paquets. Les cadeaux offerts par la direction étaient plus petits que ceux destinés aux enfants, mais d'égale valeur, car les autorités de CHERUB investissaient scrupuleusement la même somme pour chaque résident du campus.

James et Lauren inspectèrent la pile marquée de la lettre A.

— Chouette, on a tous reçu un nouvel ordinateur portable, dit cette dernière.

Dans un emballage étiqueté à son nom, elle trouva une paire de baskets New Balance.

— Ça, c'est de ma part, dit James.

— Elles sont géniales. Tiens, c'est pour toi.

Elle lui remit un paquet contenant un flacon d'eau de toilette Paul Smith.

— Merci, petite sœur, dit-il en prenant Lauren dans ses bras. Tu es trop mignonne.

— Merci à toi, grand frère.

Il inspecta les babioles que lui avaient offertes ses amis, puis se dirigea vers Kerry.

— Joyeux Noël! lança-t-il.

— Joyeux Noël, James! répondit son ex-petite amie avant de déposer un baiser sur sa joue.

James respira son parfum familier, et sentit naître en lui un élan de tendresse mêlé de jalousie.

— Pauvre Kyle, dit Kerry. La direction ne lui a même pas fait de cadeau.

Mac, accroupi au centre de la pièce, aidait les T-shirts rouges à rassembler leurs jouets dans des paniers à linge en plastique, afin qu'ils puissent les emporter dans leur chambre.

James alla à sa rencontre.

— Bonjour, Mac. Où étiez-vous passé? Ça fait deux jours que je vous cherche.

— Salut, lança l'ancien directeur de CHERUB en replaçant

des pièces de Meccano à l'intérieur de leur boîte. Fahim et moi avons séjourné quelques jours chez mon fils, à Londres. Je suis venu chercher des dossiers, hier soir, et j'ai préféré dormir ici, pour assister à la distribution.

— Comment va Fahim ?

— Bien. Il s'entend à merveille avec mes petits-enfants.

— Et vous ?

— Ma femme et moi étions mariés depuis si longtemps… répondit Mac, la gorge serrée. Ça ne sera plus jamais pareil, maintenant qu'elle n'est plus là, mais c'est encore plus dur pour mon fils. Il a tout perdu : sa mère, son épouse et ses deux enfants[6].

Un petit garçon se planta devant lui, les mains posées sur les hanches.

— Je veux mon Meccano ! lança-t-il.

— Excuse-moi, mon petit bonhomme, sourit Mac en lui tendant la boîte.

L'enfant se dirigea vers la sortie en traînant la corbeille sur le parquet.

— Je voulais savoir s'il restait des places pour l'exercice tactique aux États-Unis.

— Je n'en ai pas la moindre idée.

— Pourtant, Lauren m'a dit que vous étiez responsable de l'opération.

— Kazakov m'a demandé de présélectionner des agents de confiance, mais c'est lui qui est chargé de choisir les membres de l'équipe rouge.

— L'équipe rouge ? répéta James.

— Soit Lauren n'a pas encore reçu son ordre de mission, soit elle n'a pas pris le temps de t'expliquer de quoi il s'agissait. Les Américains organisent des manœuvres dans des installations prévues à cet effet aux quatre coins de la planète.

---

6. Voir CHERUB mission 9 : *Crash*.

Fort Reagan est la plus moderne d'entre elles. Elle permet de recréer les conditions de la guérilla urbaine contemporaine et de placer les combattants dans des situations comparables à celles des conflits irakien ou somalien. Kazakov a beaucoup d'expérience. Il a combattu en Afghanistan dans l'armée soviétique, supervisé l'entraînement des forces spéciales de l'OTAN et exercé les fonctions de conseiller militaire dans les Balkans et à Bagdad. Dans le cadre des exercices de manœuvres, les Américains utilisent toujours le langage de la guerre froide. En conséquence, leurs ennemis virtuels sont toujours désignés sous le terme de « Rouges ».

— Alors il faut que je m'adresse à Kazakov ?

— Oui, mais je crois que tu as toutes tes chances. Aux dernières nouvelles, il n'était pas satisfait du recrutement. Il souhaiterait faire appel à des agents expérimentés, mais Zara lui met des bâtons dans les roues. Elle refuse de lui confier ses meilleurs éléments, de peur de manquer de main-d'œuvre si des missions importantes se présentent.

— Je n'ai pas vu Kazakov, ce matin. Savez-vous où il se trouve ?

Mac éclata de rire.

— Ce type a une pierre à la place du cœur. Tu l'imagines vraiment se lever aux aurores pour regarder des gamins ouvrir leurs cadeaux de Noël ?

— Non, évidemment, sourit James.

— Il est rentré du programme d'entraînement la semaine dernière. Je suppose qu'il doit se trouver dans sa chambre, à cette heure-ci, et je suggère que tu lui rendes visite sans tarder.

18. Racaille inculte

James vivait au campus depuis plus de quatre ans, mais il ne s'était rendu qu'une seule fois dans les quartiers du personnel, au cinquième étage du bâtiment principal. Le couloir avait manifestement besoin d'un bon coup de peinture et la moquette était usée jusqu'à la corde, mais les résidents, jeunes et célibataires pour la plupart, avaient festonné les murs de guirlandes électriques et de frises composées de bonshommes de neige en plastique.

Seules les parois encadrant l'appartement dix-huit, situé à l'extrémité de la galerie, étaient restées nues. En s'approchant, James reconnut quelques notes du *Lac des cygnes* jouées à plein volume.

— Mr Kazakov ? cria James en frappant à la porte. Vous êtes là ?

N'obtenant pas de réponse, il tourna la poignée puis jeta un œil dans l'entrebâillement. Il découvrit un vestibule minimaliste, aux murs blancs et au parquet impeccablement ciré.

— Mr Kazakov ? répéta James en se glissant dans l'entrée.

L'appartement disposait d'une chambre et d'un salon équipé d'une cuisine américaine. Kazakov était étendu dans un fauteuil à dossier inclinable. Une paire de hautes enceintes posées à même le sol diffusait le célèbre ballet de Tchaïkovski. Les paupières closes, l'instructeur dirigeait un orchestre imaginaire, un stylo tenu du bout des doigts.

— Bonjour, dit James en posant une main sur son épaule.

Kazakov sursauta violemment, écarquilla les yeux, effectua une roulade latérale puis saisit le cou de son visiteur avant qu'il n'ait pu esquisser un geste. Il le plaqua au sol et posa la pointe d'un poignard de l'armée soviétique au centre de son front.

— Nom de Dieu, soupira James. Lâchez-moi…

— J'ai liquidé trois Afghans et un Serbe avec cette arme, gronda l'instructeur sur fond d'accords mélodramatiques. Je n'aime pas qu'on me prenne par surprise.

— Je n'avais aucune intention de vous surprendre. J'ai frappé à la porte, j'ai appelé, mais vous n'entendiez rien, à cause du volume de la musique.

Kazakov se redressa et glissa le poignard dans le fourreau suspendu à son ceinturon. Il réajusta sa veste et son pantalon de treillis, saisit une télécommande, puis pressa la touche *stop*.

— Joyeux Noël, James Adams ! s'exclama-t-il, fendu jusqu'aux oreilles. Tu devrais travailler tes réflexes. Tu es aussi vif que ma grand-mère.

James poussa un grognement et se releva en s'agrippant au rebord du bar. Kazakov n'était pas le premier instructeur de CHERUB à critiquer sa vitesse de réaction. En dépit du programme d'entraînement spécifique suivi sous les ordres de Miss Takada, il n'avait jamais accompli de progrès significatifs.

— Mon frère était lent, lui aussi, dit Kazakov en tendant l'index vers une photo encadrée posée sur une étagère. C'est ce qui l'a perdu.

James examina le cliché en noir et blanc : deux hommes aux traits presque identiques prenaient la pose en uniforme de l'armée russe. Ils n'avaient pas plus de vingt ans.

— Notre hélicoptère a été touché par une roquette au décollage, expliqua l'instructeur. J'ai sauté de l'appareil une demi-seconde avant l'explosion. Mon frère a été brûlé vif.

— Je suis désolé, bredouilla James en promenant son regard sur les autres photographies.

Sur l'une d'elles, Kazakov posait en grand uniforme, la poitrine ornée d'innombrables médailles, en compagnie d'une jeune femme portant un justaucorps, un tutu et des chaussures de ballet, et d'un enfant d'environ quatre ans en costume marin.

— C'est votre femme ? demanda James, stupéfait. Elle est absolument *magnifique*. Mais je croyais que vous n'aviez pas de famille...

Kazakov fronça les sourcils puis retourna le cadre.

— Les soldats ne sont pas faits pour le mariage, dit-il sur un ton amer. Elle s'est recasée. Mes parents sont morts. Mon frère a été tué au combat. Mon fils a vingt-quatre ans, mais je ne sais ni où il vit, ni à quoi il ressemble.

James et Kazakov observèrent un silence tendu.

— Tu es un bon élément, mon petit, lâcha enfin l'instructeur. Je serai ravi de t'emmener avec moi en Amérique.

James esquissa un sourire.

— Comment savez-vous que c'est ce que j'avais en tête ?

— Les garçons de ton âge sont comme les chats, ricana Kazakov. Ils ne veulent que manger, s'amuser et rencontrer des femelles. La nourriture du réfectoire est bien meilleure que la mienne, je n'ai à l'évidence rien d'une jeune fille, et la seule chose amusante que j'aie à te proposer, c'est une place dans l'équipe des Rouges. Je me trompe ?

— Non, ce raisonnement est d'une logique implacable.

— Avec tes yeux bleus et tes cheveux blonds, tu me fais vraiment penser à mon frère, dit Kazakov sur un ton affectueux. Veux-tu que je te montre où vont se dérouler les manœuvres ?

James était impatient de retrouver ses camarades, mais il

décida de saisir la chance qui s'offrait à lui de nouer des liens privilégiés avec l'instructeur le plus redouté de CHERUB.

— Voilà le complexe, dit Kazakov en désignant un collage d'un mètre de long, constitué d'une douzaine de photos satellite, posé sur le bar.

James était sidéré. Fort Reagan était immense. Ramené à l'échelle du plan déroulé devant lui, le camp d'entraînement des SAS[7] aurait pu figurer sur une carte postale.

— Cent mille hectares en plein désert du Nevada, précisa l'instructeur.

En étudiant la photo, James constata que la ville comptait des dizaines de barres d'habitation, au moins un millier de maisons, des centres commerciaux, des espaces verts, des places, des avenues et des tronçons d'autoroute. Il découvrit un quartier évoquant l'urbanisme d'une banlieue américaine ; plus loin, une zone rassemblant des petites maisons de style moyen-oriental, bâties autour de cours intérieures, et un immense champ d'abris en tôle ondulée, censé figurer un bidonville du tiers-monde.

À l'un des angles de Fort Reagan se trouvait un camp composé de tentes et de bâtiments permanents, une longue piste d'atterrissage et un vaste parking où était stationnée une flotte de véhicules militaires, du Humvee au char de combat Abrams.

Çà et là, James remarqua des engins et du matériel de construction. Les arbres alignés le long des rues n'avaient pas eu le temps de croître.

— Ça a l'air tout neuf, fit-il observer.

— Oui, le complexe a ouvert l'année dernière. Sa construction a coûté une fortune aux contribuables améri-

---

7. SAS (*Special Air Service*) : forces spéciales d'intervention antiterroriste de l'armée britannique (NdT).

cains. C'est le deuxième centre de manœuvres en milieu urbain dans le monde. Chaque exercice rassemble plus de deux mille soldats et dix mille civils – des étudiants et des chômeurs, pour la plupart – acheminés en bus et payés quatre-vingts dollars par jour. Une opération de ce type dure entre dix jours et trois semaines, et son coût s'élève à cent millions de dollars.

— Et on est censés jouer les méchants ?

— Exactement. En règle générale, des groupes composés d'officiers ou des commandos des forces spéciales sont chargés de tenir ce rôle, mais l'état-major souhaite maintenant confronter ses troupes à un ennemi ne faisant pas partie de ses rangs, des combattants mettant en œuvre des tactiques qui leur sont inconnues. C'est pour cette raison que les troupes anglaises ont été invitées à participer au prochain exercice. Et c'est moi qui ai été choisi pour commander l'équipe rouge.

— C'est un parcours de golf, là ? demanda James en désignant la partie la plus verdoyante de la carte satellite.

— Sans aucun doute, sourit Kazakov. Il ne doit pas y avoir beaucoup de golfs à Bagdad ou à Mogadiscio, mais les généraux américains dépérissent s'ils n'ont pas leurs dix-huit trous hebdomadaires.

James éclata de rire.

— Vous n'aimez pas beaucoup les Américains, n'est-ce pas ?

— De la racaille inculte ! s'exclama l'instructeur. Ils ont livré le missile qui a abattu mon hélico et entraîné le taliban qui a appuyé sur la détente. Seuls le pilote et moi nous en sommes sortis. Seize soldats ont été tués, dont tous les membres du commando auquel j'appartenais.

— Attendez, je suis un peu perdu… Les talibans, ce ne sont pas les barbus fanatiques contre lesquels se battent les Américains ?

— Aujourd'hui, ce sont leurs ennemis, en effet. Mais dans les années quatre-vingts, la CIA a entraîné et équipé les talibans pour se battre contre les forces soviétiques. Et le pire, c'est qu'ils ont remis ça avec Saddam Hussein : ils lui ont fourni tout l'armement nécessaire à l'invasion de l'Iran. De plus, ce sont des technologies américaines qui ont permis aux Irakiens de produire les armes chimiques dont ils se sont servis pour gazer les Kurdes.

James resta pensif.

— Des fois, j'ai l'impression que les politiciens sont comme des gamins de cinq ans. Un jour, ils sont super copains, et le lendemain, ils se crêpent le chignon dans le bac à sable.

— C'est une excellente comparaison, dit Kazakov. Mais revenons à l'opération… Avec dix agents de CHERUB, trente membres des forces spéciales et une centaine de sympathisants dans la population civile, je vais mettre les généraux de l'US Army à genoux et les pousser à la capitulation en moins de quarante-huit heures.

James était frappé par la véhémence des propos de l'instructeur.

— Je vous rappelle que c'est juste un exercice tactique, lui fit-il observer. Et les Américains sont nos alliés.

— Rien à foutre ! gronda Kazakov en frappant du poing sur le bar. Je vais donner une bonne leçon à ces Yankees. Malgré leurs manœuvres hollywoodiennes et leurs académies militaires, ils ne sont pas foutus de ramper dans les égouts ni de conduire une bataille de rue digne de ce nom.

Aux yeux de James, l'attitude de Kazakov avait quelque chose de dérangeant. Contrairement à ce que lui avait vendu Lauren, l'opération pour laquelle il s'était porté volontaire ne se limiterait pas à un agréable séjour à Las Vegas suivi d'un exercice tactique de routine.

— Quand est-ce qu'on part ?

— Le 1er janvier. Je vous enverrai une feuille de route dans la journée.

— Bien, dit James en consultant sa montre. J'ai rendez-vous avec ma bande au réfectoire. Joyeux Noël, monsieur. On se voit au déjeuner ?

— Peut-être. Les festivités, ce n'est pas trop mon truc, et je dois encore fignoler ma stratégie.

19. Un traitement royal

Le minibus franchit le portail sécurisé de la base aérienne militaire située à dix kilomètres du campus. James, assis à l'avant du véhicule, bâilla à s'en décrocher la mâchoire. Il avait fêté le nouvel an jusqu'à deux heures du matin, puis s'était levé tôt pour laver et faire sécher suffisamment de vêtements de rechange pour les deux semaines qu'il allait passer loin du campus.

Un sous-officier de la Royal Air Force monta à bord du bus.

— Veuillez présenter vos papiers, s'il vous plaît.

L'un après l'autre, Mac, Meryl, Kazakov, James, Lauren, Rat, Kevin, Jake, Bruce, Andy, Kerry et Gabrielle lui tendirent leur passeport. Saisie de panique, Bethany fouilla fébrilement dans son sac et finit par dénicher le document dans une poche latérale.

— J'ai les licences d'exportation des armes, des explosifs et des substances psychotropes, expliqua Mac en remettant à l'officier une liasse de papiers.

Ce dernier posa les certificats sur un appuie-tête et les tamponna.

— Ça fait longtemps qu'on ne vous a pas vu, Docteur, fit-il observer.

— Je suis en semi-retraite.

— Voilà, tout est en ordre, dit le militaire en lui restituant les documents.

Lorsqu'ils se déplaçaient en nombre, les agents de CHERUB empruntaient des avions de la Royal Air Force. Cette flotte regroupait des appareils de toutes sortes, des petits jets pressurisés aux Tristar déglingués destinés au transport de troupes vers les bases du Moyen-Orient.

Dans ces derniers, le confort était des plus spartiates, les sièges durs comme de la pierre et les repas servis à bord composés de rations de combat. Aussi, lorsque James descendit sur le tarmac, il découvrit avec ravissement que l'Airbus qui leur avait été réservé était peint aux couleurs de la flotte royale, un département de l'armée de l'air chargé du transport de la Reine, des membres de sa famille, des hautes personnalités du gouvernement et de leurs invités les plus prestigieux.

Des stewards gantés de blanc formaient une haie d'honneur au pied de la passerelle. L'équipage plaça les bagages et l'équipement spécial de Kazakov dans la soute. Un chasseur Typhoon, chargé d'assurer la protection de l'appareil, décolla de la piste principale, à un kilomètre de là.

— Excellent! s'exclama James en pénétrant dans l'Airbus.

Contrairement à la version civile de l'appareil, il ne disposait pas de cent cinquante sièges étroits mais de vingt-quatre fauteuils en cuir qui pouvaient être transformés en couchettes par simple pression d'un bouton.

Au centre de l'avion se trouvait un salon meublé de banquettes en cuir rouge. Le sol était tapissé d'une moquette aux couleurs du Royaume-Uni. Une suite privée disposant d'un bureau, d'une salle de bain et d'un lit double était aménagée dans la queue de l'appareil. Jake sprinta dans la travée et roula sur le matelas. Un steward le saisit par le col et le poussa hors de la chambre.

— Vous n'êtes pas autorisé à pénétrer dans la suite royale, dit l'homme avec raideur.

James s'installa dans l'un des fauteuils.

— Cet avion a l'air tout neuf, fit-il remarquer.

Une hôtesse déposa sur sa tablette une coupe de fruits, une serviette chaude et un journal qui semblait avoir été repassé à la vapeur.

— Il *est* neuf, répondit-elle. Il ne sera officiellement intégré à la flotte royale qu'à la fin du mois, à l'occasion d'un voyage officiel de Sa Majesté le Prince de Galles. Pour le moment, nous effectuons des vols d'essai afin de régler le service et le protocole.

— Alors nous allons avoir droit au traitement royal ? sourit James en abaissant le dossier de son siège.

— Le dossier doit rester vertical lors du décollage. Jette plutôt un œil au menu. Nous vous servirons une collation dès que nous aurons atteint notre altitude de croisière.

Jake tira sur la robe de l'hôtesse.

— Je veux du caviar béluga et une bouteille de votre meilleur vin ! lança-t-il. Et que ça saute !

Les stewards, peu sensibles à ce trait d'humour, le considérèrent d'un œil noir. L'appareil se mit en mouvement et suivit la voie de circulation menant à la piste.

— On a embarqué il y a trois minutes, et on a déjà entamé la procédure de décollage, dit Meryl. Les contrôleurs de Heathrow peuvent aller se rhabiller.

•••

Selon le plan de vol, l'avion devait se poser à Las Vegas neuf heures et demie plus tard. Trois heures après le décollage, les membres de l'équipe se regroupèrent dans le salon aménagé au centre de l'appareil. Meryl, qui avait proposé de leur enseigner les règles du black-jack, battit les cartes d'une main experte et posa le paquet sur la table de conférence.

— Tu as l'air de t'y connaître, fit remarquer Lauren.

— Il y a dix ans, j'ai vécu dans un casino de Las Vegas pendant trois mois, aux frais de la direction.

— À quel titre ? demanda Rat.

— Les casinos se livrent une concurrence acharnée pour attirer les clients fortunés, expliqua Meryl. Quand j'ai arrêté l'athlétisme, on m'a offert cinq cent mille dollars pour travailler dans l'un des plus importants établissements de Las Vegas pendant six mois. Le boulot consistait à dîner en compagnie des joueurs les plus riches, disputer quelques parties, assister aux spectacles et me laisser prendre en photo avec Mr et Mrs Machin-Truc de l'Arkansas. Pour le reste, je passais la journée à traîner dans les salles de jeux en bas résille et robe fourreau. Avec mes quatre-vingts kilos de muscles et mon mètre quatre-vingt-huit, ce n'était pas une réussite...

— Cinq cent mille dollars pour six mois ? s'étonna James. Pour ce salaire-là, je porte des bas résille quand vous voulez.

— Arrête ton char, on sait très bien que tu ferais ça gratuitement, sourit Rat.

— J'ai accepté l'offre, et c'est la décision la plus stupide que j'aie jamais prise, poursuivit Meryl. J'étais tellement nulle qu'ils m'ont offert une rallonge pour que j'accepte de mettre fin à mon contrat avant son terme.

Les agents se tordirent de rire. Meryl distribua deux cartes à chacun des joueurs.

— Carte ! lança Jake.

— Tu as déjà dix-sept points, fit observer Lauren. Si tu dépasses vingt et un, tu sautes.

— Carte ! répéta son camarade avec fermeté.

Meryl sortit un quatre du paquet.

— Black-jack ! s'exclama Jake, avant de tirer la langue à Lauren. Ah, tu vois ! Je te l'avais bien dit.

— N'empêche, elle avait raison, c'était une mauvaise décision, expliqua Rat. Statistiquement, tu avais toutes les chances de tirer une carte de valeur supérieure et de perdre ta mise.

— Tu la soutiens parce que c'est ta copine.

— Non, je me base sur les probabilités. Tu as eu de la chance, mais si tu persistes à t'en remettre au hasard, tu n'as aucune chance à long terme.

— Si tu es si intelligent, comment tu expliques que j'aie plus de pièces que toi ?

Andy éclata de rire.

— Parce que tu as le cul bordé de nouilles, gloussa-t-il.

Mac, qui sommeillait dans un fauteuil à proximité du salon, se redressa d'un bond.

— Andy, surveille ton langage, gronda-t-il. Et tâchez de faire un peu moins de bruit, vous tous.

— Je suis désolée, dit Meryl.

Elle distribua des cartes aux autres joueurs jusqu'à ce qu'ils sautent ou passent, puis, son tour venu, révéla la deuxième carte posée face cachée devant elle et en tira une troisième.

— Dix-neuf, se réjouit-elle avant de ramasser les mises de ses adversaires, à l'exception de celles de Jake et de Bethany. Ce qui est génial avec le black-jack, c'est que les casinos réalisent de toutes petites marges. Avec un peu d'expérience et de stratégie, les chances de gagner sont beaucoup plus importantes qu'avec n'importe quel autre jeu d'argent. Les professionnels utilisent une technique appelée « comptage des cartes », qui permet même de faire pencher les probabilités en leur faveur.

— Tu nous expliqueras, dis ? supplia Andy.

Mac, qui avait abandonné tout espoir de faire la sieste, releva le dossier de son siège.

— Vous pouvez vous entraîner entre vous autant que vous voulez, mais à Las Vegas, il est interdit de jouer avant vingt et un ans, précisa-t-il.

— De toute façon, compter les cartes exige de l'entraînement et un excellent niveau en calcul mental, dit Meryl. Mais en gros, il s'agit de garder en mémoire les cartes distribuées par le croupier. Les cartes de deux à cinq comptent un ; celles de dix à l'as moins un. Plus le total est élevé, plus les chances de l'emporter sont importantes.

— Ça n'a pas l'air si difficile, estima Andy. C'est un truc pour James, ça. C'est une bête en maths.

En effet, les explications de Meryl avaient éveillé la curiosité de James.

— Tu es train de me dire qu'il suffit de se souvenir des cartes sorties du talon ? Après tout, il n'y en a que cinquante-deux par paquet.

— Ne rêve pas trop, James, sourit Meryl. Pour éviter que les joueurs ne comptent les cartes, les casinos utilisent jusqu'à huit paquets par table, et les croupiers sont beaucoup plus rapides que moi. Si un client commence à gagner gros, ils rebattent les cartes ou changent de paquet, et le comptage doit être recommencé à zéro. De plus, quand un patron de casino soupçonne un individu d'utiliser cette méthode, il le fait fouiller à corps, prendre en photo et chasser sans ménagement de son établissement. Ensuite, il partage son signalement avec les autres propriétaires de salles de jeux, et la combine tombe définitivement à l'eau.

— Alors il faut retenir toutes les cartes en ayant l'air de regarder ailleurs, dit Lauren. Tu crois que tu pourrais faire ça, grosse tête ?

— Difficile à dire avant d'avoir essayé, répondit James. Il faudrait que j'étudie tout ça sérieusement. Mac, vous avez Internet sur votre ordinateur portable ?

— Tu sais ce que coûte une connexion à bord d'un avion ? demanda l'ex-directeur.

— Je vous offre une occasion unique d'échapper à nos bavardages.

— Marché conclu, dit Mac en quittant son siège. Promets-moi simplement de ne pas essayer d'accéder à mes données cryptées. Le service technique a installé un dispositif qui détruit le disque dur après trois mots de passe erronés consécutifs. Je sais de quoi je parle, ça m'est déjà arrivé deux fois.

Les agents éclatèrent de rire.

— Ce n'est pas drôle, poursuivit leur supérieur. J'ai dû renvoyer l'ordinateur au quartier général du MI5 pour qu'on me réinstalle le système d'exploitation et les applications. La seconde fois que c'est arrivé, une espèce de gratte-papier à peine sorti de l'université a adressé un rapport au ministre du Renseignement pour l'informer que mon âge me jouait des tours et que je constituais un risque pour la sécurité de l'État.

— Ben c'est vrai que vous déraillez un peu, de temps en temps, dit Jake sans faire preuve du moindre tact.

— Tu as sans doute raison, mais n'oublie pas que mon niveau d'accréditation me permet encore de manipuler ton prochain test d'aptitude physique et de t'envoyer en stage de remise en forme pour quatre semaines sous les ordres de Mr Kazakov.

— Oh! s'il vous plaît, Mac, supplia Lauren, faites-lui en baver. Je vous en serai éternellement reconnaissante.

— Toi, va te faire voir, grommela Jake. Je m'excuse, Mac. Je ne voulais pas vous blesser.

— Ah! regardez comme il rampe, maintenant! ricana Rat.

James se tourna vers Meryl.

— OK, je me retire. Je vais aller me renseigner sur le meilleur moyen de dépouiller Las Vegas.

— Non, reste avec nous, maugréa Jake. Pourquoi tu nous abandonnes? Ça ne sert à rien, de toute façon. Tu ne seras pas autorisé à entrer dans les casinos.

— Cette partie commence à m'ennuyer. Je suis impatient

d'en apprendre plus sur cette technique. Simple curiosité de matheux. Et puis, qui sait, je pourrais peut-être faire carrière dans ce genre d'arnaques, quand j'aurai quitté CHERUB.

— Matheux ? répéta Lauren. *Geek* me paraît plus approprié.

James s'installa à la place de Mac et souleva l'écran du petit ordinateur portable Dell.

— Très bien, dit Meryl en battant les cartes. Faites vos jeux. Mise maximum, cinq pennies.

20. Happy Meal

Compte tenu du décalage horaire, l'Airbus se posa à Las Vegas à deux heures de l'après-midi. Dès qu'ils repérèrent l'appareil aux armes de la famille royale d'Angleterre stationné sur le tarmac, les chauffeurs des limousines affrétées par les casinos qui patrouillaient aux abords de l'aéroport McCarran convergèrent vers le terminal des avions privés.

L'équipe de CHERUB franchit le poste des douanes et se rassembla dans le hall.

— N'oubliez pas que nous sommes censés être extrêmement riches, chuchota Meryl. Tâchez d'agir en conséquence. Vous n'imaginez même pas à quel point on bichonne les millionnaires, dans cette ville.

Meryl s'approcha de la baie vitrée qui séparait le terminal de la zone réservée aux taxis et aux limousines, et fit mine d'être désorientée. Moins d'une seconde s'écoula avant qu'un homme à la stature athlétique et au teint hâlé ne vienne à sa rencontre.

— Bonne année ! s'exclama-t-il en exhibant des dents artificiellement blanchies.

— Nous n'avons pas réservé de chambres d'hôtel, expliqua Meryl, mais on m'a dit que le *Caesar's Palace* était fantastique.

— Le *Caesar's* a bonne réputation, mais je me permettrais de vous conseiller le casino *Reef*, Madame. Je m'appelle Julio Sweet, et je suis chargé de l'accueil VIP de cet établissement.

Si cela vous convient, je peux vous y conduire en limousine et vous proposer gracieusement une suite au dernier étage.

Meryl lui adressa un sourire poli.

— Gracieusement ? répéta-t-elle. C'est très aimable à vous, mais je suis accompagnée de mes dix enfants adoptifs, de mon époux et de notre garde du corps.

— Nous disposons de plus de cinq mille chambres, précisa l'homme. Je suis certain que nous trouverons une solution.

En offrant un hébergement gratuit aux clients débarquant de jets privés, le casino *Reef* prenait des risques calculés : le prix d'un transfert en limousine et de quelques nuits d'hôtel était insignifiant en comparaison des centaines de milliers, voire des millions de dollars qu'était susceptible de perdre un joueur fortuné gagné par la fièvre du jeu.

Au moment où Julio décrochait son téléphone portable pour commander une limousine, une employée d'un casino rival aborda Meryl.

— Puis-je vous remettre ma carte ? dit-elle. N'hésitez pas à m'appeler à toute heure du jour ou de la nuit. La direction du casino *Taipei* serait honorée d'accueillir votre famille dans l'un de ses restaurants, de vous faire découvrir son spa et de répondre au moindre de vos désirs.

James se pencha à l'oreille de Rat.

— Tu crois qu'elle pourrait nous trouver des call-girls ? chuchota-t-il.

L'employé du *Reef* adressa à sa rivale un regard assassin, pianota nerveusement des instructions sur son PDA, puis guida Meryl, Mac et sa petite cour à l'extérieur du terminal.

— Les deux limousines seront là dans cinq minutes. J'ai également commandé un minibus pour transporter vos bagages.

— C'est très aimable à vous, gloussa Meryl en faisant mine d'être surprise d'être l'objet de tant de prévenances.

— Faites-vous partie de la famille royale d'Angleterre ?

— Sa Majesté est une cousine éloignée, en effet, mentit Mac, le visage fermé, en forçant son accent écossais. Elle séjourne régulièrement dans notre chalet des Alpes suisses. Lorsque je lui ai fait part de ce projet de séjour improvisé, elle nous a aimablement proposé de voyager à bord d'un appareil de sa flotte.

— C'est fantastique ! rayonna Julio Sweet. Quelle chance vous avez de connaître la Reine. Nous recevons fréquemment des milliardaires et des stars du cinéma, mais jamais d'invités d'aussi haute lignée.

— Je compte sur votre discrétion, bien entendu, précisa Mac, que son rôle d'aristocrate amusait au plus haut point.

— Cela va de soi, Monsieur. La direction satisfera le moindre de vos désirs en toute confidentialité.

Deux limousines et un van aux portières ornées du logo du casino *Reef* s'immobilisèrent devant le terminal.

— Combien de temps comptez-vous séjourner dans notre établissement ? demanda Julio.

— Deux nuits, si cela vous convient, répondit Meryl. Nous ne voudrions pas abuser de votre hospitalité…

...

Le casino *Reef* se dressait à l'extrémité sud du Strip, le boulevard où étaient regroupés les principaux hôtels et salles de jeux de Las Vegas. Les suites réservées aux invités étaient situées au trente-cinquième et dernier étage. L'immense appartement de Meryl, Kazakov et Mac était dallé de marbre du sol au plafond. Les dix agents étaient répartis dans trois suites moins spacieuses, mais au luxe tout aussi tapageur.

James était logé en compagnie de Jake et Kevin dans un petit paradis disposant de deux lits *king-size*, de deux immenses salles de bain et du plus grand écran plasma qu'il ait jamais vu.

Après s'être douchés et changés, les garçons passèrent le reste de l'après-midi à abuser du room-service et à se bombarder de M & Ms chipés dans le minibar. À la nuit tombée, Julio invita ses hôtes à prendre place à bord de deux limousines pour une spectaculaire visite guidée du Strip.

En dépit du spectacle éblouissant offert par les façades illuminées, les treize membres de CHERUB, assommés par le décalage horaire, avaient tant de difficultés à garder les yeux ouverts qu'ils écourtèrent l'excursion et se mirent au lit dès leur retour à l'hôtel.

Le lendemain, James, trahi par son horloge biologique, s'éveilla à cinq heures et demie. Incapable de se rendormir, il décida d'explorer l'établissement.

Les lieux étaient presque déserts, à l'exception de quelques joueurs impénitents aux traits tirés et d'employés chargés du nettoyage.

En raison de son âge, James n'était pas autorisé à jouer, mais, en tant que résident de l'hôtel, il pouvait visiter librement le casino, pourvu qu'on ne le surprenne pas à parier le moindre *cent*. Il pensait y trouver des hommes vêtus de smoking en train de dépenser des fortunes à la roulette, comme dans les films de James Bond, mais il découvrit une immense salle à l'atmosphère confinée où étaient alignées des milliers de machines à sous. Les hôtesses chargées de servir les cocktails, après une nuit à arpenter les allées juchées sur leurs talons aiguilles, lui lançaient des sourires factices. Leur maquillage avait littéralement fondu à la chaleur des projecteurs multicolores.

Derrière le casino se trouvait une allée découverte où étaient rassemblés une douzaine de restaurants et un centre commercial surmonté d'une enseigne lumineuse où figuraient les mots : LE PARADIS DU SHOPPING SUR 400 000 M². Compte tenu de l'heure matinale, seuls le buffet et la boutique de souvenirs de l'hôtel avaient ouvert leurs portes.

James pénétra dans le magasin et passa en revue les étalages où étaient exposés des presse-papiers, des boules à neige abritant des répliques du Strip et des statuettes en plastique d'Elvis Presley qui chantaient *Viva Las Vegas* lorsqu'on appuyait dans leur dos. La caissière avait entendu cet hymne un bon million de fois. Elle quitta son magazine des yeux et, d'un simple regard, le mit au défi de presser à nouveau le bouton.

Au fond de la boutique, James découvrit un rayon librairie garni de guides touristiques, de cartes et d'ouvrages consacrés au jeu. Ses yeux se posèrent sur un mince fascicule intitulé *Devenir un pro du black-jack*.

Il s'en empara puis le feuilleta. À son grand étonnement, ce manuel, vendu dans un établissement de jeux, contenait plusieurs chapitres consacrés aux techniques de comptage des cartes.

James posa le livret sur le comptoir.

— Ça fait sept dollars quatre-vingt-trois, taxes comprises, dit la caissière. Nous vendons aussi des jeux de cartes pour cinquante *cents*.

— Je vais en prendre un. Et mettez-moi aussi un paquet de chewing-gums au menthol.

— Dix dollars soixante-treize.

À cet instant précis, James remarqua les jambes bronzées de la caissière et la trouva irrésistible. Il jeta un regard circulaire à la boutique pour s'assurer qu'il était seul.

— Vous terminez à quelle heure ? demanda-t-il, empruntant à l'occasion une phrase maintes fois entendue dans des séries télévisées.

La jeune femme sourit de toutes ses dents.

— En quoi ça te regarde ? demanda-t-elle.

— Je ne sais pas trop... bredouilla James. On pourrait se revoir, aller dîner quelque part...

La caissière éclata de rire.

— Mais bien sûr ! On ira au *McDonald's*, et je te paierai un *Happy Meal*.

James se sentit profondément blessé.

— Je suis plus vieux que j'en ai l'air.

— Et tu as quel âge ?

James sentit son visage s'empourprer.

— Dix-huit.

— Dix-huit mois ou dix-huit ans ? s'esclaffa la jeune femme. Allez, sois raisonnable, concentre-toi sur tes copines de lycée. Mais bravo pour l'accent anglais, c'est absolument craquant.

••••

Hypnotisés par les publicités diffusées sur la chaîne promotionnelle du *Reef*, Jake et Kevin exigèrent que Meryl les accompagne au mini-parc d'attractions et à l'aquarium de l'hôtel. James et ses camarades en profitèrent pour visiter les six kilomètres du Strip.

La ville était située dans le désert du Nevada, l'une des zones les plus arides de la planète, mais en ce début de mois de janvier, la température était agréable. Ils empruntèrent des allées, des escalators et des tapis roulants, s'émerveillèrent devant la gigantesque pyramide du *Luxor* et la tour Eiffel du *Paris*, puis assistèrent à une bataille médiévale singulièrement kitsch devant le casino *Excalibur*.

Après avoir perdu quelques dollars dans des attractions ringardes, les agents visitèrent plusieurs centres commerciaux et dévalisèrent une boutique *Abercrombie & Fitch*. Ils atteignirent l'extrémité nord du Strip les jambes lourdes, trouvèrent refuge dans un multiplex et assistèrent à la projection d'un film qui n'avait pas encore été distribué au Royaume-Uni.

Ils rejoignirent le *Reef* à vingt heures et retrouvèrent les autres membres au restaurant aménagé sur la terrasse de l'hôtel. Mac avait passé l'après-midi au casino, bu un peu plus que de raison, et s'était présenté au dîner accompagné d'une quadragénaire texane qui portait un jean moulant et des bottes western. Cette rencontre l'avait conduit à modifier son scénario de couverture et à rétrograder Meryl au statut d'ex-épouse.

— J'ai perdu une fortune au baccara, sourit-il, mais je ne regrette pas ma journée.

Depuis six mois, l'ex-directeur de CHERUB portait le deuil de sa femme, de sa belle-fille et de deux de ses petits-enfants. Aux yeux de James, son changement de comportement n'avait rien de condamnable. Après l'épreuve qu'il venait de traverser, il avait bien mérité de profiter un peu de la vie. En outre, il pouvait largement se permettre de perdre au casino.

Nul ne pouvait chiffrer avec exactitude la fortune de Mac, mais il avait revendu des parts d'une importante compagnie informatique avant de prendre son poste à CHERUB, et continuait à investir dans des entreprises liées aux nouvelles technologies.

Quelques minutes après qu'un majordome eut servi les desserts, Kazakov fit irruption sur la terrasse accompagné de Julio Sweet et d'un imposant agent de sécurité du *Reef* qui portait des lunettes de soleil et une oreillette, à la manière des agents du FBI. Le visage de l'instructeur était violacé, sa chemise couverte de taches et de cendres de cigarettes.

— Bonjour, bonjour ! lança Meryl. Où étiez-vous passé, Kazakov ? Je ne vous ai pas vu depuis le petit déjeuner.

— Ce monsieur a provoqué un incident au casino, dit le garde avec raideur. Nous lui avons demandé de ne plus se rendre à la salle de jeux jusqu'à son départ de l'hôtel.

— Salauds de Yankees ! gronda l'instructeur. J'avais ramassé quatre mille dollars ! J'ai parié six fois d'affilée sur le noir, et le rouge est sorti à chaque fois. Je suis certain que cette roulette est trafiquée !

McAfferty frappa du poing sur la table et éclata de rire.

— Vous auriez dû écouter Meryl, gloussa-t-il. La roulette est un attrape-nigaud.

— Six fois de suite, nom de Dieu, gronda Kazakov. J'ai tout perdu en l'espace de cinq minutes.

— C'est comme ça, les jeux d'argent, fit observer Meryl. Moi-même, je me suis fait plumer de huit dollars aux machines à sous.

Mac se leva, sortit de la poche de son blazer cinq plaques de cent dollars et les tendit à son subordonné.

— Voilà de quoi éponger vos dettes, mon ami, dit-il. Allez, prenez une chaise, commandez quelque chose à dîner et faites-moi le plaisir d'oublier tout ça.

Julio, bien décidé à ce que Kazakov ne remette pas les pieds au casino, lui remit cinq billets de banque en échange de ses plaques.

— Je voudrais un steak, lança l'instructeur à l'adresse du majordome. Le plus gros et le plus saignant que vous trouverez. Et une bouteille de vodka pour noyer mon malheur.

Julio s'assit aux côtés de Mac.

— Je vous ai gardé une place à la table de jeu réservée à nos hôtes les plus prestigieux. Je suis impatient de vous présenter notre sélection de whiskys. Nous disposons d'une centaine de variétés, dont un Springbank de cinquante ans d'âge.

Julio, dont le rôle consistait à inciter les invités du *Reef* à remplir les caisses du casino, était impatient de renvoyer Mac à la table de baccara. Il avait pris un risque important en offrant quatre des suites les plus luxueuses de l'établissement à des clients débarqués d'un avion de la flotte royale britannique, sans savoir s'ils étaient disposés à jouer gros. Les dix mille dollars perdus par Mac et Kazakov couvraient à peine le coût de l'hébergement, des repas, du room service et des transferts en limousine.

— Vous partez demain matin, fit-il observer. Vous êtes un homme très occupé, et vous n'aurez sans doute pas d'autre occasion de vous amuser avant longtemps. En outre, je suis certain que votre nouvelle amie aimerait passer du temps avec vous à l'une de nos tables.

— Oh oui, j'adorerais, gloussa la Texane avant de déposer un baiser sur la joue de Mac.

— Laissez-moi finir mon dessert, dit ce dernier.

— Papa, on doit partir tôt, demain matin, objecta Kerry. Ce n'est pas une bonne idée.

Mac resta sourd à cet avertissement. Il finit le contenu de son assiette et quitta la terrasse au bras de la quadragénaire.

Julio lança un regard noir à Kerry puis leur emboîta le pas.

— J'espère qu'il ne va pas se laisser embobiner, dit James.

Bruce haussa les épaules.

— Moi, je dis qu'il a bien le droit de prendre un peu de bon temps.

— Mac est un grand garçon, dit Meryl. Laissons-le se divertir, mais je descendrai au casino, tout à l'heure, pour m'assurer que Julio et cette bonne femme ne sont pas en train de le dépouiller…

21. T-bone steak

Après le dîner, James, excédé par le chahut semé dans la suite par Jake et Kevin, alla frapper à la porte des filles, de l'autre côté du couloir. Kerry l'accueillit vêtue d'un simple peignoir de bain.

— Qu'est-ce tu fais ? demanda-t-il.

— Rien de spécial. Je regarde *Ugly Betty*. Entre, si tu veux.

James suivit son ex-petite amie dans la chambre.

— Où sont passés les autres ?

— Andy et Bethany sont descendus à la salle de jeux vidéo. Lauren et Rat sont allés se promener. Bruce se repose dans sa chambre, et Gabrielle est allée se coucher.

— Comment elle va ?

— À ton avis ? répondit Kerry. Michael lui a brisé le cœur.

Elle tira la télécommande de la poche de son peignoir et éteignit la télévision.

— Je ne voulais pas te déranger, dit James.

— Tu ne me déranges pas. Ils ont dix épisodes d'avance sur *Channel Four*, et je n'arrive pas à m'y retrouver.

Ils prirent place sur le spacieux canapé de cuir. Kerry déposa entre eux une boîte de chocolats.

— Alors, comment ça va entre Bruce et toi, en ce moment ?

— Il est sympa. Tu as vu le collier qu'il m'a offert pour Noël ? Il est sublime.

— Pourquoi vous ne passez pas la soirée ensemble ?

— On ne reste pas toujours collés l'un à l'autre. C'est ça qui est chouette.

— La dernière fois que tu m'as parlé de lui, tu m'as dit qu'il n'y avait pas d'étincelles entre vous, fit remarquer James en piochant dans la boîte de chocolats. Tu te demandais si tu n'allais pas rompre.

— Je ne me pose plus la question. Bruce est tellement différent de toi. Il est très prévenant.

— C'est l'un de mes meilleurs amis, mais je le trouve un peu obnubilé par les arts martiaux. On dirait qu'il n'a aucun autre centre d'intérêt. Certains jours, je trouve ça un peu rasoir.

James choisit un chocolat en forme de croissant, mais Kerry lui donna une claque sur la main.

— Ne touche pas à ceux-là. Ce sont mes préférés.

— Pourquoi tu ne viens pas le chercher ? lança James avant de poser la friandise sur sa langue.

Il se pencha vers Kerry et posa une main sur sa cuisse. Elle plongea fermement deux doigts entre ses côtes puis se dressa d'un bond.

— Aooow, gémit James. Je me suis mordu la langue…

— Tu vis sur quelle planète ? gronda Kerry.

— Ça va, je plaisantais…

— J'ai pleuré pendant des jours à cause de toi, quand tu m'as plaquée. Maintenant que tu te retrouves célibataire, tu croyais que j'allais me jeter dans tes bras comme si rien ne s'était passé ?

— Excuse-moi, dit James, conscient qu'il avait manqué du tact le plus élémentaire.

— Tu me dégoûtes. Bruce est un mec droit et respectueux. Tu ne mérites pas son amitié.

— Tu sais, Kerry, c'est parce que je ressens toujours quelque chose de fort pour toi. Je me suis laissé emporter. Je suis absolument déso…

156

— Tire-toi de cette chambre. Je vais tâcher d'oublier ce qui vient de se passer, mais ne me refais plus jamais un coup pareil.

...

Le lendemain matin, à cinq heures trente, les membres de l'équipe rassemblèrent leurs bagages dans le hall de l'hôtel. Le concierge remit à Mac une carte VIP permettant d'accumuler des points de fidélité lors de futurs séjours et un coupon offrant une réduction de cinquante pour cent sur un repas dans l'un des restaurants du *Reef*.

Le ton de l'homme était poli, mais son comportement sans ambiguïté : Mac n'avait pas suffisamment perdu aux tables de casino pour justifier les attentions dont il avait fait l'objet. S'il s'avisait de remettre les pieds à l'hôtel, il ne bénéficierait d'aucun traitement de faveur.

Les bagagistes brillant par leur absence, les agents durent effectuer plusieurs allers-retours en ascenseur pour acheminer les sacs contenant le matériel de Kazakov jusqu'au vieil autocar vert bouteille qui les attendait devant l'établissement. Lorsqu'ils montèrent à bord du véhicule, le chauffeur leur adressa un salut militaire puis passa autour de leur poignet un bracelet en plastique équipé d'une puce électronique.

Le car traversa les faubourgs endormis de Las Vegas puis s'engagea sur une large route qui filait au beau milieu du désert.

James était assis à l'arrière, non loin de Mac. Constatant que ce dernier était victime d'une quinte de toux tenace, il lui tendit une bouteille d'eau minérale.

— Merci, mon garçon. Alors, comment as-tu trouvé ce court séjour à Vegas ?

— C'était chouette. J'y retournerai, dans quelques années. Et de votre côté, comment s'est passée la soirée ?

Avec sa chemise froissée, sa barbe de deux jours et ses yeux gonflés, Mac n'avait plus grand-chose du chef craint et respecté que James avait toujours connu.

— J'ai laissé filer huit cents dollars de plus, sourit-il. Apparemment, c'était loin d'être suffisant pour satisfaire la direction...

— Et votre amie ?

— Oh, elle ? Elle était de mèche avec Julio. Quand j'ai voulu regagner ma chambre, à une heure du matin, elle m'a annoncé que j'avais épuisé mon crédit d'invité, et que je devrais débourser six cents dollars pour passer la nuit avec elle.

James éclata de rire.

— Et alors ?

— Mais pour qui me prends-tu ? lança Mac, indigné. Je lui ai dit qu'une bonne tasse de thé suffirait à me combler avant de me mettre au lit, et je lui ai conseillé d'aller se faire voir ailleurs.

∴

À huit heures du matin, le car fit halte dans une zone commerciale bâtie au bord de la route afin de prendre livraison de trente fûts de bière commandés la veille.

— Je ne connais pas le plan de Kazakov, mais il m'a l'air particulièrement tordu, sourit Mac en se dégourdissant les jambes sur le parking.

— Je crois que je préfère ne rien savoir, dit James.

Lorsque Kazakov, le chauffeur et le gérant de la boutique eurent chargé les barils dans le compartiment à bagages, l'équipe investit la cafétéria fréquentée par une foule de militaires américains. Ils s'installèrent à deux tables voisines. James commanda un plat baptisé Cake & Steak, une gigantesque assiette composée d'un T-bone, de bacon, de galettes de pomme de terre et d'une pile de pancakes nappée de sirop d'érable.

— Vous vous rendez au fort ? demanda la serveuse en posant les plats sur la table. Vu l'affluence, je parie qu'un nouvel exercice de manœuvres est sur le point de débuter.

Kazakov déchiffra le prénom inscrit sur le badge de la jeune femme.

— Natasiya, dit-il. Qu'est-ce qu'une jolie Ukrainienne fabrique au milieu du désert ?

— Je travaille pour payer les factures et élever les enfants, comme tout le monde, sourit-elle. C'est drôle, en général, les gens pensent que je suis russe.

— Je rencontre le même problème en Angleterre, dit Kazakov. Il y en a même qui me prennent pour un Polonais.

Bruce considéra l'assiette de James.

— Tu vas manger tout ça ?

— J'avoue que je cale un peu. Tu en veux ?

— Non, je n'ai plus faim.

— Tu as tort. Ça ne te ferait pas de mal de prendre quelques kilos.

— Je suis peut-être maigre, mais je te prends quand tu veux, gros lard !

Une femme soldat qui se restaurait à la table voisine se tourna dans leur direction.

— Ça vous dérangerait de faire un peu moins de bruit ? dit-elle. J'aimerais pouvoir prendre mon petit déjeuner sans qu'on me hurle dans les oreilles.

— Pardon, veuillez nous excuser, répliqua James.

Le caporal de l'US Army qui se trouvait en compagnie de la femme secoua nerveusement un flacon de sirop d'érable.

— Cette bouteille est vide ! lança-t-il à l'adresse de la serveuse avant de se tourner vers sa voisine de table. Quel service pourri. Cette Russkoff peut s'asseoir sur son pourboire. Elle a dû apprendre son métier à la cantine du goulag.

Kazakov, qui n'avait rien manqué de ces propos, posa son mug de café et interpella le soldat.

— Continuez sur ce ton, et je me chargerai de vous apprendre les bonnes manières.

L'homme lui adressa un sourire dédaigneux.

— Je te conseille de te mêler de ce qui te regarde, l'ancien, répliqua-t-il.

Kazakov secoua lentement la tête puis porta sa tasse de café à ses lèvres.

— L'Américain typique… lâcha-t-il. Ignorant, grossier et stupide.

Le caporal bondit de sa chaise.

— Je ne laisserai pas un étranger insulter mon pays !

Meryl lui adressa un sourire composé.

— Allons, cessons de nous disputer et tâchons de nous comporter en personnes raisonnables.

— Dans mon pays, poursuivit Kazakov, nous aimons le drapeau américain. Il n'y a rien de mieux comme serpillière.

James et Rat éprouvaient les pires difficultés à ne pas éclater de rire. Les militaires et les civils poussèrent des cris indignés.

— Tu veux qu'on règle ça dehors ? demanda le caporal.

— Quand tu voudras, cow-boy, sourit Kazakov avant de se lever et de se planter devant son interlocuteur.

Lorsque ce dernier prit conscience de sa stature, il marqua un temps d'arrêt et comprit qu'il s'était laissé abuser par ses cheveux gris. L'homme qui se tenait devant lui était à l'évidence un vétéran expérimenté, en pleine possession de ses moyens.

— Alors, on se dégonfle ? ricana Kazakov.

Les clients observaient un silence absolu. James dénombra une trentaine de militaires qui, à n'en pas douter, viendraient en aide à leur compatriote s'il se trouvait en difficulté.

— Vous n'allez pas vous battre pour une histoire aussi stupide, CHEF, dit-il en tirant sur le T-shirt de l'instructeur.

La femme soldat tenta à son tour de calmer son collègue. C'est alors que le chauffeur du bus, qui était de loin l'individu le plus imposant de l'assistance, vint se planter entre les deux belligérants.

Ces derniers se défièrent du regard pendant quelques secondes avant de se résoudre à regagner leur table. Alors, on entendit le son caractéristique produit par l'armement d'un fusil à pompe. Cinquante paires d'yeux se tournèrent vers la cuisinière postée derrière le comptoir, le canon de son arme braqué vers la tête de Kazakov.

— Il n'est sans doute pas nécessaire d'en arriver là, madame, bredouilla Mac.

— Pas nécessaire ? répéta la femme. J'ai deux fils et une fille dans l'armée. Je ne tolérerai pas qu'on crache sur notre drapeau. Je vous conseille de foutre le camp de mon restaurant immédiatement.

Sans un mot, Kazakov se dirigea calmement vers la sortie.

— Vous aussi, vous dégagez, lança la cuisinière aux autres membres de l'équipe.

— Nous n'y sommes pour rien, plaida Mac. Nous sommes simplement venus prendre notre petit déjeuner.

— Natasiya, dit la femme, emballe les plats de ces messieurs dames.

La serveuse posa sur la table des boîtes en polystyrène et commença à y transférer le contenu des assiettes. Les agents engloutirent leurs boissons à la hâte.

— Je vous prie de nous excuser pour le comportement de mon collègue, dit Mac, un sourire crispé sur le visage, en glissant une main dans la poche intérieure de sa veste.

— Laissez vos mains sur la table, et n'essayez pas de jouer au plus fin avec moi ! hurla la cuisinière.

— Eh, du calme ! s'étrangla Mac. Je cherche mon portefeuille !

Les agents s'emparèrent des boîtes puis traversèrent la salle tête basse.

— Bande de lavettes ! lança un militaire. Vous vous êtes fait botter les fesses par une bonne femme !

Un épi de maïs atteignit Kazakov à l'arrière du crâne. Lorsqu'il tenta de faire volte-face, Meryl le poussa fermement vers la porte.

— Connards de Yankees, gronda l'instructeur.

— La ferme, répliqua le chauffeur du car. Encore un coup comme celui-là, et vous finirez le trajet à pied.

Mac fut le dernier à quitter le restaurant.

— Vous êtes complètement malade, ma parole ? tempêta-t-il. C'était quoi votre idée ? Vous attaquer seul à quarante soldats professionnels ? Le plus étonnant, finalement, c'est que cette femme ait été la seule à sortir un flingue !

— Je les déteste ! hurla Kazakov. Ils ont tué mon frère et m'ont piqué trois mille dollars !

— Allons, vous êtes un grand garçon, maintenant, ironisa Meryl. Vous n'auriez pas dû jouer davantage que vous ne pouviez perdre.

James s'assit à côté de Bruce. Il ouvrit sa boîte en polystyrène, en sortit les restes de son steak et y mordit à pleines dents.

— Mmmh, c'est délicieux, plaisanta-t-il. Je propose qu'on retourne dans ce restau, sur le chemin du retour…

22. Vent de panique

Si le buste de bronze du quarantième Président des États-Unis avait été remplacé par celui de Mickey Mouse, l'entrée de Fort Reagan aurait aisément pu passer pour celle d'un parc d'attractions. Le bus se joignit à la file des véhicules qui patientaient devant le portail menant au parking. James suivit des yeux le périmètre clôturé qui s'étendait jusqu'à l'horizon.

Les bus qui acheminaient le personnel militaire étaient immédiatement autorisés à pénétrer au cœur du complexe. Les autres véhicules, eux, étaient soumis à des contrôles rigoureux. Des soldats examinaient les pièces d'identité de leurs passagers, fouillaient le coffre et inspectaient le châssis à l'aide de miroirs équipés de longs manches articulés.

Le personnel civil était essentiellement composé d'étudiants, mais l'état-major, soucieux de recréer une population urbaine réaliste, avait également recruté des couples plus âgés, débauché plusieurs équipes de foot composées d'enfants, une association de randonneurs non voyants, et deux associations de basketteurs handicapés.

— Les Américains ne font pas les choses à moitié, sourit Bruce.

Le portail franchi, Mac et Kazakov demeurèrent à bord du bus. Guidés par Meryl, les agents tirèrent leurs valises à roulettes jusqu'au poste de contrôle des civils situé à un kilomètre du parc de stationnement.

163

« *Préparez vos documents d'identité, votre carte de sécurité sociale et votre dossier médical !* » brailla un soldat dans un mégaphone.

La file d'attente était si longue que James entendit cette annonce une trentaine de fois. Il tua le temps en admirant la plastique des membres de l'équipe de football féminine de l'Université de Californie qui précédait l'équipe de CHERUB. Jake et Kevin, gagnés par l'ennui, chahutèrent bruyamment, au plus grand agacement d'un couple de retraités. Meryl les rabroua sévèrement avant de se présenter au guichet.

— Bienvenue au Reaganistan, lança la femme soldat chargée des formalités administratives. Vos papiers, s'il vous plaît.

Elle examina la pile de passeports et de formulaires que lui tendait Meryl puis invita les agents à s'aligner contre un mur où un militaire les prit en photo.

Les membres de l'équipe quittèrent le bâtiment puis suivirent une ligne rouge peinte au sol jusqu'à une construction surmontée d'un panneau sur lequel figurait l'inscription ÉQUIPEMENT ET ORDRES DE MISSION.

Un soldat remit à chacun d'eux un sac contenant des lunettes de protection, un dispositif d'alarme d'urgence et trois rations de survie. Au guichet suivant, un sergent scanna la puce intégrée à leur bracelet puis imprima des documents détaillant leur rôle lors de l'exercice. Enfin, il leur tendit une carte de Fort Reagan, un manuel incluant les règles de sécurité en vigueur, une pochette plastique contenant cinq cents dollars du Reaganistan et plusieurs clés d'appartement.

Les billets de un à vingt dollars étaient ornés d'un logo de l'armée américaine, de frises constituées d'armes automatiques, d'inscriptions en langue arabe et de l'image d'un individu anonyme portant un turban.

James lut l'avertissement figurant au dos de l'un d'eux : « *Ce billet est la propriété du gouvernement des États-Unis. Sans valeur légale, il ne peut être échangé que dans l'enceinte de Fort Reagan et devra être restitué avant de quitter le camp d'exercice. Tout manquement à cette disposition expose son auteur à une peine d'emprisonnement et à une amende de cinquante mille dollars. »*

— Je suppose qu'il vaut mieux ne pas essayer de les revendre sur eBay, plaisanta Lauren.

Un long couloir les mena à un hall où patientait une centaine de civils. James déchiffra l'annonce qui défilait sur un écran géant fixé au mur, au-dessus d'une rangée de portes automatiques : *prochaine projection du film de présentation dans 14 minutes.*

Les filles, impatientes de se rafraîchir, bravèrent la file d'attente qui s'était formée à l'entrée des toilettes. Lorsqu'elles regagnèrent la salle d'attente, les portes s'ouvrirent sur un vaste auditorium.

Une fois que les trois cents personnes eurent pris place sur les bancs dépourvus de dossier, les lumières s'éteignirent.

— Ils ne fournissent pas le pop-corn ? ricana James.

Une vue aérienne de Fort Reagan apparut à l'écran, puis une voix aux accents démodés jaillit des haut-parleurs.

« Si le XXᵉ siècle a connu les plus sanglants conflits armés de l'histoire humaine, l'aube du troisième millénaire a vu se développer des guerres d'une nature jusqu'alors inconnue. »

Les spectateurs virent des soldats américains au visage détendu sillonner les rues de Bagdad à bord de Humvees, puis des troupes coiffées du casque blanc des Nations unies saluant des paysannes enthousiastes, postées au sommet d'une colline.

« Ces batailles du XXIᵉ siècle ne se déroulent ni dans les airs, ni en haute mer, ni sur des théâtres d'engagement propices aux manœuvres stratégiques. Aujourd'hui, le soldat américain n'est plus confronté à des chars ou à des canons longue portée, mais à des insurgés et des terroristes rompus aux embuscades, aux

attaques à la voiture piégée et aux prises d'otages. Il doit apprendre à se battre contre un ennemi insaisissable qui n'hésite pas à faire des populations civiles un bouclier humain. Le centre de Fort Reagan a été conçu pour favoriser l'entraînement des troupes à ces nouvelles formes de guérilla urbaine. Lors de votre séjour dans nos installations, vous jouerez un rôle essentiel dans cette formation et contribuerez à renforcer la sécurité de nos soldats sur le terrain. L'exercice auquel vous allez participer a été méticuleusement planifié dans un souci de réalisme. Il est essentiel que tous ses participants respectent à la lettre les règles de sécurité en vigueur à Fort Reagan. C'est pourquoi nous vous prions d'écouter attentivement les instructions qui vont suivre. »

...

Le film décrivait les mesures élémentaires de prudence que les civils étaient tenus d'observer, dont la nécessité de conserver ses lunettes de protection, de les chausser au moindre tir de munition simulée, de ne pas courir dans les escaliers et de se tenir à l'écart des véhicules en mouvement. À l'issue de la projection, un millier de participants prirent place dans les gradins d'un amphithéâtre en plein air. Après une demi-heure d'attente, deux officiers apparurent sur la scène.

— Citoyens du Reaganistan, je suis le général Shirley, commandant en chef des mille cinq cents soldats américains et britanniques venus rétablir la paix dans votre pays. Ces troupes ont reçu pour mandat de restaurer le gouvernement légalement élu du président Mongo et d'éliminer les terroristes du mouvement reaganiste. Ils devront également procéder à l'arrestation de leur leader, le cheik McAfferty, afin qu'il soit jugé pour son implication dans une centaine d'actes terroristes commis au cours des trois derniers mois.

Au grand amusement des agents de CHERUB, une photo de Mac prise vingt années plus tôt apparut à l'écran.

— En outre, nous devrons capturer ses lieutenants et saisir son arsenal afin de mettre un terme à ses activités criminelles.

Une partie de l'assistance applaudit cette déclaration puis scanda :

— USA ! USA ! USA !

— Nous estimons les forces rebelles à une centaine de combattants entraînés par des conseillers à la solde de puissances étrangères, poursuivit le général. Malheureusement, dix pour cent de la population civile soutient les insurgés. Au cours des deux semaines à venir, mes hommes patrouilleront dans la ville, effectueront des perquisitions et affronteront les terroristes qui résisteront à l'arrestation.

James se tourna vers ses coéquipiers.

— C'est du second degré, ou il se la raconte vraiment ? demanda-t-il.

L'officier continua son allocution.

— Si vous avez des questions, n'hésitez pas à…

À cet instant, une détonation assourdissante retentit, puis une boule de flammes s'éleva derrière les tribunes. Une figurante, le visage dégoulinant de sang artificiel, déboula sur la scène, un bébé entre les bras. Une deuxième explosion ébranla les gradins.

— Mesdames et messieurs, lança le général, nous sommes victimes d'une attaque terroriste ! Je vous demande de conserver votre calme et de rejoindre immédiatement votre domicile.

Les spectateurs étaient conscients que les engins explosifs étaient inoffensifs, qu'ils avaient été mis en place par des artificiers pour recréer l'atmosphère d'une ville livrée à la guerre civile, mais les détonations inattendues avaient semé un léger vent de panique. Ils ramassèrent leurs bagages et le matériel qui leur avait été remis, puis désertèrent les tribunes.

— C'est peut-être du second degré, mais j'ai bien cru que tu allais mouiller ton pantalon ! lança Lauren, hilare, à l'adresse de son frère.

Des dispositifs placés sous les gradins et dans la rue commencèrent à diffuser de la fumée, contraignant les civils à prendre la fuite avant d'avoir pu consulter les cartes qui leur avaient été remises. Ils se dispersèrent dans les rues étroites bordées de maison blanches.

Meryl mena les agents jusqu'à une zone située à l'écart du nuage de fumée puis inspecta son plan.

— Nous sommes à moins de deux kilomètres de notre immeuble, dit-elle. Il y a un bus qui fait le tour du complexe, mais il risque d'être pris d'assaut. On ferait mieux de continuer à pied.

23. Huit contre un

Comme dans la plupart des villes du tiers-monde, peu de rues disposaient de plaques permettant leur identification. En outre, les cartes distribuées aux soldats et aux civils étaient volontairement truffées d'inexactitudes. Meryl et ses dix agents effectuèrent de nombreux détours avant de pouvoir localiser les quatre appartements qui leur avaient été attribués au quatrième étage d'un immeuble. Mac et Kazakov, eux, avaient reçu deux maisons individuelles dans une rue voisine.

Les meublés étaient aménagés de façon à éviter qu'ils ne soient endommagés par les étudiants oisifs et portés sur la bouteille qui formaient la majorité des visiteurs de Fort Reagan. Les murs étaient nus, les sols recouverts de carrelage et les salles de bain équipées de toilettes, de lavabos et de bacs à douche en inox rappelant l'univers carcéral. Les cuisines disposaient d'un nombre réduit d'ustensiles, d'assiettes, de couverts en plastique et d'appareils électroménagers bon marché.

— Déprimant, soupira James en rejoignant Rat dans une chambre exiguë équipée de lits jumeaux recouverts de couvertures kaki.

Il déchiffra le panneau suspendu au mur : *L'Armée des États-Unis se réserve le droit de poursuivre tout individu responsable de dégradations matérielles.*

— J'adore le côté minimaliste de la déco et la subtile odeur d'égout, plaisanta Rat.

James jeta un œil à l'extérieur et, à la fenêtre d'un appartement du bâtiment voisin, aperçut une étudiante qui se recoiffait.

— Moi, c'est la vue que je préfère, dit-il.

— Pas mal, jugea Rat, mais moins bien que Dana.

James se raidit.

— Fais-moi plaisir, ne me parle plus jamais de cette garce.

Lauren fit irruption dans la pièce.

— Qu'est-ce que vous regardez ? demanda-t-elle.

— Rien, rien... sourit Rat. On admirait le paysage.

— Meryl a reçu un appel de Kazakov. Il veut qu'on se retrouve dans quinze minutes. Il faut qu'on s'organise avant que les Américains ne débutent les recherches.

Lorsqu'il regagna le salon, James trouva un inconnu aux muscles saillants penché à la fenêtre.

— Je vous présente le sergent Cork, des SAS, dit Lauren. Il a déjà travaillé avec CHERUB. Vous pouvez parler librement.

Le militaire serra fermement la main des garçons.

— Seize de mes hommes sont chargés de mener l'insurrection sous le commandement de Kazakov.

— Cool. Qu'est-ce que vous regardiez ?

— Cette fenêtre permet d'accéder au toit. On pourrait y poster des observateurs afin de signaler d'éventuelles patrouilles ennemies. L'idéal serait que vous montiez la garde de minuit à quatre heures du matin.

— Vous oubliez un détail, fit observer James. Si l'un de nous se fait attraper, les Américains sauront que des mineurs participent au mouvement de rébellion, et nous ne bénéficierons plus de l'effet de surprise. Vous feriez mieux de charger un de vos hommes de faire le guet.

Par souci de discrétion, les agents logés dans l'immeuble rejoignirent la villa de Kazakov par petits groupes. James, accompagné de Rat et Lauren, fit halte dans un café tenu par un soldat américain. En dépit du petit déjeuner monstrueux avalé quelques heures plus tôt, il acheta un hot-dog contre deux billets du Reaganistan. Ses coéquipiers grignotèrent des samosas en sirotant des canettes de soda.

En quittant l'établissement, ils croisèrent deux militaires en patrouille qui les informèrent qu'une prime de cent dollars était offerte pour toute information permettant la capture de terroristes ou la saisie d'armes de guerre.

— Il y a des magasins en centre-ville, où l'on peut acheter des CD, des DVD et des jeux vidéo, précisa l'un d'eux. Alors ouvrez l'œil, vous n'aurez pas à le regretter.

— Merci, c'est compris, répondit Lauren avec un sourire factice.

Lorsque les soldats se furent éloignés, elle se tourna vers ses camarades.

— C'est nous qui risquons d'être dénoncés, avec ces méthodes de collabos.

— C'est quoi, ce bourdonnement ? s'étonna Rat en levant les yeux vers le ciel.

Un petit avion sans pilote survolait la rue. Son ventre blanc était bardé d'appareils de surveillance.

— Un drone, précisa James. Ces saletés sont équipées d'un système de guidage laser. Ils marquent les objectifs grâce à un faisceau invisible qui permet aux missiles de toucher leur cible à tous les coups.

— Pas de panique, dit Rat. Ils ne vont pas faire sauter des bâtiments au cours d'un exercice d'entraînement. Mais les sentinelles que le sergent Cork a l'intention de poster sur le toit de notre immeuble ne resteront pas longtemps ina-perçues...

Kazakov était installé dans une grande villa bâtie au centre d'un jardin bien entretenu. En dépit de son aspect luxueux, elle était meublée aussi simplement que les appartements où étaient logés James et ses camarades.

Les dix agents, Meryl et Cork rejoignirent l'instructeur dans une pièce aveugle du sous-sol.

— J'ai constitué trois groupes, expliqua Kazakov. Le sergent et moi-même serons le seul lien entre ces unités. Le groupe un sera chargé de la protection de Mac. Le groupe deux sera constitué de la majorité des SAS, qui travailleront avec nos huit cents sympathisants répartis dans la population civile.

— On nous a déjà proposé de l'argent en échange d'informations, fit observer Lauren. Comment peut-on faire confiance aux civils ?

— Nous ne pouvons pas être sûrs d'eux à cent pour cent, mais nous leur offrons déjà vingt dollars par jour, ce qui devrait les dissuader de changer de camp. De plus, nous disposons d'un stock supplémentaire de dollars du Reaganistan qui nous permettra de distribuer des pots-de-vin chaque fois que cela sera nécessaire.

— J'en veux, j'en veux ! s'exclama Jake. Je suis prêt à massacrer tous les Yankees à moi tout seul si vous me donnez de quoi me payer un jeu Xbox.

— La ferme, intervint Bethany. On parle sérieusement, là.

— Le groupe trois sera chargé de veiller sur le matériel et l'armement, de dresser des embuscades sur le trajet des patrouilles, de poser des bombes et des mines simulées, expliqua Cork. En gros, sa mission consiste à harceler les forces américaines et à faire de leur vie un enfer.

— Il sera constitué des personnes présentes dans cette pièce, précisa Kazakov, et mettra en œuvre ma stratégie spéciale.

— C'est-à-dire ? demanda Jake.

L'instructeur sourit.

— Les Américains s'attendent à ce que nous restions cachés et lancions des attaques éclair. C'est pourquoi nous allons prendre leur base d'assaut et emporter la victoire.

James n'en croyait pas ses oreilles.

— Nous sommes treize dans cette pièce, et nos ennemis au moins un millier.

— Je sais compter, dit Kazakov. Les experts estiment que seul un ratio d'au moins un militaire pour dix civils peut espérer mater un mouvement d'insurrection. En Irak, les Américains jouent à un contre cent, ce qui explique qu'ils se fassent botter le train depuis tant d'années. Au cours de cet exercice, comme ils veulent faire bonne figure, ils affronteront l'ennemi à un contre huit. Avec un tel déploiement, ils seront en mesure de bloquer les rues et de fouiller tous les domiciles suspects. Si nous adoptons la stratégie à laquelle ils s'attendent, nous ne tiendrons pas une semaine. Par chance, j'ai pu travailler sur cette opération pendant deux mois, et j'ai eu accès aux rapports concernant les exercices qui se sont déroulés à Fort Reagan au cours des dix-huit derniers mois. La première phase de mon plan a été déjà été mise en œuvre pendant que vous visionniez le film consacré aux règles de sécurité.

Kazakov sortit un émetteur-récepteur de la poche de sa veste.

— Le général O'Halloran, responsable du Fort, nous a gentiment fait visiter le quartier général ennemi. Le sergent Cork et moi sommes parvenus à placer un transmetteur vidéo dans la salle de commandement.

— Ainsi, ajouta Cork, nous saurons précisément quelles sont leurs intentions. Les membres du groupe un se relaieront pour les surveiller vingt-quatre heures sur vingt-quatre.

— Cela suffira-t-il à nous donner l'avantage sur mille soldats surentraînés ?

— Nous ne pourrons pas passer à l'action tant qu'ils surveilleront tous les faits et gestes de la population civile. C'est pour cette raison que nous nous débarrasserons des drones au cours de la nuit.

24. Joystick

Dès dix-huit heures, lorsque le soleil disparut à l'horizon, Fort Reagan ressembla davantage à un club de vacances qu'à un champ de manœuvres. La population civile prit d'assaut les bars, les restaurants et les supérettes.

L'alcool était prohibé dans l'enceinte du complexe, mais les fouilles à l'entrée s'étant concentrées sur la découverte d'armes, de nombreux participants étaient parvenus à introduire des bouteilles d'eau minérale remplies de vodka.

Bientôt, au grand dam de la minorité de retraités, la ville fut livrée à un joyeux chaos. Les étudiants chahutaient dans les couloirs, au son de chaînes hi-fi portables poussées à plein volume.

En se penchant à la fenêtre du salon, James constata que les soldats américains étaient omniprésents. Soucieux de gagner la confiance du peuple, ils procédaient à des fouilles en douceur, bavardaient avec les passants et se vantaient de leurs faits d'armes auprès de la population féminine. Des coups de feu retentirent : des boy-scouts rassemblés au fond d'une piscine vide tiraient sur des canettes de Pepsi sous la surveillance de deux militaires hilares.

Malgré les efforts de réalisme déployés par les organisateurs, James était frappé par le fait que la population était composée à quatre-vingt-dix pour cent de Blancs et à cent pour cent d'anglophones. En l'absence de barrières linguistique et culturelle, Fort Regan n'avait à ses yeux rien d'une ville du tiers-monde. En outre, les figurants n'éprouvaient pas de sentiment de danger. Ils ne couraient aucun risque, excepté celui d'être atteints par une mine chargée de craie compactée ou touchés par des munitions simulées.

James régla l'alarme de sa montre sur dix-huit heures trente puis rejoignit le rez-de-chaussée de l'immeuble en compagnie de Jake et Rat. Ils retrouvèrent Bethany et Lauren dans l'allée de service obscure d'un fast-food. Les décorateurs avaient pris soin d'y répandre des ordures et de maculer les murs de graffitis.

Le faisceau d'une lampe torche apparut à l'extrémité du passage avant qu'ils n'aient pu échanger un mot.

— Qu'est-ce que vous complotez, vous cinq ? gronda une voix masculine.

— On explore le quartier, expliqua James. Il n'y a rien d'autre à faire, dans le coin.

Trois soldats vinrent à leur rencontre. L'un d'eux sortit un sac en papier de la poche de sa veste pare-balles.

— Une friandise ? lança-t-il.

Les agents piochèrent l'un après l'autre dans le sachet.

— Merci, monsieur, dit Rat, feignant la politesse, avant de gober un caramel.

— Ne vous aventurez pas trop loin de chez vous, dit l'officier. Vous pourriez vous perdre. Et portez toujours vos lunettes de protection lorsqu'il fait noir. Nos munitions sont théoriquement inoffensives, mais elles peuvent provoquer des dommages aux yeux à courte portée.

James et ses camarades hochèrent docilement la tête, chaussèrent leurs lunettes et tournèrent les talons. Lorsqu'ils se furent assurés qu'ils n'étaient pas suivis, ils s'engagèrent dans une ruelle perpendiculaire, puis descendirent l'escalier métallique mécanique menant au sous-sol d'un bâtiment anonyme.

Seuls les locaux d'habitation, les boutiques et les restau-

rants de Fort Reagan étaient aménagés. Par souci d'économie, les autres constructions étaient demeurées à l'état de
coquilles vides.

La cave disposait d'un éclairage au néon, mais l'électricien
chargé de l'installation n'avait pas pris la peine de placer les
câbles dans des gaines. Un robinet fuyait goutte à goutte dans
un angle de la pièce, formant une large mare d'eau croupie.

— Pile à l'heure ! lança Kazakov. Gabrielle et Kerry sont
déjà en mission de reconnaissance. Selon elles, six à huit
individus travaillent aux alentours de la piste de décollage.
Apparemment, ce sont des ingénieurs et des techniciens.
Elles n'ont pas vu de soldats.

— Voilà votre matériel, dit le sergent Cork en désignant un
monticule d'armes et de munitions. Pistolets-mitrailleurs
compacts, bombes à peinture, flashbangs, grenades fumigènes, masques à gaz et talkies-walkies. Je suppose que vous
savez vous en servir ?

— Pas de souci, répondit James avant de fourrer l'équipement dans son sac à dos.

— Il y a des patrouilles un peu partout, ajouta le sergent.
Nous devons nous attendre à être interpellés et fouillés en
chemin. Bethany, je porterai ton équipement. Tu marcheras
vingt mètres devant nous. Si des soldats t'arrêtent, pousse un
cri, comme si tu étais effrayée, et nous les prendrons à
revers.

— Qu'est-ce qu'on fait si on est touché ? demanda Lauren.
Le plus simple, finalement, ce serait de nettoyer les traces de
peinture sur nos vêtements…

— Il n'en est pas question, dit fermement Kazakov. Nous
devons respecter les règles, sans quoi l'exercice n'aurait
aucun sens.

— Sachez qu'il est impossible de tricher, expliqua Cork.
La peinture contenue dans les balles simulées mousse et
s'étend sous l'effet de l'eau et des lessives classiques. Si vous

êtes abattus, vous devrez rester immobiles pendant quinze minutes puis vous rendre à la station de nettoyage la plus proche. Là, on vous remettra le produit chimique qui vous permettra de vous débarrasser des taches. Ensuite, vous resterez hors combat pendant vingt-quatre heures.

— Il paraît que la nourriture est bien meilleure, au camp militaire, précisa Rat.

— Dans ce cas, je vais courir vers le premier barrage et faire en sorte que les soldats me tirent dessus, plaisanta Bethany.

Kazakov lui lança un regard assassin.

— Si je surprends l'un de vous en train de jouer les tire-au-flanc, je lui réserverai un programme de mise à niveau à ma façon dès que nous serons de retour au campus. Est-ce que je me fais bien comprendre ?

— Je rigolais, s'étrangla Bethany.

— À quelle distance se trouve la piste de décollage ? demanda James.

— À environ deux kilomètres, mais nous allons éviter les rues principales, ce qui va sensiblement rallonger notre trajet.

Le sergent Cork remit à James un sac en plastique scellé contenant des granulés. Ce dernier en déchiffra l'étiquette.

— C'est quoi du *phénolphtaléine* ? demanda-t-il en considérant avec anxiété les nombreux logos d'avertissement qui ornaient l'emballage.

— Un traitement spécial pour mes amis américains, sourit Kazakov.

— Pendant que le reste de l'équipe s'occupe de la base aérienne, toi et moi allons pénétrer dans le quartier général du commandement US et verser ces granulés dans le système de distribution d'eau potable.

— C'est du poison ? s'inquiéta James.

— Non. Juste de quoi leur faire rendre tripes et boyaux, lança triomphalement Kazakov.

∴

Le drone se posa en douceur, roula silencieusement sur une centaine de mètres, puis acheva sa course dans un filet tendu en travers de la piste. Deux techniciens en uniforme de l'armée américaine sortirent d'un hangar puis dégagèrent l'appareil. L'un d'eux souleva la trappe à carburant. Ils ignoraient que Gabrielle O'Brien et Kerry Chang, couchées dans l'herbe à trente pas, surveillaient leurs moindres faits et gestes.

— Nous sommes en position, lança Kazakov dans l'oreillette de Kerry. Qu'est-ce que vous voyez ?

— Deux hommes sur la piste, une femme dans le hangar. Un ou deux pilotes de drone se trouvent sans doute avec elle. Je suggère que nous passions à l'action lorsqu'ils ouvriront les portes pour pousser l'appareil à l'intérieur. Ça ne devrait pas tarder.

— Bruce, tu es en place ?

— Affirmatif.

— Surtout, ne tire pas. Nous avons besoin d'uniformes propres. Kerry, on n'attend plus que ton signal pour lancer l'assaut.

— C'est parti, dit cette dernière dès que l'un des hommes eut enfoncé le bouton commandant l'ouverture du hangar.

Aussitôt, deux silhouettes familières jaillirent des fourrés, de l'autre côté de la piste, et se portèrent au contact des techniciens. Bruce étendit l'un d'eux d'un coup de pied à l'abdomen suivi d'un direct à la tempe. Andy neutralisa son collègue d'un seul *mawashi geri*.

Cork, Kazakov, James, Rat, Lauren et Bethany rabattirent leurs cagoules, quittèrent à leur tour le champ où ils s'étaient embusqués, puis déboulèrent dans le hangar. Ils trouvèrent une femme agenouillée près de l'un des quatre drones alignés le long du mur de gauche.

Bethany se précipita vers elle, ôta la sécurité de son pistolet-mitrailleur et le brandit devant son visage.

— Y a-t-il d'autres personnes dans ce bâtiment ? hurla-t-elle.

La technicienne lui adressa un sourire méprisant.

— Va te faire voir, fillette.

Bethany lui assena un léger coup de crosse à l'arrière du crâne.

— Il me semble vous avoir posé une question !

— Je ne dirai rien. Tu perds ton temps.

Bruce traîna les deux hommes étendus devant la porte à l'intérieur du bâtiment. Aussitôt, James et Cork les dépouillèrent de leur uniforme et de leur badge d'identification. Kazakov, Lauren et Kerry s'engouffrèrent dans le couloir menant à la salle de contrôle. Gabrielle, elle, faisait le guet à l'extérieur.

Grâce à ses contacts au sein des SAS, Kazakov était parvenu à se procurer les plans d'un drone de l'armée britannique en tout point semblable aux appareils utilisés par les Américains. Sachant qu'il lui serait impossible d'introduire des armes ou des explosifs à Fort Reagan, il en avait attentivement étudié la structure et estimé qu'une simple grenade à peinture suffirait à en endommager les composants électroniques.

Lorsqu'elle vit Jake et Bruce soulever la trappe d'accès au panneau de l'un des appareils, la technicienne écarquilla les yeux.

— Vous n'avez pas le droit de faire ça ! hurla-t-elle, saisie de panique, avant de se précipiter dans leur direction. Avez-vous idée de ce que coûtent ces machines ?

Excédée, Bethany enfonça la détente de son arme. Le canon cracha vingt projectiles en moins de deux secondes. La femme, criblée de taches rose fluo, s'effondra sur le sol.

James enfila le pantalon et la veste de combat de l'un des techniciens, chaussa sa casquette puis déchiffra le nom figurant sur sa carte d'identification.

— J'espère que les gardes à l'entrée du camp ne seront pas trop regardants, dit-il. S'ils s'aperçoivent que le lieutenant Juan-Carlo Lopez a les cheveux blonds et les yeux bleus, ils risquent de se poser des questions...

— Tu es prêt ? demanda Cork, qui avait revêtu le second uniforme.

— À vos ordres, sergent, répondit James en lui adressant un salut à l'américaine.

À peine eurent-ils franchi la porte du hangar que la première grenade simulée explosa. En consultant les plans, Kazakov, dont les connaissances en aéronautique étaient élémentaires, n'avait pas réalisé que les drones étaient équipés d'une coque en fibre de carbone mesurant moins de deux millimètres d'épaisseur. Contre toute attente, l'avion se brisa en deux.

Des fragments de fuselage volèrent dans toutes les directions, accompagnés d'un puissant jet de peinture rose qui atteignit le plafond du hangar.

Stupéfaits, les membres du commando considérèrent leurs vêtements sous toutes les coutures et constatèrent avec soulagement qu'aucun d'entre eux n'avait été touché. Alors, Rat et Andy remarquèrent la flaque de kérosène qui s'était formée sous l'un des appareils.

Au même instant, Kazakov, Lauren et Kerry firent irruption dans la salle d'où les drones étaient pilotés. Deux contrôleurs étaient assis devant une console équipée d'écrans où apparaissaient les images filmées par les deux avions qui survolaient Fort Reagan.

Dès qu'il aperçut les inconnus, l'un des hommes dégaina le pistolet automatique suspendu à sa ceinture, fit feu en direction de Kerry et l'atteignit en pleine poitrine. Lauren riposta instantanément, douchant la console et ses deux adversaires de pigment rose.

— Restez immobiles, vous êtes morts ! ordonna-t-elle.

Kerry, assise dos au mur, peinait à reprendre son souffle. Lauren et Kazakov examinèrent les écrans de la console puis étudièrent le système de pilotage constitué d'un clavier d'ordinateur, d'un joystick et d'une manette permettant de contrôler la poussée.

— Vous n'avez pas le droit de toucher aux commandes! cria l'une de leurs victimes.

— La ferme, répliqua Kazakov. Pour la dernière fois, je vous rappelle que vous êtes morts. Si vous ne jouez pas le jeu, je vous botte le train.

Lauren poussa légèrement le joystick. Sur l'un des écrans, l'image retransmise par la caméra embarquée à l'avant de l'appareil pencha dans la même direction. On pouvait y distinguer le périmètre illuminé de la base militaire, à l'écart de la ville. Elle effectua une manœuvre de façon à orienter l'avion vers la piste d'atterrissage.

Soudain, deux grenades explosèrent dans le hangar. Une pluie d'étincelles jaillit du capot du troisième appareil et embrasa l'essence répandue sur le sol. Les flammes se propagèrent dans toute la pièce à une vitesse fulgurante, puis une alarme retentit dans tout le bâtiment. Les agents traînèrent les trois techniciens encore étourdis à l'extérieur. Seul Jake se rua dans le couloir menant à la salle de contrôle.

— On a foutu le feu! lança-t-il à l'adresse de Kazakov, Kerry et Lauren.

— Juste une seconde, dit cette dernière.

Elle n'avait aucune raison de perdre son sang-froid. Elle se trouvait à moins de deux mètres d'une porte coupe-feu, et les deux contrôleurs « abattus » au cours de la fusillade avaient déjà détalé comme des lapins. Craignant que des civils ne soient blessés, elle était déterminée à éviter que le drone ne s'écrase dans le périmètre de Fort Reagan. Elle pointa le nez de l'avion vers le désert et l'orienta sur une trajectoire descendante.

— Il devrait s'écraser dans une minute ou deux, estima-t-elle.

Kazakov se pencha vers le second poste de contrôle et plaça le deuxième appareil sur un plan de vol identique.

Dès qu'il eut quitté le hangar en compagnie de ses coéquipiers, il pressa le bouton de son émetteur-récepteur.

— Tout le monde est sain et sauf ?

— Affirmatif, si Jake, Kerry et Lauren sont avec vous, confirma Rat.

À cet instant précis, le système anti-incendie chauffé à blanc lâcha une cascade de dioxyde de carbone, chassant tout l'oxygène à l'extérieur du bâtiment. Les flammes furent instantanément étouffées.

L'équipe, rassemblée devant le hangar, considéra le panache de fumée qui s'élevait dans le ciel étoilé. À l'évidence, les troupes logées dans le camp militaire, à cinq cents mètres de là, ne tarderaient pas à dépêcher des renforts.

— Je crois qu'il va falloir courir, dit Kazakov. Kerry, présente-toi à la station de nettoyage mais, surtout, pas un mot sur l'opération que nous venons d'accomplir. On se retrouve dans vingt-quatre heures.

25. Acte hostile

Alertés par la sirène, James et Cork firent halte pour contempler avec stupéfaction le panache de fumée noire et les flots de neige carbonique qui s'échappaient de la porte ouverte du hangar. Un groupe de soldats se rua à l'extérieur de la base militaire. Le sergent échangea quelques mots dans son talkie-walkie.

— Que dit Kazakov ? demanda James.

— Que c'est l'un des plus beaux jours de sa vie et qu'on continue comme prévu, sourit Cork.

— On n'était pas censés pénétrer dans la base avant que l'alerte ne soit donnée ?

— Il paraît que vous savez improviser, à CHERUB.

Les deux complices se présentèrent au poste de contrôle.

— Nous avons un message pour le général, dit le sergent en montrant son badge d'identification à la femme chargée de surveiller les allées et venues.

Cette dernière n'y jeta même pas un regard.

— Qu'est-ce qui se passe, là-bas ? demanda-t-elle.

— Un drone a pris feu et l'incendie s'est propagé au bâtiment.

— Il y a des blessés ?

— Pas que je sache.

— Le général va encore piquer sa crise, sourit la sentinelle. Je n'aimerais pas être à votre place, les mecs.

James présenta son accréditation au nom de Juan-Carlo Lopez et fut à son tour autorisé à entrer dans le camp.

Comme toutes les installations de Fort Reagan, il recréait avec réalisme les conditions de vie sur un théâtre d'opération. Il rassemblait des bâtiments préfabriqués constitués de plaques d'aluminium et d'immenses tentes de campagne disposant de l'éclairage électrique et de l'air conditionné.

James et Cork parcoururent une cinquantaine de mètres puis se glissèrent entre deux abris de toile. Le sergent s'accroupit pour consulter une carte à la lumière d'une petite lampe halogène.

— Qu'est-ce qu'on cherche ? demanda James en chassant de la main les papillons de nuit attirés par le faisceau lumineux.

— La centrale qui alimente le camp en eau potable et en électricité. C'est le seul bâtiment en dur. Il se trouve à cent cinquante mètres dans cette direction.

Soudain, trois coups de sirène retentirent, puis une voix martiale aboya des ordres dans le système de haut-parleurs.

« *ACTE HOSTILE SIGNALÉ. JE RÉPÈTE, ACTE HOSTILE SIGNALÉ. TOUTES LES UNITÉS DISPONIBLES DOIVENT SE REGROUPER AU PARC DE STATIONNEMENT.* »

Les soldats qui se reposaient dans les tentes voisines lâchèrent des bordées de jurons.

— Je suis sûr que c'est encore un exercice d'alerte bidon, gronda l'un d'eux.

James et Kazakov reprirent leur progression en direction de la centrale. Lorsqu'ils eurent traversé le camp de toile, ils découvrirent une dalle de béton où étaient alignés des Humvees et des transports de troupes. Par souci d'assurer la sécurité des civils, les pare-chocs avaient été peints en jaune fluo, et les portières étaient ornées d'autocollants précisant que les moteurs étaient bridés à vingt-cinq kilomètres heure.

En quelques minutes, des centaines de soldats montèrent à bord des véhicules, puis une file se forma devant le portail menant à l'extérieur du camp.

184

— Magnez-vous ! hurla un officier à l'adresse des traînards qui n'avaient pas encore embarqué. Je veux que vous passiez vos secteurs au peigne fin, que vous capturiez tous les suspects qui vous tombent sous la main et que vous les conduisiez ici pour interrogatoire. Nous sommes armés et en surnombre. Si l'insurrection n'est pas matée avant l'aube, les sanctions tomberont !

— Je crois que nous avons gâché sa soirée, chuchota James à l'oreille de Cork.

Ils traversèrent le parking puis s'immobilisèrent dans la pénombre, à proximité de l'allée illuminée menant à la construction coiffée d'un toit métallique qui abritait la réserve de carburant, les générateurs électriques et la station de retraitement de l'eau. Le sergent mit un genou à terre et épaula son fusil.

— Vas-y, je te couvre, dit-il.

Le cœur battant à tout rompre, James marcha jusqu'au bâtiment, poussa la lourde porte d'acier puis s'engagea dans un couloir obscur.

— Il y a quelqu'un ? lança-t-il d'une voix innocente.

Le générateur bourdonnait derrière un panneau métallique portant l'inscription DANGER, CHOC ÉLECTRIQUE. Constatant qu'il se trouvait seul, James poursuivit sa progression jusqu'à la salle où trônait une citerne cylindrique flanquée d'une échelle métallique.

Il porta le talkie-walkie à ses lèvres.

— La voie est libre, dit-il.

Il sortit la phénolphtaléine de son sac à dos et s'apprêta à en découper l'emballage à l'aide de son couteau suisse.

Cork débula dans la pièce.

— Ne fais pas ça, intervint-il. Si tu inhales accidentellement la moindre particule de ce produit, dans dix-huit heures tu seras malade comme un chien.

Le sergent lui tendit une paire de gants en caoutchouc et

un masque jetable, puis gravit les échelons menant au sommet de la citerne. Après s'être à son tour équipé, il souleva la trappe d'inspection. James ouvrit le paquet et le lui tendit.

Cork versa les granules de phénolphtaléine dans la cuve puis descendit de l'échelle. Il glissa l'emballage vide, les gants et les masques dans un sac à glissière hermétique, le jeta dans la grande poubelle placée dans un angle de la pièce et tendit à James un flacon de gel nettoyant à base d'alcool.

— N'hésite pas à mettre la dose, ordonna-t-il. Lave-toi les mains, le nez et la bouche. Quand tu seras à l'appartement, place l'uniforme dans un sac-poubelle et prends une douche bien chaude. D'ici là, ne mets rien dans ta bouche, ni tes doigts, ni liquide, ni nourriture.

James était frappé par la rigueur de ces recommandations.

— Ce produit est si toxique que ça ?

— Il est classé parmi les armes chimiques et destiné aux opérations spéciales, expliqua Cork en appliquant du gel sur son visage. La molécule est placée dans de minuscules capsules qui fondent en une vingtaine d'heures au contact d'un liquide. Un trentième de gramme suffit à provoquer de sévères crampes d'estomac et de graves troubles digestifs.

— Pas cool, lâcha James avant de jeter son sac à dos sur l'épaule et de se diriger vers la sortie. Il risque d'y avoir de sacrés embouteillages à l'infirmerie.

— C'est précisément ce qu'espère Kazakov, ricana le sergent.

26. La grande évasion

Leur mission accomplie, James et Cork empruntèrent d'un pas tranquille l'allée menant au centre de la base. La plupart des véhicules avaient quitté le parking. L'officier chargé de l'organisation des patrouilles continuait à haranguer l'équipage des derniers Humvees qui patientaient devant la porte du camp.

— Je veux des informations, je veux des arrestations ! Et n'oubliez pas que tout le pays est derrière vous.

— On était censés quitter la base avant qu'ils ne soient informés de la destruction des drones, fit observer James à son coéquipier. Nous n'avons aucune chance de regagner notre QG, avec cinq cents soldats en patrouille dans la ville.

Cork haussa les épaules.

— Considère le bon côté des choses. Le camp est presque désert, à présent.

Sans se démonter, il pénétra dans la première tente venue – un gigantesque abri de toile d'une soixantaine de mètres de long – et cria :

— Quelqu'un a-t-il vu le caporal Smith ?

Si la tente avait été occupée, il n'aurait eu aucun mal à persuader ses interlocuteurs qu'il s'agissait d'une erreur mais, comme il le soupçonnait, elle était déserte. Les vêtements éparpillés sur le sol et les petits postes de télé portables laissés allumés témoignaient de la précipitation avec laquelle les soldats avaient quitté les lieux.

La tente était divisée en chambres meublées de quatre lits. Un compartiment sur quatre était aménagé en salon équipé d'une télévision grand format, d'un billard ou d'un baby-foot. En se déplaçant de pièce en pièce, James et Cork ne croisèrent qu'un militaire étendu sur sa couchette, une jambe dans le plâtre, les écouteurs d'un iPod sur les oreilles.

— Ici, ça me semble parfait, dit le sergent en entrant dans le septième compartiment, situé au centre de la tente.

Il inspecta le contenu de l'armoire métallique puis fit main basse sur un uniforme propre, une serviette et une paire de rangers.

— Prends une douche, James, dit-il en désignant la cabine placée dans un angle de la chambre.

— Mais… on vient d'empoisonner l'eau.

— Ne t'inquiète pas. Compte tenu de la configuration du réseau, l'eau infectée n'atteindra pas cette tente avant une heure ou deux.

— Et si quelqu'un nous surprend ?

— On improvisera, dit Cork, parfaitement détendu. Pour le moment, je veux juste prendre une douche et me changer. Ensuite, nous nous reposerons ici un moment, le temps que la situation se calme, et nous rentrerons nous coucher.

James approuva le plan du sergent. Son uniforme empestait l'après-rasage bon marché et il craignait qu'un granulé de phénolphtaléine ne soit resté prisonnier des fibres du tissu.

Il se glissa dans la cabine de douche, se nettoya consciencieusement pendant deux minutes avant de céder la place à Cork. Dans l'une des armoires, il dénicha un uniforme propre et une paire de rangers dont il compensa la pointure trop large en enfilant deux paires de chaussettes l'une sur l'autre.

Une voix de femme parvint à ses oreilles.

— Avez-vous vu quelqu'un entrer ?

James jeta un œil à l'extérieur de la chambre et aperçut la sentinelle qui avait contrôlé son identité au poste de contrôle.

Accompagnée d'une collègue, elle s'entretenait avec le soldat blessé qui se reposait à deux compartiments de là.

— On a de la compagnie, dit-il. Deux femmes. Apparemment, elles sont à notre recherche.

— Tu es sérieux ? s'étrangla Cork avant de quitter la cabine de couche et de s'emparer de la serviette humide que James avait abandonnée sur un lit.

— Elles se déplacent dans notre direction !

— Fiche le camp, ordonna le sergent en enfilant à la hâte un pantalon de treillis. Je te couvre.

Au moment précis où James se baissa pour récupérer son sac à dos, une détonation retentit, puis une balle chargée de peinture rose frappa le montant du lit le plus proche.

Cork saisit son fusil d'assaut et fit feu à deux reprises en direction des Américaines. James rampa jusqu'au compartiment voisin et constata que deux soldats venaient de pénétrer dans la tente. Il rebroussa chemin puis leva les yeux pour examiner la découpe dans la toile d'où saillait le système d'air conditionné.

— Nom de Dieu, je la connais ! s'exclama Cork tout en canardant tour à tour les deux binômes. La fille du poste de sécurité ! Je l'ai rencontrée à Malte, l'année dernière, à une conférence des forces spéciales de l'OTAN. Mon visage a dû lui rappeler quelque chose…

James grimpa sur un lit et frappa la hotte du système d'air conditionné de toutes ses forces. Après dix tentatives, les équerres qui maintenaient le dispositif en hauteur se brisèrent, et l'appareil s'écrasa dans le sable, à l'extérieur de la tente.

— Bien joué, lança Cork en lâchant plusieurs rafales en direction de l'ennemi.

James jeta son sac à dos dans la brèche, y engagea la tête, se tortilla pour y glisser les épaules, puis se laissa tomber hors de l'abri.

Quelques instants plus tard, la fusillade cessa.

— Je suis mort, dit le sergent avant de lancer son paquetage dans l'ouverture. Prends mon matériel, et couvre ta fuite avec un fumigène.

James sortit un cylindre métallique de son sac, en ôta la goupille, le lança à l'intérieur de la tente puis détala sans demander son reste. Jusqu'alors, il s'était reposé sur l'autorité de Cork et de Kazakov. Désormais, il était livré à lui-même, et la situation était loin d'être favorable.

Il était prisonnier d'une base militaire placée en état d'alerte maximum. Son signalement serait communiqué à toutes les unités dès que les soldats qui venaient d'éliminer le sergent Cork parviendraient à quitter la tente envahie par la fumée. Constatant que le portail se trouvait à moins de cinquante mètres, James estima que seule une attaque éclair pouvait encore lui permettre d'échapper à la capture.

Posté à l'angle de la tente, il évalua froidement la situation. Les sentinelles étaient désormais au nombre de quatre. Chose étrange, en dépit des circonstances, elles ne semblaient pas sur leurs gardes.

James s'agenouilla, posa un flashbang et deux grenades fumigènes dans le sable, épaula son fusil, visa l'un des militaires et enfonça la détente. La balle atteignit sa cible pile entre les omoplates. Il dévia le canon de quelques centimètres et toucha l'un de ses collègues à l'abdomen.

— Attaque! hurlèrent en chœur les deux militaires qui n'avaient pas été mis hors combat, avant de plonger dans la poussière.

James dégoupilla le flashbang et l'une des grenades fumigènes, puis les lança vers le poste de sécurité. Dès qu'il vit le ciel blanchir à la lueur du flash et entendit la détonation assourdissante, il positionna le sélecteur de tir de son fusil en mode automatique et se précipita vers le portail.

Trois des soldats, désorientés par les effets du flashbang,

n'étaient plus en état d'intervenir. Le quatrième, couché dans le sable, tirait au hasard à travers le rideau de fumée qui s'opacifiait à chaque seconde. Alertés par l'explosion, des dizaines de soldats jaillirent des tentes d'habitation. Une balle siffla aux oreilles de James, lui rappelant qu'il avait omis de chausser ses lunettes de protection.

Malgré la crainte que lui inspirait la perspective d'être aveuglé par un projectile, il continua à progresser au jugé. La fumée emplissait ses poumons, et des sons de course précipitée lui parvenaient de tous les points cardinaux.

À cinq mètres de la clôture, il distingua la silhouette du garde qui avait survécu à l'assaut. Sans interrompre sa course, il lâcha une rafale qui atteignit son adversaire à la cuisse puis tira le verrou de sol qui maintenait le portail fermé. L'un des soldats étendus à ses pieds saisit sa cheville.

— Vous n'avez pas le droit, vous êtes mort ! protesta James en se dégageant vivement.

Sur ces mots, il franchit le périmètre de la base, fit une courte halte pour chausser ses lunettes de protection et reprit sa course en direction de la ville.

27. Dans le ventilo

Profitant du nuage artificiel produit par la grenade fumigène, James parcourut plusieurs centaines de mètres avant de se faufiler dans le labyrinthe d'abris métalliques du bidonville de Fort Reagan.

Contrairement aux zones urbaines les plus pauvres de la planète, le quartier disposait de sanitaires équipés de l'eau courante et de l'électricité. Les cabines de toilettes, si elles offraient peu d'intimité, étaient semblables à celles des résidences universitaires où vivaient la majorité des participants civils.

Des minichaînes crachaient des décibels aux quatre coins du taudis. Des filles dansaient pieds nus autour de feux de camp creusés à même la terre battue. Par souci de réalisme, la nourriture était vendue sur des étals rassemblés sur une place de marché. Les militaires chargés de l'intendance de Fort Reagan avaient été jusqu'à lâcher poules et chèvres dans les rues du bidonville. Ces dernières, habituées à la fréquentation des étudiants, acceptaient de bonne grâce les chips et le pop-corn qu'ils leur offraient.

James s'engagea dans une ruelle excentrée puis, constatant que les lieux étaient déserts, s'accroupit entre deux cabanes de tôle ondulée. Lorsqu'il eut retrouvé son souffle, il jeta un regard alentour pour s'assurer qu'il avait semé les troupes américaines lancées à ses trousses.

Il sortit le talkie-walkie de la poche de sa veste.

192

— Kazakov, vous m'entendez ? chuchota-t-il.

— Cinq sur cinq, répondit l'instructeur. Où en êtes-vous ?

— Nous avons rempli notre mission, mais nous avons eu un accrochage en tentant de quitter la base militaire. Le sergent a été éliminé, et j'ai besoin de renforts pour me ramener en lieu sûr.

— Négatif. Nous n'avons pas besoin de toi pour poursuivre l'opération, et les Yankees patrouillent dans toute la ville. Il vaut mieux attendre que le jour se lève.

— Mais où est-ce que je vais dormir ?

— Fais preuve d'initiative. J'ai d'autres chats à fouetter. Fin de la communication.

James était abasourdi.

— J'y crois pas, marmonna-t-il. Après tout ce que j'ai fait pour lui…

•••

Une fois les drones neutralisés, Kazakov avait contacté les SAS par radio. Des tireurs avaient aussitôt pris position dans des lieux stratégiques de la ville et avaient commencé à harceler systématiquement les patrouilles américaines.

Il avait reconduit Lauren, Bethany, Rat, Gabrielle, Bruce, Jake et Andy à marche forcée jusqu'à leurs appartements. En chemin, ils avaient attaqué un poste de contrôle et liquidé trois soldats ennemis à l'aide de grenades à peinture, sous le regard médusé d'un groupe d'étudiants.

Les militaires de l'US Army étaient confrontés à une situation imprévue. Chargés d'établir des relations de confiance avec la population civile, ils se retrouvaient pris pour cible par un nombre considérable de snipers embusqués sur les toits et recevaient des grenades jetées depuis les balcons.

Bien entendu, ils savaient que dix pour cent des civils avaient reçu une prime pour se ranger du côté des insurgés, ce qui exliquait que les relations pacifiques entre les citadins et les soldats tournent rapidement à la défiance. Ces derniers restaient conscients qu'il s'agissait d'un exercice, mais ils étaient motivés par des considérations bien réelles : un comportement exemplaire pouvait leur valoir une promotion et une solde plus importante ; un échec les promettait à la stagnation, voire à une mutation dans une unité de logistique.

Vingt minutes après la destruction des drones, le général Shirley avait ordonné que douze points de contrôle supplémentaires soient dressés afin d'empêcher la libre circulation des civils. Un couvre-feu fut établi dans les zones les plus proches de la base aérienne.

La plupart des étudiants avaient bu plus que de raison. La plupart refusèrent d'être consignés dans leurs appartements dès vingt heures trente. Fouillés par des soldats de plus en plus nerveux pour la troisième ou quatrième fois en l'espace de deux heures, ils commencèrent à exprimer ouvertement leur mécontentement.

La villa de Kazakov étant vulnérable à un assaut des forces spéciales, l'instructeur et ses agents, haletant et ruisselant de sueur, se regroupèrent dans la chambre des filles.

— Tu as du nouveau ? demanda Kazakov à Kevin, qui était demeuré dans l'immeuble pour surveiller le quartier avec des jumelles, pendant que ses camarades participaient au raid sur l'aérodrome.

— Une patrouille a fouillé le bâtiment pièce par pièce. J'ai piégé la porte à l'aide d'une grenade, comme vous me l'aviez recommandé, et je me suis réfugié au troisième étage. Toute l'unité y est passée. J'étais mort de rire.

— Beau travail. Et les snipers du SAS ?

— Ils ont aligné systématiquement les soldats qui se sont approchés du restaurant d'en face et jeté des grenades sur les barrages jusqu'à ce qu'ils lèvent le camp. Je n'ai pas vu un seul ennemi depuis une demi-heure.

Meryl sortit de la cuisine et posa sur la table du salon un plateau garni de tranches de pizza.

— Où sont les autres ? demanda-t-elle.

— Cork et Kerry ont été abattus, expliqua Kazakov. James est en cavale.

— Je lui garde quelque chose à manger ?

— C'est inutile. Je lui ai ordonné de rester caché jusqu'à l'aube pour éviter les patrouilles.

— Cool, ça en fait plus pour nous, gloussa Jake en s'emparant de deux parts de pizza.

— Qu'est-ce qu'on va faire de tout notre équipement ? s'inquiéta Lauren. Si une patrouille débarque et découvre cet armement, on est foutus.

— On va poster deux observateurs devant et derrière le bâtiment. Si les Américains tentent une nouvelle perquisition, on leur tendra une embuscade dans l'escalier.

Sur ces mots, il sortit un récepteur vidéo de la poche de son pantalon et le connecta à l'aide d'un câble AV à la télévision LCD protégée par une plaque de plexiglas rivetée au mur du salon. L'image en couleur fortement pixelisée d'un bureau équipé de deux ordinateurs, prise selon un angle improbable, apparut à l'écran. Un *timecode* défilait dans le coin inférieur droit.

— Super cadrage, Mr Spielberg, ricana Jake.

— Je n'ai eu que quelques secondes pour positionner la caméra, répliqua Kazakov. Taisez-vous et écoutez.

Le disque dur embarqué à bord du dispositif pouvait stocker des centaines d'heures de vidéo. Il enfonça la touche *rewind* et positionna l'enregistrement deux minutes après la destruction des drones. Une paire de bottes était posée sur le bureau. À en croire la bande-son, deux officiers étaient en train de disputer une partie de poker hors du champ de l'objectif.

Après quelques secondes, une radio cracha une annonce

ininintelligible, puis des bruits de pas précipités résonnèrent dans la pièce.

— *Nom d'un chien*, dit l'un des hommes, *ça va chier dans le ventilo*.

Une minute plus tard, la poitrine d'un individu portant le grade de général apparut à l'écran.

— *J'attends votre rapport*, gronda-t-il.

— *L'un des contrôleurs de drones vient de nous contacter. Des adolescents ont attaqué l'aérodrome. Tous les appareils ont été détruits.*

— *Envoyez des troupes pour enquêter sur cet acte de sabotage. J'exige que les coupables soient capturés sur-le-champ.*

— *Vous n'aviez pas déployé une unité pour protéger ce matériel sensible ?*

Le général observa un silence lourd de sens.

— *Quels sont vos ordres ?* insista l'officier.

— *Nom de Dieu de bordel de merde ! L'équipe rouge est censée se comporter comme un groupe d'insurgés, lancer des grenades sur les patrouilles, pas mettre à sac ma base aérienne ! Ils ne jouent pas le jeu !*

— *Nos bases ont été la cible de nombreux tirs de mortier, lorsque je me trouvais en Irak. Les rebelles s'attaquent toujours aux cibles insuffisamment protégées.*

— *Caporal, vous êtes relevé de vos fonctions !* hurla le général Shirley. *Lorsque j'aurai besoin de votre point de vue, je vous le ferai savoir. Ce Kazakov est un enfoiré ! La destruction des drones va nous coûter six millions de dollars !*

Une sonnerie de téléphone retentit.

— *Mon général*, dit une femme, *c'est Sean O'Halloran, le commandant du fort. Il voulait savoir si vous aviez été informé que des explosions avaient retenti aux abords de l'aérodrome.*

— *Dites-lui que je suis occupé ! Bon sang, cet enfoiré de Russe s'est permis de faire exploser mon aéroport... Bien, voici mes ordres : établissez des check points aux principaux carrefours et*

196

cessez de vous comporter comme des boy-scouts ; autorisez les hommes à secouer les suspectsᵌ̦ saisissez les armes ; capturez ou liquidez tous les insurgés.

— Le général O'Halloran souhaite vous parler, mon général. Il dit qu'il vous tient pour personnellement responsable de la perte du matériel placé sous votre autorité.

— Passez-moi ce putain de téléphone… Commandant ? Oui, nous enquêtons sur les rumeurs de sabotage. Je suis certain que ce n'est pas aussi dramatique qu'on le prétend…

— Mon général, dit un officier, le souffle court. *Nous avons reçu plusieurs rapports indiquant que nos troupes étaient prises pour cible par des snipers dans toute la ville.*

Kazakov pressa la touche *pause* et adressa aux agents un sourire radieux.

— Je n'ai pas l'habitude de distribuer les compliments, mais vous vous êtes débrouillés comme des chefs. Demain, à la même heure, je vous promets que nous entrerons triomphalement dans le poste de commandement du général Shirley.

28. Distribution des prix

James s'approcha innocemment du barrage dressé dans la rue principale du bidonville. À la faveur de l'obscurité, l'officier chargé de procéder aux contrôles ne remarqua pas son uniforme trop large. Pressé de poursuivre l'interrogatoire d'un étudiant interpellé en possession d'un téléphone portable, il lui adressa un salut de la tête et le laissa poursuivre son chemin.

James se glissa dans un immeuble de trois étages situé à moins d'un kilomètre de celui de ses coéquipiers puis, à la lumière de sa lampe torche, trouva refuge dans un appartement nu disposant de toilettes et d'un robinet d'eau potable.

Il s'allongea sur le sol de béton, la tête posée sur son sac à dos. Quelques minutes plus tard, le jugeant dur comme de la pierre, il se redressa puis, considérant l'état de tension dans lequel il se trouvait, comprit qu'il était vain d'essayer de trouver le sommeil.

De temps à autre, un Humvee roulait au pas dans la rue étroite. Au loin, on entendait des tirs nourris et les détonations produites par des grenades à peinture. À en juger par la fréquence de ces échanges, les civils favorables à l'insurrection participaient désormais aux combats.

James explora le contenu de son sac à la recherche de nourriture. Il n'y dénicha rien qui pût calmer sa faim, mais en sortit le jeu de cartes et le manuel de black-jack achetés la veille dans la boutique de souvenirs du casino.

Il s'approcha de la fenêtre afin de profiter de la lumière diffuse produite par l'éclairage intérieur d'un appartement situé de l'autre côté de la ruelle, s'assit, posa les cartes devant lui et se plongea dans la lecture du fascicule.

Il survola les chapitres consacrés aux stratégies classiques et aux biographies des joueurs les plus célèbres – tous bannis à vie des salles de jeux pour avoir amassé des fortunes en utilisant des stratégies jugées douteuses –, et se concentra sur les pages détaillant les méthodes mathématiques de comptage des cartes.

Tout individu normalement constitué aurait baissé les bras dès la lecture de la première équation, mais James, dont les facultés en algèbre confinaient au génie, était fasciné par la possibilité qu'un inconnu doué en calcul mental puisse soustraire des millions de dollars à un casino.

Au fil des pages, James réalisa qu'il n'était pas nécessaire d'être un as des mathématiques. Il suffisait de prendre en compte simultanément cinq facteurs : sa propre main, celle du croupier, la balance entre les cartes hautes et les cartes basses, et le nombre de cartes et d'as restant dans le talon. Selon le manuel, deux heures d'entraînement par jour pendant deux semaines suffisaient à maîtriser les techniques de base du comptage. La rapidité d'exécution des croupiers professionnels consistait la principale difficulté.

James commença à tirer des cartes entre ses jambes. Il n'avait aucune raison de se presser : il lui restait dix heures à tuer avant que le jour ne se lève, et quatre ans et demi à patienter avant de pouvoir prendre place devant une table de casino.

∴

— Salut, Rambo !

Réveillé en sursaut, James se redressa d'un bond et cligna

longuement des yeux. Il faisait jour. Lauren et Gabrielle se trouvaient à ses côtés.

— Tu as joué aux cartes tout seul toute la nuit ? s'étonna cette dernière.

— Rien d'étonnant, dit sa camarade. Il est tellement égoïste.

James éprouvait des difficultés à retrouver ses esprits. Il n'avait aucun souvenir de s'être endormi, mais il avait l'impression d'avoir été passé à tabac, preuve qu'il était resté longuement allongé à même le béton. Kazakov l'avait localisé grâce aux signaux émis par son GPS.

Lauren lui tendit des vêtements civils.

— Vous avez du nouveau ? demanda James en massant son dos endolori.

— L'armée est en déroute. Le général Shirley est en train de devenir dingue. Il modifie ses ordres toutes les heures et ne sait plus où donner de la tête. On dirait qu'il fait tout pour foutre sa carrière en l'air, c'est trop marrant. Kazakov est au septième ciel.

— Les SAS ont recruté et armé soixante étudiants, poursuivit Gabrielle. Plus de cent cinquante soldats américains ont été éliminés. Oh, et Bethany a un énorme suçon dans le cou. Apparemment, c'est Andy qui lui a fait ça.

Cette dernière information provoqua l'hilarité de James.

— Cette fille est incontrôlable. Il les lui faut tous, ma parole !

Ignorant l'attaque visant sa meilleure amie, Lauren se baissa pour ramasser le manuel de black-jack.

— Dis-moi, tu ne songes pas sérieusement à tricher dans les casinos ?

— Cette technique a fait ses preuves, plaida James en arrachant le fascicule des mains de sa sœur.

— Tu as raison, je ne devrais pas te faire de reproches. Finalement, c'est la première fois que je te vois ouvrir un livre. Il faut fêter ça.

— Oh, mais c'est que tu es irrésistiblement drôle, ce matin! ironisa James. Vous n'avez pas eu de difficultés à venir jusqu'ici?

— On a choisi le moment le plus favorable, expliqua Gabrielle. Grâce à la caméra que Kazakov a placée dans le bureau du général Shirley, nous connaissons ses intentions avant ses propres troupes. Il a donné l'ordre de lever les barrages pris pour cible par les snipers du SAS.

— On a essayé de te joindre sur ton émetteur-récepteur, mais tu ne répondais pas, précisa Lauren.

— Désolé. J'ai dû perdre mon oreillette lorsque je me suis endormi.

— Les Américains sont furieux. La protection des populations est l'un des principaux critères de réussite d'un tel exercice militaire. À chaque fois qu'une bombe à peinture explose à un check point, des dizaines de civils sont éliminés.

James ôta son uniforme, enfila un jean déchiré et chaussa ses vieilles Adidas.

— Kazakov est un guerrier né, dit-il. C'est un déséquilibré notoire, mais il faut admettre qu'il connaît son boulot.

•••

Au cours des douze premières heures, les soldats américains avaient découvert plusieurs caches d'armes, procédé à l'arrestation et à l'interrogatoire de suspects, et infligé des pertes non négligeables aux partisans de l'insurrection.

Dès qu'il avait appris que le général Shirley avait donné l'ordre à ses troupes de regagner la base, Kazakov, qui ne s'était accordé qu'une heure de sommeil au cours de la nuit, avait à son tour repositionné ses hommes avant de se replier dans la villa en compagnie de Rat, Bethany et Andy. Mac se trouvait dans la maison voisine, sous la garde de cinq membres du SAS.

Sur le chemin du retour, Lauren, James et Gabrielle firent halte dans une supérette pour acheter du bacon, des pancakes, du jus d'orange, du sucre glace, du Nutella, de la crème chantilly en bombe et du sirop d'érable. Lorsqu'ils eurent regagné la villa, Lauren prépara le petit déjeuner.

Gabrielle et James se trouvaient seuls dans le salon, avachis sur un confortable canapé.

— Mmmh, je dormirais bien quelques heures de plus, dit ce dernier. Si je n'avais pas tout ce sable dans mes vêtements…

— Les portes et les fenêtres ont été montées n'importe comment. Elles n'empêchent pas le vent du désert de pénétrer dans les habitations. J'ai pris une douche à l'appartement, hier soir. Dix minutes plus tard, ça me démangeait de nouveau.

— Tu ne veux pas me gratter dans le dos ? Je crois que je vais devenir fou.

— OK, redresse-toi.

Gabrielle posa les mains dans le dos de James et le frotta de bas en haut.

— Oh oui, continue, c'est juste là…

— Ça va toi, le moral ? Je veux dire… par rapport à ce qui s'est passé avec Dana ?

James était embarrassé. Il savait sa camarade plus éprouvée que lui par la trahison commise par Michael avec son ex-petite amie.

— Je me doutais bien qu'il y avait quelque chose, dit-il. Après mon anniversaire, on était fous l'un de l'autre, puis du jour au lendemain, elle s'est mise à refuser que je la touche.

Gabrielle lui adressa un sourire désenchanté.

— Moi aussi, j'ai senti venir le truc. Finalement, je crois que Michael était bien content d'avoir deux copines. Je savais qu'il passait beaucoup de temps avec Dana, sous prétexte de préparer un exposé. À chaque fois que je lui faisais part de mes soupçons, il me traitait de parano…

— Ils travaillaient dur, apparemment, mais sur une autre discipline... ironisa James.

— Je suppose que cette histoire nous permettra de grandir... soupira Gabrielle. Mais tout le monde dit que le premier amour est le plus difficile à oublier. Tu ne peux pas savoir à quel point j'aimais Michael.

James posa une main sur l'avant-bras de sa coéquipière.

— Je sais que vous étiez proches. Un jour, avec les copains, on a décerné des prix aux filles de CHERUB. Toi, tu as été élue *fille la plus casée du campus*.

Gabrielle éclata de rire.

— Je n'étais pas au courant. C'était quand ?

— Oh, il y a des années, pendant un cours consacré aux mesures de sécurité. Comme on s'ennuyait mortellement, on s'est mis à parler de filles, et on a fini par établir ce palmarès.

— Et les autres, quel prix ont-elles reçu ?

— Je ne devrais pas trahir le secret des délibérations du jury... sourit James. Amy Collins a été élue *ex-agent la plus sexy*, Kerry a remporté les trophées des *plus belles jambes* et de *fille la plus difficile à mettre dans son lit*.

— Wouah ! J'ai hâte de lui raconter ça !

— Bethany a été désignée *canon du campus, catégorie junior*, mais selon moi, elle méritait davantage le titre de *tête à claques numéro un*.

— Et Dana, elle a reçu un prix ?

— *Plus belle poitrine de CHERUB*, répondit James. J'étais super fier.

— Quoi d'autre ?

— Ça fait un moment, je ne me souviens plus du reste. Et j'ai déjà largement violé la clause de confidentialité.

— Tu es marrant. J'adore ta façon de présenter les choses.

— Moi aussi, je t'aime bien, Gabrielle, dit James en passant un bras dans le dos de sa camarade.

— Non, non, nooon ! hurla-t-elle, partagée entre l'hilarité

et l'indignation. Kerry nous a raconté que tu as essayé de sortir avec elle, l'autre soir. On se demandait combien de temps tu tiendrais avant de me sauter dessus.

James sentit le rouge lui monter aux joues.

— Kerry t'a tout raconté ?

— Tu connais les filles, James. On adore ce genre d'histoires.

— Nom de Dieu... Bethany est au courant ? Elle ne sait pas tenir sa langue, celle-là. Si Bruce apprend que j'ai tenté ma chance avec sa copine, je suis mort.

Gabrielle secoua la tête.

— T'inquiète. C'est resté entre Kerry, ta sœur et moi.

— C'est prêt ! s'exclama joyeusement Lauren en sortant de la cuisine.

Elle posa sur la table basse deux assiettes de pancakes agrémentés de chocolat, de sucre et de crème Chantilly.

— Qu'est-ce qui te fait rire, Gabrielle ?

Sa camarade pointa vers James un doigt accusateur.

— Devine un peu ce qu'il vient de faire...

— Je te l'avais dit ! lança Lauren sur un ton triomphal en tendant des couverts à son frère. Il ne peut pas passer cinq minutes avec une fille sans perdre le contrôle de ses mains.

James se sentait extrêmement mal à l'aise.

— Oh ! voilà qu'il boude, à présent, ricana Lauren. Regardez-moi cet air triste et innocent.

James, conscient qu'il venait de se ridiculiser et qu'il était vain de fournir des explications, mordit dans un pancake.

— C'est délicieux, petite sœur, lâcha-t-il en s'efforçant d'ignorer les gloussements hystériques de ses coéquipières.

— Si seulement j'avais mon téléphone, j'enverrai un SMS à Kerry ! s'esclaffa Gabrielle. Je suis certaine qu'elle va a-do-rer.

29. Un heureux accident

Son petit déjeuner achevé, James prit une douche, s'isola dans une chambre située à l'étage puis s'écroula sur un lit à cadre métallique. Son organisme n'était pas encore pleinement adapté au décalage horaire, et la nuit qu'il venait de passer n'avait rien arrangé à l'affaire.

Aveuglé par le soleil qui filtrait entre les rideaux fins comme du papier à cigarette, il ne parvint pas à s'endormir. En désespoir de cause, il remit son oreillette en place et passa trois heures à écouter les communications entre Kazakov et ses différentes unités.

Constatant la vulnérabilité des check points aux tirs de snipers et aux attaques terroristes, le général Shirley avait opté pour une stratégie plus dynamique : des unités lourdement armées circulant à bord de Humvees étaient chargées d'investir les immeubles, de neutraliser leurs habitants, puis de fouiller maisons et appartements à la recherche d'armes et de moyens de communication. Ces méthodes se révélèrent efficaces, mais contribuèrent à aiguiser le ressentiment des civils à l'égard des forces armées.

Rat déboula dans la chambre sans frapper.

— On fait une descente au fast-food en bas de la rue, dit-il. Tu viens avec nous ?

James consulta sa montre.

— Qui ça, *on* ?

— Lauren, Jake, Bethany et moi.

— Gabrielle ne vient pas ?

— Non, rassure-toi, sourit Rat, elle est en mission spéciale avec Bruce. Il paraît que tu t'es couvert de ridicule... C'est pour ça que tu déprimes ?

— Entre autres, maugréa James.

Il rejeta la couette au pied du lit puis enfila son jean.

— Qu'est-ce qui ne va pas ? insista son camarade.

— Par où commencer ? Ma mission antiterroriste est tombée à l'eau, Dana m'a plaqué, j'ai une migraine infernale parce que je n'ai pratiquement pas dormi de la nuit, et toutes les filles se foutent de ma gueule.

— Mais non, pas *toutes*, sourit Rat.

— Si, je suis fini, gémit James en cherchant du regard le portefeuille contenant ses dollars du Reaganistan. Dana m'a quitté, Kerry ne veut plus de moi, Gabrielle ne me trouve pas à son goût et même la fille que j'ai draguée au casino a trouvé le moyen de se foutre de moi.

— Tu crois que je vais te plaindre ? Tu n'as pratiquement jamais été célibataire depuis ton arrivée à CHERUB, et tu as collectionné les aventures pendant les missions. À bien y réfléchir, ça doit être ça, ton problème.

— Pardon ?

— Mets-toi un peu à la place des filles du campus. Tout le monde sait que tu as trompé Kerry dix fois avant de la larguer.

— Trois fois, rectifia James. Bon, quatre, en comptant large.

— Ensuite, tu es sorti avec Dana, et tu as couché avec une fille que tu connaissais depuis cinq minutes dès que tu en as eu l'occasion. Qu'est-ce qui te fait penser qu'une fille comme Gabrielle pourrait avoir envie de tenter sa chance avec toi ?

— Rien, je suppose. Cela dit, je ne vois pas pourquoi je prendrais en compte les conseils d'un type qui en pince pour ma sœur.

Les deux garçons s'engagèrent dans le couloir menant à la cage d'escalier.

206

— Oh, et puis fais comme tu veux, après tout. Mais je te préviens, vu la réputation que tu traînes, tu vas devoir te battre pour persuader une fille du campus de sortir avec toi.

— Mais pourquoi pas ? Je ferai appel à mon physique et à mon charme irrésistible.

— Quel charme ? demanda Lauren en franchissant la porte de sa chambre. J'ai marché dans des crottes de chien plus attirantes que toi, pauvre mytho.

Ils dévalèrent les marches jusqu'au rez-de-chaussée.

— Eh bien, vous en avez mis du temps, gronda Jake qui patientait dans le vestibule en compagnie de Bethany. Je crève de faim.

À cet instant précis, trois Humvees s'immobilisèrent devant la villa. Une nuée de soldats en débarquèrent.

— Merde ! s'étrangla Jake.

« PLUS UN GESTE ! cracha le mégaphone équipant l'un des véhicules. CECI EST UNE OPÉRATION DE CONTRÔLE DE L'ARMÉE AMÉRICAINE. VEUILLEZ CONSERVER VOTRE CALME. »

— Si James n'avait pas traîné au lit, on serait déjà loin d'ici, fit observer Bethany.

— Jake, c'est toi qui parais le plus jeune. Va leur parler, tâche d'avoir l'air effrayé et retiens-les aussi longtemps que possible.

De la cave aux combles, la maison abritait un stock considérable d'armes et de matériel militaire, si bien que les agents n'avaient aucune chance de persuader les soldats qu'ils n'avaient aucun lien avec l'insurrection. S'ils s'étaient trouvés dans une authentique situation de conflit, confrontés à douze militaires professionnels surentraînés équipés de fusils chargés à balles réelles, ils se seraient rendus sans protester. Conscients qu'ils ne couraient d'autre risque que d'être atteints pas des munitions simulées, ils chaussèrent leurs lunettes de protection. James et Rat gravirent les marches quatre à quatre afin de récupérer l'armement caché dans leur chambre. Lauren et Bethany, elles, firent main basse sur l'équipement entreposé dans la cuisine.

Jake poussa la porte de la villa.

— Il y a quelqu'un d'autre à l'intérieur ? aboya un soldat portant le grade de major et des Ray-ban à effet miroir.

— Non, je suis tout seul, répondit le garçon d'une voix enfantine. Mon papa est allé chercher des cheeseburgers.

— Ne te fais pas de souci, mon petit, dit l'homme en posant une main rassurante sur son épaule. On a un boulot à faire, mais ça ne prendra que quelques minutes.

Trois militaires le rejoignirent. Le reste des troupes prit position à tous les angles de la maison.

— Vous pouvez entrer, si vous voulez, dit Jake, la tête baissée en signe de soumission.

À l'étage, James et Rat s'équipèrent de grenades, puis rechargèrent leur pistolet-mitrailleur. Rat jeta un bref coup d'œil par une fenêtre donnant sur l'arrière de l'immeuble.

— Il y a une douzaine de soldats, dit-il. Tu les arroses par la fenêtre, et je couvre l'escalier.

Au rez-de-chaussée, l'officier responsable de l'unité poussa Jake dans le vestibule.

— Tu n'as rien à craindre, mon bonhomme, mais je suis obligé de te demander de t'agenouiller et de mettre les mains sur la tête.

Ses trois collègues pénétrèrent à leur tour dans la villa, armes brandies. L'un suivit son supérieur jusqu'au salon, le deuxième se dirigea vers la cuisine et le troisième gravit prudemment les premières marches de l'escalier.

— Qu'est-ce que c'est que ça ? gronda le major en découvrant une oreillette abandonnée sur la moquette. Ça appartient à ton père ?

— Non, je l'ai trouvée dans la rue, bredouilla Jake.

— Excellent ! s'exclama le militaire en se penchant pour ramasser le dispositif. C'est exactement ce dont nous avions besoin pour espionner les communications des rebelles.

Jake n'en menait pas large. Agents et soldats étaient

lourdement armés, et il courait le risque d'être pris entre deux feux lorsque la fusillade éclaterait.

Deux grenades jetées par la fenêtre de la cuisine explosèrent simultanément à l'arrière du bâtiment, éliminant quatre soldats. Leurs deux collègues les plus proches, stupéfaits, inspectèrent leurs vêtements à la recherche de traces de peinture. Profitant de leur hébétude, Lauren les neutralisa de deux rafales de pistolet-mitrailleur. Bethany se pencha à l'extérieur de la pièce et abattit froidement un septième militaire qui progressait dans le couloir.

À l'étage, Rat alignait consciencieusement tous les membres de la patrouille présents dans son champ de vision. Un seul d'entre eux échappa à la pluie de balles en bondissant par-dessus une haie. James, son fusil calé sur la rampe, liquida le soldat qui s'était engagé dans l'escalier.

Jake, feignant d'être effrayé par les détonations, poussa un cri de terreur et s'accrocha aux jambes du major. Aussitôt, son expression apeurée se changea en un sourire diabolique. Il s'empara du pistolet automatique suspendu à la ceinture de son adversaire et lui tira deux balles dans la cuisse à bout portant. L'homme lâcha une bordée d'injures, s'accroupit et serra des deux mains sa jambe douloureuse.

Au même instant, James dévala l'escalier, se planta au milieu du couloir et neutralisa l'un des quatre soldats postés devant l'entrée. Bethany jaillit de la cuisine, se plaça derrière lui et fit feu à quelques centimètres de son oreille.

Persuadé qu'il était pris pour cible par un membre de la patrouille, James fit volte-face et tira deux balles en direction de sa coéquipière.

— Houps, lâcha-t-il. Je suis désolé.

Bethany se tordait de douleur sur la moquette, le tronc maculé de taches roses.

— Espèce d'abruti, gémit-elle. Tu trouves vraiment que je ressemble à un soldat ?

— Je crois qu'on les a tous eus, dit Jake après avoir inspecté les abords de la villa.

Lorsqu'il découvrit l'état dans lequel se trouvait sa sœur, un sourire illumina son visage.

— Tu l'as fait exprès, gronda Bethany.

— Bien sûr que non, gloussa James. C'était juste un heureux accident.

Sa camarade brûlait d'envie de riposter, mais la pensée de la punition que ne manquerait pas de lui infliger Kazakov l'en dissuada.

— Ferme-la, Bethany, ricana Jake. Les sœurs mortes ne parlent pas. On se revoit dans vingt-quatre heures ?

— Jake, je te signale que je t'ai sauvé la vie, au cas où tu ne l'aurais pas remarqué.

Lauren et Rat rejoignirent leurs coéquipiers dans le couloir.

— Notre coefficient de pertes s'élève à un contre onze, expliqua-t-il. Compte tenu de la nature de l'ennemi, c'est impressionnant.

— Toute la patrouille a été éliminée ? demanda James.

— Un soldat a réussi à s'enfuir en se mettant à couvert dans les buissons. Il va courir chercher des renforts. On ferait mieux de ne pas traîner dans le coin.

En tant qu'agent senior, c'est à James que revenait la responsabilité de la stratégie de l'équipe.

— Jake et Rat, piégez la maison et les Humvees avec des grenades, ordonna-t-il. Lauren, commence à ramasser autant d'armes et de matériel que tu peux en porter. Je te rejoins dès que j'aurai contacté Kazakov.

30. Galipettes

Bethany se dirigeait vers le bureau d'enregistrement des éliminations. Les soldats victimes du guet-apens marchaient à ses côtés.

Stupéfaits d'avoir été dominés par un groupe d'enfants s'exprimant avec un fort accent britannique, ils la bombardèrent de questions. Elle leur servit le scénario de couverture établi par Kazakov.

— Nos parents travaillent dans un camp d'entraînement spécialisé dans les opérations en terrain enneigé, au Canada. Comme il n'y a pas grand-chose à faire, on apprend les méthodes de combat pendant notre temps libre et on joue au paint-ball tous les week-ends.

— C'est dingue ! lança le major. Ton petit frère m'a bien eu. À quelques centimètres près, il me faisait sauter les bijoux de famille…

Ses collègues éclatèrent de rire. Bethany lui adressa un sourire complice. Pour la première fois de sa vie, elle était fière d'avoir Jake pour frère.

— Tu connais Kazakov ? poursuivit l'homme. Aucun de nous ne sait à quoi il ressemble.

— Désolée, mais ne comptez pas sur moi pour vous livrer la moindre information.

Le major se tourna vers l'un de ses collègues qui se traînait à l'arrière du cortège.

— Tout va bien, Martin ?

— J'ai mal au ventre, maugréa le soldat. J'ai l'impression d'avoir avalé un ballon de basket...

— C'est marrant, je ressens la même chose, dit un autre militaire. On a dû manger une saloperie à l'ordinaire, hier soir...

∴

Jake, Lauren, Rat et James déposèrent l'équipement dans leurs appartements respectifs, puis déjeunèrent dans un fast-food.

Le repas achevé, James s'offrit une longue sieste. À son réveil, il trouva Gabrielle, Bruce, Mac et les cinq membres du SAS qui avaient veillé sur sa sécurité depuis le début de l'exercice rassemblés autour d'un talkie-walkie posé sur le bar de la cuisine.

James ouvrit la porte du réfrigérateur et engloutit plusieurs gorgées au goulot d'un brick de jus d'orange.

— Quoi de neuf? demanda-t-il.

— On écoute le flux audio du dispositif de surveillance placé dans le bureau de Shelley, expliqua Mac. Apparemment, le sabotage de la citerne commence à porter ses fruits.

James, mal à l'aise, s'interrogeait sur le caractère éthique du plan d'empoisonnement de Kazakov.

— Je n'ai fait que suivre les ordres, dit-il. Le sergent Cork m'a expliqué de quoi il retournait à la dernière minute.

— Ça me rappelle le cours d'histoire sur le procès de Nuremberg, ricana Lauren. *Je n'ai fait que suivre les ordres.* C'était la stratégie de défense des criminels nazis.

— Et ils ont tous été pendus, fit observer Rat.

James n'appréciait pas l'humour noir de ses coéquipiers. Il se tourna vers Mac.

— Où en sont les opérations?

— Nous armons des sympathisants et nous attaquons

systématiquement les patrouilles chargées d'effectuer les perquisitions. Plus de quatre-vingts soldats américains victimes d'intoxication alimentaire ont déjà cessé le combat. L'infirmerie est prise d'assaut.

— Selon Cork, le produit devait faire effet au bout de vingt heures. Ce n'est sans doute qu'un début.

— Kazakov jubile, dit Mac. Il estime que quatre-vingt-dix pour cent des troupes ennemies seront incapables de poursuivre l'exercice en fin d'après-midi. Il a chargé nos sympathisants civils de distribuer des tracts invitant la population à une grande fête, sur la place centrale du bidonville, avec distribution d'alcool gratuit.

— C'est tout près de la base américaine, fit observer James. Je crois comprendre ce qu'il a en tête. Au pic de l'épidémie, il restera moins de cent Yankees en état de se battre…

— Ça va être la révolution, sourit Jake.

Un SAS à l'accent gallois prit la parole :

— Les Américains ne savaient pas dans quoi ils mettaient les pieds en invitant Kazakov à commander l'équipe rouge. C'est notre meilleur consultant stratégique depuis une dizaine d'années. À ma connaissance, personne ne l'a jamais surpassé, que ce soit en conditions réelles ou lors d'exercices de simulation.

— Ce type se bat depuis sa naissance, poursuivit un autre membre de la garde de Mac. C'est un scandale qu'il n'ait pas été nommé à la tête de notre régiment.

— Et pourquoi n'a-t-il pas reçu cette promotion ? demanda James.

— Question de protocole. Kazakov a toujours travaillé avec nous en qualité de consultant. L'état-major du SAS ne pouvait pas intégrer un commandant n'appartenant pas à ses rangs. Mais cet homme est un génie militaire.

À cet instant précis, la voix de Kazakov résonna dans le talkie-walkie.

— J'ai besoin d'un coup de main, annonça-t-il. J'ai trente-trois fûts de bière et deux cents bouteilles de vodka sur les bras, et je ne vais pas les transporter tout seul.

∴

Le général Shirley était satisfait de sa nouvelle stratégie. Les patrouilles mobiles chargées des perquisitions enregistraient peu de pertes. Les rapports qui lui parvenaient faisaient état de nombreuses arrestations et de la saisie d'un stock important d'armes à feu. Cependant, l'absence de barrages fixes permettait aux rebelles de se déplacer librement, de procéder à des embuscades, de dresser des barricades et de recruter des sympathisants.

Les pays en proie à la guerre civile, rongés par le chômage et la pauvreté, étaient gangrenés par les agissements de jeunes criminels désœuvrés. Toutes proportions gardées, les étudiants de Fort Reagan, condamnés à tuer le temps en regardant l'unique chaîne de télé diffusée dans l'enceinte du camp, éprouvaient eux aussi un irrésistible besoin d'action.

Ceux qui avaient touché une compensation financière pour rejoindre la rébellion observaient avec enthousiasme les ordres communiqués par les officiers du SAS. En l'espace d'un jour et demi, plus de cent cinquante hommes et femmes avaient reçu armes et instruction militaire.

En fin d'après-midi, les espions chargés de surveiller le bidonville signalèrent des mouvements de troupes motorisées aux abords de la base américaine. Au crépuscule, les instructeurs du SAS réunirent les troupes civiles afin de leur enseigner les techniques de sabotage des convois à l'aide de grenades à peinture et de fils de nylon tendus en travers de la chaussée.

En vertu des règles d'engagement en vigueur à Fort Reagan, tout véhicule recevant une tache de peinture mesurant plus de dix centimètres de diamètre était considéré comme hors d'usage, et son équipage condamné à débarquer.

À dix-huit heures, lorsque le soleil disparut derrière les dunes de sable, les rues étaient encombrées de Humvees abandonnés. Plus de quatre-vingts soldats américains avaient été éliminés au prix du sacrifice d'une trentaine de rebelles.

Kazakov avait établi son poste de commandement dans un cube en béton situé au cœur du bidonville. Il ne manquait rien des échanges qui se tenaient à l'intérieur du bureau du général Shirley. Ce dernier se plaignait de crampes d'estomac, et les rapports concernant la santé des troupes étaient alarmants. Réalisant que la situation lui échappait, il décrocha son téléphone pour supplier le commandant de la base d'annuler purement et simplement l'exercice par crainte qu'un virus contagieux ne soit en train de se répandre dans le camp. O'Halloran le rabroua sans ménagement. À ses yeux, la situation illustrait de façon réaliste la possibilité d'un semblable empoisonnement touchant un régiment déployé dans une zone de conflit défavorisée.

Plus d'une centaine d'étudiants s'étaient rassemblés pour participer à la fête sur la place centrale du bidonville, autour d'un gigantesque feu de camp. Les trente fûts de bière n'ayant pas fait long feu, Kazakov ordonna la distribution des bouteilles d'alcool fort, puis fit servir aux convives des steaks cuits au feu de bois présentés sur des tranches de pain frais. Les enceintes des chaînes hi-fi poussées au maximum crachaient du hard rock. Un mini-feu d'artifice illumina le ciel d'encre.

La moitié des étudiants était constituée d'insurgés armés et de sympathisants prêts à en découdre. En des circonstances ordinaires, il aurait été irresponsable de réunir autant de combattants sous-entraînés à moins de cinq cents mètres de la base militaire, mais le commandement américain ne disposait plus des effectifs nécessaires pour mener une intervention efficace.

La présence de l'armée se limitait à une jeep qui roulait à vingt-cinq kilomètres heure sur la voie circulaire délimitant les frontières du bidonville. Deux soldats, debout à l'arrière du véhicule, surveillaient le rassemblement à l'aide de jumelles à intensificateur de lumière.

James et ses camarades s'étaient mêlés à un groupe d'étudiants indisciplinés. Certains d'entre eux portaient leur arme en bandoulière. Les plus excités, gagnés par la rage révolutionnaire, tiraient en l'air pour exprimer leur enthousiasme.

— Faut que j'aille pisser, dit James.

Dès qu'il se fut éloigné de la place, il constata avec agacement que les ruelles étaient noires de monde. Il gravit des marches taillées à même la roche et dénicha une terrasse déserte où nombre de fêtards s'étaient déjà soulagés.

Sur le chemin du retour, une jeune femme blonde d'une vingtaine d'années l'interpella.

— Tu ne sais pas où je pourrais trouver quelque chose à boire ? demanda-t-elle. Les files d'attente sont interminables.

Elle portait un short moulant et un bustier à rayures bleues et blanches. Ses épaules étaient larges et sa poitrine particulièrement généreuse. Aux yeux de James, c'était l'image même de la féminité.

— J'en ai marre de poireauter, insista-t-elle en saisissant James par le bras. J'ai envie de m'éclater.

Elle posa sur sa joue une main aux ongles soigneusement manucurés.

— Je m'appelle Cindi-Lou.

— Moi, c'est James.

— Tu as l'air un peu jeune, James, mais tu es super mignon, ajouta-t-elle. Ça te dirait qu'on aille dans un endroit tranquille, pour faire des trucs qui ne plairaient pas à ta mère ?

Cindi-Lou le prit par la nuque et déposa un baiser sur ses lèvres. Compte tenu des déboires survenus au cours des semaines passées, James était enchanté de cette rencontre inattendue, si bien qu'il cessa purement et simplement de réfléchir.

— Où est-ce que tu es logée ? demanda-t-il.

— Pas loin d'ici, sourit Cindi-Lou.

Comme dans un rêve, James vit Bruce passer tout près de lui sans prononcer un mot. Ses yeux lançaient des éclairs. À l'évidence, il était mort de jalousie.

— Tu me rappelles un garçon avec qui je suis sortie quand j'étais au lycée, dit Cindi-Lou. Je vais m'occuper de toi, et tu n'es pas près d'oublier cette soirée. Si ton cœur tient le coup.

James était fendu jusqu'aux oreilles. Sa mauvaise passe semblait toucher à son terme. Il était redevenu James Adams, le beau gosse du campus. Émerveillé, il suivit la jeune femme dans une ruelle tapissée de terre battue.

Ils franchirent une porte basse et pénétrèrent dans une cabane en tôle ondulée non meublée d'aspect singulièrement sinistre.

— Sympa, plaisanta James.

Cindi-Lou ne lui rendit pas son sourire. Elle saisit les poignets de James et les tordit fermement derrière son dos. À sa grande surprise, en dépit de ses efforts, il ne parvint pas à se libérer.

— Laisse tomber, dit la jeune fille. Si tu insistes, je te casse les bras.

Une silhouette jaillit de l'ombre et claqua la porte. Lorsqu'un néon s'illumina au plafond de l'abri, James découvrit deux inconnues portant l'uniforme de l'armée américaine. La plus âgée le saisit par la nuque, le plaqua contre une table en formica puis lui passa les menottes.

— Oh, j'ai oublié de préciser un détail, tout à l'heure. Je suis le sergent Cindi-Lou Jones, du service de renseignement de l'US army. Je te présente mes amies, le caporal Land et le lieutenant Sahlin.

— OK, dit James, sur un ton de défi, dois-je comprendre qu'il faut que je fasse une croix sur notre partie de galipettes ?

Sahlin, une femme d'une trentaine d'années au teint mat et à la lèvre supérieure ombrée d'un duvet d'aspect déplaisant, lui lança un regard noir. Elle lui porta un violent coup de poing dans le dos.

— Si tu ne veux pas d'ennuis, je te déconseille de jouer au plus fin avec moi, gronda-t-elle.

— Eh, vous ne respectez pas les règles ! gémit James. Vous avez le droit de m'arrêter et de m'interroger, pas de me tabasser.

— On est des spécialistes des méthodes d'interrogatoire, mon garçon. Je te garantis qu'on t'en fera baver sans laisser la moindre trace si tu refuses de coopérer.

— On t'a identifié sur les caméras de surveillance de la base, dit Cindi-Lou. Le général Shirley est préoccupé. Si l'opération tourne au fiasco, il risque d'être rétrogradé. Il nous a donné carte blanche, tu comprends ? Ça signifie qu'il nous couvrira, quelles que soient les méthodes employées.

— Tu ferais mieux de te mettre à table, ajouta Sahlin. Je connais un millier de façons de faire souffrir un prisonnier sans laisser de marques.

— Comment se fait-il que vous ne soyez pas malades, comme vos autres collègues ?

— Les services de renseignement sont logés dans un bâtiment situé à l'autre bout de la ville. Apparemment, Kazakov n'était pas aussi bien informé qu'il le pensait.

— Nom de Dieu ! hurla James, vous avez conscience que ce que vous vous apprêtez à faire est totalement illégal ?

Le caporal Land était plus petite que ses coéquipières. Sa voix nasale évoquait celle d'une chanteuse country.

— Yosyp Kazakov a dépassé les bornes, sourit-elle. Nous nous estimons autorisées à employer des méthodes aussi tordues que les siennes.

Sahlin brandit une matraque électrique devant le visage de James.

— Réponds à nos questions, mon chaton, ou tu le regretteras jusqu'au restant de tes jours, poursuivit le caporal Land en épongeant le front de sa victime à l'aide d'une serviette.

31. Patriotes

Un Humvee passé aux mains de la rébellion fendit la foule et s'immobilisa au centre de la place. Kazakov, juché sur la plate-forme arrière, s'adressa à la foule d'une voix de tribun :

— L'ennemi est aux abois ! Bientôt, nous lancerons l'attaque décisive. La victoire nous tend les bras !

Les civils ignoraient l'identité et le statut du colosse à l'accent étrange et à la barbe de deux jours qui les poussait à l'insurrection armée. Ils accueillirent sa harangue par un silence interdit.

— Je sais ce que vous pensez, poursuivit Kazakov. Vous êtes américains. Vous aimez votre pays et vous avez raison, car c'est la plus glorieuse nation de la planète !

Quelques exclamations favorables s'élevèrent de la foule. Plusieurs étudiants tirèrent en l'air pour exprimer leur patriotisme.

Lauren, qui observait la scène à vingt mètres de là en compagnie de ses camarades, adressa à Rat un sourire complice.

— Maintenant, Kazakov va pouvoir ajouter « baratineur de première » à « génie militaire » sur son CV, chuchota-t-elle.

— Je sais que certains d'entre vous rejettent l'idée de combattre l'armée de leur pays, continua l'instructeur, mais ce que nous allons accomplir aujourd'hui permettra à nos troupes de combattre plus efficacement lors des conflits où elles se trouveront engagées dans l'avenir. Cette révolution sauvera les vies de ceux qui se battent courageusement contre le Mal à tous les coins du globe. Accomplissez votre devoir de patriote. Préparez-vous à lancer l'attaque finale sur la base militaire !

Constatant que ses partisans ne se montraient guère enthousiastes, il ajouta :

— Permettez-moi de vous rappeler que vos contrats de travail vous engagent à rester deux semaines à Fort Reagan. Mais si nous l'emportons ce soir, l'exercice prendra fin et vous pourrez rentrer chez vous avec plus de mille deux cents dollars pour deux jours de travail ! Êtes-vous prêts à mener l'assaut final ?

Les civils, plus sensibles aux considérations financières qu'aux grands élans nationalistes, poussèrent un seul et même cri de joie.

— N'oubliez pas vos lunettes de protection ! hurla Kazakov. Et que Dieu bénisse les États-Unis d'Amérique !

Alors, le mégaphone embarqué diffusa les premières notes de l'hymne des US marines. Un Écossais du SAS se hissa auprès de Kazakov, leva un poing en l'air et se mit à scander :

— USA ! USA !

Le Humvee s'ébranla.

— La victoire ou la mort ! hurla Kazakov.

La majorité des fêtards, dopés par l'alcool et les paroles patriotiques de leur leader, se joignirent aux deux cents SAS qui convergeaient vers la base militaire.

— Où sont James et Bruce ? demanda Lauren en vérifiant que son pistolet-mitrailleur était chargé.

— Je suis là, répondit Bruce en mettant son sac à l'épaule. J'ai croisé James, il y a cinq minutes. Il se dirigeait vers une cabane en compagnie d'une espèce d'allumeuse siliconée. Je ne te fais pas de dessin.

— Mais on ne peut pas l'attendre !

— J'y crois pas, soupira Rat. James est un Dieu de la drague. Elle était comment, cette fille ?

— Super bien roulée, dit Bruce. Un peu trop musclée à mon goût, mais je n'aurais pas dit non.

— Je ferai part de tes commentaires à Kerry dès que possible, gronda Lauren, outrée par la teneur de ces propos.

— Eh, je dis juste que la fille était super mignonne. Ce n'est pas un crime.

— Tu ne crois pas qu'on a d'autres chats à fouetter ? James se comporte de façon irresponsable. S'il continue comme ça, il va finir par attraper une saloperie...

• • •

Allongé à plat ventre sur la table, James ne doutait pas une seconde des capacités de ses ravisseuses à lui infliger mille tourments. Cependant, il avait du mal à croire à leurs intentions. Étaient-elles en train de bluffer ? Le général était-il désespéré au point d'avoir autorisé l'usage de la torture ?

Le caporal Land reçut un appel radio lui ordonnant de quitter la cabane pour enquêter sur des mouvements de foule constatés aux alentours de la place centrale du bidonville.

— Explique-nous en détail ce que tu as fait à l'intérieur de la base, ordonna Cindi-Lou.

— Une jolie fille comme toi devrait se marier, pondre des mioches et préparer des gâteaux, répliqua James sur un ton de défi.

— Charmant, dit Sahlin en posant l'extrémité de la matraque à impulsions électriques sur sa joue.

Elle enfonça brièvement la détente. James fut saisi d'un spasme incontrôlable.

— Vous n'avez pas le droit ! hurla-t-il. Je n'ai que seize ans. Je suis ici avec un groupe de cadets britanniques et...

— Ferme-la ! ordonna Sahlin. Je t'ai à peine frôlé. Tu n'imagines même pas de quoi je suis capable. J'ai brisé des suspects plus solides que toi. Qu'est-ce que tu as fait à l'intérieur de la base ?

James ignorait toujours si sa tortionnaire essayait de l'impressionner, mais, considérant qu'il participait à un simple exercice d'entraînement, il renonça à en avoir le cœur net.

— On a versé un produit chimique dans la citerne d'eau potable.

— Quel produit ?

— Je ne me souviens plus, répondit James en toute sincérité. Des petits granules, avec un nom super compliqué. L'emballage se trouve sans doute toujours dans la poubelle du local. C'est une molécule extrêmement toxique, alors on l'a placée dans un sac étanche, avec nos masques et nos gants de protection.

— Et c'est ce poison qui a provoqué l'épidémie qui décime nos troupes ?

— En tout cas, c'était nos intentions.

— Existe-t-il un antidote ?

— Aucune idée. Je ne suis pas pharmacien.

Sahlin s'accorda quelques secondes de réflexion.

— Quel est le plan de Kazakov ?

— Franchement, vous ne pouvez pas le déduire par vous-même ?

La femme posa la matraque sur le cuir chevelu de James et lui infligea une nouvelle décharge.

— Nom de Dieu, arrêtez ça ! cria-t-il. Vous voyez bien que je coopère !

— Je n'aime pas ton attitude, expliqua Sahlin. Livre-moi le plan de Kazakov, maintenant, et ne laisse aucun détail de côté.

— C'est très simple : les rebelles vont pénétrer dans la base par la force en profitant de leur supériorité numérique. Et vous n'avez plus aucun moyen de les en empêcher.

Cindi-Lou porta le talkie-walkie à ses lèvres.

— Envoyez quelqu'un fouiller la poubelle, près de la citerne. Qu'il recherche un emballage ayant contenu un produit toxique. Dès que vous l'aurez identifié, informez le général Shirley, et précisez-lui que les insurgés préparent une attaque frontale.

— Vous vous réveillez un peu tard, unité de renseignement, répondit un homme dans le haut-parleur. Je vous signale que deux cents rebelles armés jusqu'aux dents sont en train d'essayer d'abattre les grilles du camp, en ce moment même. Si ce n'est pas trop vous demander, je vous conseille de rappliquer immédiatement pour nous filer un coup de main.

— Bande de salauds ! rugit Sahlin. Land n'était pas censée enquêter sur les mouvements de foule dans le bidonville ?

James éclata de rire. Son ennemie lui porta un violent coup de poing dans les reins.

— Elle a sans doute été éliminée, estima Cindi-Lou.

— Formidable, soupira Sahlin, à bout de nerfs, en se tournant vers James. On dirait que tes petits copains ont déjà gagné la partie. Jones, ramasse ton matériel, on met les voiles.

Les deux femmes récupérèrent armement et moyens de transmission.

— Et qu'est-ce qu'on fait de lui ? demanda Cindi-Lou.

Sahlin esquissa un sourire puis posa la clé des menottes sous le nez de son otage.

— Soyez sympas, quoi, implora ce dernier. Comment pourrais-je me libérer avec les mains dans le dos ?

— Est-ce que tu crois vraiment que je me soucie de ton sort ?

Cindi-Lou Jones explora le contenu du sac à dos de James.

— Cette petite ordure est mieux équipée que nous, dit-elle en fixant les grenades à la ceinture de son short.

— Passe-m'en une, dit Sahlin.

Lorsque le caporal Jones lui eut lancé l'un des engins explosifs, elle la fit danser devant les yeux de James avant d'en ôter la goupille avec les dents.

— Je t'avoue que je l'ai un peu mauvaise, beau gosse. À cause de toi, la plupart de mes frères et sœurs d'armes sont malades à crever, et ça me met de mauvaise humeur.

Sur ces mots, elle glissa la grenade dans le pantalon de James, puis jeta son sac sur l'épaule.

— Bonne nuit, et *éclate-toi bien* ! lança-t-elle avant d'éteindre la lumière et de claquer la porte derrière elle.

— Sale truie ! hurla James.

Plongé dans l'obscurité absolue, il roula sur le flanc, sauta de la table et sautilla en vain pour essayer de se débarrasser de la grenade. Dix secondes plus tard, tout au plus, l'engin exploserait dans son jean.

32. Crise sanitaire

Avant de lancer les deux cents insurgés à l'assaut du portail de la base, Kazakov avait prudemment chargé deux commandos du SAS d'infiltrer la base afin de favoriser l'attaque.

Lorsqu'il leur donna le feu vert, la première unité coupa les câbles électriques au niveau du générateur principal, plongeant le camp dans l'obscurité. Au même instant, la seconde équipe actionna un dispositif constitué de grenades reliées les unes aux autres par des fils de nylon, liquidant les trois soldats américains qui tenaient le poste de garde.

Le Humvee de Kazakov abattit la clôture puis roula vers le bâtiment où le général Shirley avait établi son centre de commandement. Les rebelles déboulèrent en masse dans la base aux cris de *USA, USA!*

La moitié d'entre eux n'avait ni porté ni utilisé une arme avant le court stage d'instruction dispensé par les SAS, quelques heures plus tôt. Les militaires qui les accompagnaient avaient reçu pour mission de sécuriser les points stratégiques de la base, comme l'hôpital et le centre de communication.

Bruce, Jake, Rat et Gabrielle faisaient partie d'un groupe placé sous les ordres de l'officier gallois rencontré à l'appartement en début d'après-midi. Ils étaient chargés de prendre le contrôle du dépôt d'armement.

Ils traversèrent la zone où étaient dressées les tentes sans rencontrer de résistance. Les soldats, étendus sur leur lit, gémissaient comme des agonisants. Les rares malades qui parvenaient à se tenir debout se traînaient dans les allées comme des fantômes au suaire trempé de sueur.

— On se croirait dans *Resident Evil*, gloussa Rat.

Le dépôt d'armement était censé être l'un des lieux les mieux protégés du camp de l'armée américaine, mais sa garde était désormais réduite à une sentinelle assise devant la porte, dans un état si pitoyable que nul n'eut le cœur de lui tirer dessus.

∴

Théoriquement inoffensive, la grenade, remplie de peinture sous pression, était équipée d'un détonateur chimique susceptible de provoquer brûlures et écorchures au contact de la peau.

James bondit et se secoua en tous sens avec une telle énergie que son jean glissa le long de ses jambes, sans qu'il parvienne à se défaire de l'engin explosif.

Craignant que la coque plastique ne soit propulsée vers ses parties intimes par le souffle de la détonation, il sauta à cloche-pied, parvint à libérer l'une de ses jambes et se débarrassa du pantalon roulé en boule autour de sa cheville.

La grenade vola dans les airs. Un éclair illumina le plafond de la cabane. Plusieurs litres de liquide compressé furent propulsés aux quatre coins de la pièce, fouettant James à plus de cinquante kilomètres heure.

Il avait de la peinture partout, sur les jambes, dans les cheveux et sur les yeux. Il tituba vers la porte, trébucha contre une chaise et se cogna le front sur le mur.

James considéra calmement la situation. Il était plongé dans le noir, à demi nu, les mains menottées dans le dos. Il s'adossa, glissa lentement le long des parois puis, lorsqu'il

sentit l'interrupteur du plafonnier pointer entre ses omoplates, fit volte-face pour l'activer du bout du nez.

Toute la pièce, y compris le néon, était intégralement
tapissée de peinture rose. James se laissa tomber sur une
chaise, glissa les menottes sous ses fesses puis, usant de toute
sa souplesse, parvint à les déplacer jusqu'au pli de ses
genoux. Au prix d'un dernier effort, il les passa sous la
semelle de ses baskets et réussit à les ramener devant lui.

Il ne lui restait plus qu'à retrouver les clés immergées sous
le flot de peinture rose.

...

Les forces américaines avaient ordonné à toutes les unités
valides de converger vers le poste de commandement. Les
meilleurs éléments avaient dressé des barricades constituées
de sacs de sable aux abords du bâtiment. Le Humvee de Kazakov fut accueilli par une grenade à peinture. Soucieux de
respecter les règles d'engagement, l'instructeur plongea
derrière le véhicule puis surveilla la construction à l'aide de
jumelles équipées d'un intensificateur de lumière. Un commando de militaires sélectionnés parmi les membres les plus
aguerris des SAS se rassembla autour de lui, aussi attentifs
que des adeptes prêts à recevoir l'enseignement d'un gourou.

— Sortez-leur le grand jeu, dit Kazakov. Grenades et
fumigènes. Tâchez de trouver des planches, des matelas, tout
ce qui pourra nous protéger des projections de peinture.

— Pourquoi ne pas attendre qu'ils se rendent ? demanda
un officier. Sans électricité ni eau potable, ils ne tiendront
pas longtemps.

— Non. La meilleure défense, c'est l'attaque. La molécule
cessera bientôt de faire effet. Profitons de notre avantage
tant qu'il est encore temps. Selon mes estimations, l'équilibre des forces pourrait basculer dans moins d'une heure.

Une douzaine de grenades fumigènes explosèrent aux abords du poste de commandement. Deux membres des SAS s'approchèrent de Lauren et Kevin.

— Kazakov a eu une idée brillante. Le bâtiment ne comporte qu'un étage. Vous allez monter sur nos épaules, grimper sur le toit et entrer par un Velux ou une trappe de service.

Lauren était épuisée, mais Kevin, qui n'avait pas participé à l'assaut mené sur l'aérodrome, était ravi de pouvoir prouver sa valeur.

Profitant du rideau de fumée, les soldats s'accroupirent pour permettre aux deux agents de se hisser sur leurs épaules.

— Nom d'un chien, tu pèses une tonne, gémit le soldat qui portait Lauren.

Une centaine d'insurgés se ruèrent vers le bâtiment sous une pluie de balles décochées par les snipers de l'US Army. Considérant que les règles de l'exercice n'établissaient aucune distinction entre impacts directs et ricochets, ils visaient le sol et les murs afin de contourner les boucliers improvisés.

Kevin, hilare, se laissa porter jusqu'au poste de commandement. Il s'agrippa à une gouttière, se mit debout sur les épaules de son porteur et se hissa jusqu'au toit.

— Où est Lauren ? cria-t-il.

Le soldat jeta un regard circulaire à la zone de combat envahie par la fumée.

— Je ne la vois pas, mon garçon. Je crois qu'il va falloir te débrouiller tout seul.

Les tirs rebelles sifflant à ses oreilles, Kevin rampa jusqu'au globe d'aluminium percé de Velux inclinés érigé au milieu de la toiture et jeta un coup d'œil par l'une des ouvertures. Lorsque l'alimentation en électricité avait été coupée, un générateur de secours avait pris le relais, fournissant assez de courant pour permettre le fonctionnement des ordinateurs et de l'éclairage d'urgence. La structure dominait une vaste salle où trônait une maquette géante de Fort Reagan encadrée de bureaux où une douzaine d'hommes pouvaient prendre place. Seuls trois officiers étaient présents. Parmi eux, Kevin reconnut le général Shirley, un coude posé sur une table jonchée de cartes d'état-major, un téléphone vissé à la tempe. Il posa l'oreille contre la vitre et espionna la conversation malgré le concert de hurlements et de détonations.

— Commandant, vous devez comprendre que nous sommes confrontés à une crise sanitaire majeure. Les méthodes de Kazakov sont indignes ! Il est hors de question que je me rende. Ce serait une tache indélébile dans ma carrière. Vous pouvez encore me sauver la mise en interrompant l'exercice pour raisons de santé publique…

Kevin examina la bouche d'aération placée près du Velux et estima l'écartement des pales du ventilateur. Il sortit une grenade de son sac, en ôta la goupille, puis laissa huit secondes s'écouler au cadran de sa montre avant de la glisser dans l'ouverture.

L'engin explosa au milieu de la pièce, aspergeant Shirley et ses officiers de peinture.

— Saloperie d'enfoiré de Russe ! rugit le général.

Kevin, emporté par l'enthousiasme, se leva d'un bond, fit sauter le Velux d'un solide coup de talon et se laissa tomber dans la salle, au centre de la table des cartes. Shirley comprit alors qu'il venait d'être éliminé par un garçon qui, à ses yeux, n'avait pas plus de douze ans.

— Ce traître exploite des enfants ! hurla-t-il avant de chasser rageusement les rapports posés sur son bureau puis de fracasser consciencieusement le combiné téléphonique. Sa perversité n'a-t-elle donc aucune limite ?

33. L'art de la guerre

À l'issue de l'assaut final, environ soixante-dix victimes se présentèrent au bureau d'enregistrement des éliminations puis à la station de nettoyage située près du stade de Fort Reagan.

La plupart des participants, qui ne présentaient que des taches de peinture superficielles, y recevaient des pulvérisations de solution détachante. Ceux dont les vêtements étaient plus sévèrement atteints se voyaient remettre un pantalon en coton et un T-shirt. Après avoir pris une douche dans les cabines individuelles mises à leur disposition, les « morts » étaient dirigés vers le dortoir adjacent afin d'y passer les vingt-quatre heures de détention réglementaires.

Seuls les combattants qui avaient reçu des projections de peinture dans les yeux ou des projectiles à courte distance recevaient un traitement spécifique. Le pigment, légèrement irritant, exigeait une procédure de nettoyage particulier.

Comme on le lui demandait, James, nu comme un ver, posa les mains sur la paroi carrelée. Un soldat le doucha à l'aide d'un jet d'eau, puis l'un de ses collègues l'aspergea de produit chimique avant de le frotter à l'aide d'une brosse équipée d'un long manche.

— Retourne-toi, dit ce dernier.

À cet instant, une voix résonna dans les haut-parleurs répartis aux quatre coins de Fort Reagan :

« *Ici le général Sean O'Halloran, commandant du camp. Suite à une action victorieuse menée par les forces d'insurrection, l'exercice est suspendu. Les participants civils sont priés de regagner les logements qui leur ont été attribués. Le personnel militaire doit rejoindre la base immédiatement. D'autres instructions vous seront communiquées ultérieurement.* »

Les rebelles regroupés dans la file d'attente menant aux cabines de douche laissèrent éclater leur joie.

— C'est terminé, dit le soldat chargé de la toilette de James avant de lui lancer une serviette-éponge. Rejoins la salle d'attente et patiente jusqu'à ce qu'un médecin puisse t'examiner.

James se sécha à la hâte puis ramassa son sac et la pochette plastique contenant ses vêtements sales. Il s'installa dans un fauteuil, la serviette nouée autour de la taille, en face d'un quinquagénaire rondouillard au corps recouvert de poils gris.

Au fond de la salle, deux aides-soignants examinaient un soldat noir étendu sous une puissante lampe articulée, afin de s'assurer qu'aucun résidu de peinture n'avait adhéré à sa peau. Ils nettoyèrent ses yeux à l'aide de coton imbibé d'eau distillée.

James entendit crachoter le talkie-walkie rangé à l'intérieur de son sac.

— Ici Kazakov. Réponds-moi immédiatement.

Le garçon s'empara de l'appareil.

— Je vous écoute.

— Espèce de petit saligaud ! lança gaiement l'instructeur. Il paraît que tu nous as abandonnés pour t'offrir du bon temps avec une fille ?

— Je me suis fait coincer en beauté, confessa James, au comble de l'embarras. Les services de renseignement de l'armée m'ont identifié grâce aux caméras de surveillance de la base. Ils m'ont vu entrer dans le dépôt d'eau potable. J'ai été capturé par trois Américaines qui ont menacé de me torturer.

En bruit de fond, James entendit plusieurs agents se tordre de rire.

— Tu ne changeras jamais, mon garçon ! s'esclaffa l'instructeur. Malgré les années d'entraînement, malgré toute ton expérience, tu t'es fait avoir par une allumeuse. C'est la plus vieille ruse du métier.

— Elles m'ont menacé avec une matraque électrique. Elles n'avaient pas le droit.

— Ce pauvre général Shirley a un peu déraillé sur la fin, gloussa Kazakov. Trop de pression, sans doute. Si tu connais le nom des agents qui t'ont fait ça, je signalerai leur conduite dans mon rapport.

— Land, Sahlin et Jones, dit James. C'est Sahlin qui dirigeait l'unité. Et vous, d'où m'appelez-vous ?

— Du poste de commandement. On attend Shirley. Je suis impatient d'entendre ses explications. Je crois qu'on va bien s'amuser.

— Où se trouve-t-il ?

— Kevin lui a fait exploser une grenade au visage. Comme il ne portait pas de lunettes de protection, il a été envoyé au centre de nettoyage.

Jusqu'ici, James n'avait pas fait le rapprochement entre le général aperçu lors du briefing et l'individu grassouillet qui patientait à ses côtés.

— Passe-moi ce talkie-walkie ! hurla Shirley en lui arrachant l'appareil des mains. Kazakov, sale tricheur, ne crois pas t'en tirer à si bon compte !

— Général ! s'exclama l'instructeur. Quel plaisir de vous entendre ! Vous connaissez ma réputation. J'aime me battre, surtout lorsque l'ennemi me donne du fil à retordre. Mais sachez que j'éprouve aussi beaucoup de plaisir à humilier les minables dans votre genre.

James avait le plus grand mal à ne pas éclater de rire.

— La destruction des drones va nous coûter six millions de dollars ! gronda Shirley. Vous n'aviez pas le droit de vous en prendre au matériel. Avez-vous perdu la tête ?

— Nous avons eu recours à cinq gamins pour faire sauter ce hangar, se gaussa Kazakov. Une patrouille de scouts ! Il n'y avait que deux ingénieurs pour protéger vos précieux avions espions.

— Quant à l'utilisation de cette substance toxique, c'est une honte, un procédé dégradant et pervers ! Vous n'avez même pas idée des souffrances que vous avez infligées à mes hommes.

— Si vous connaissiez votre métier, vous sauriez que l'art de la guerre consiste à analyser et à exploiter les faiblesses de l'adversaire. Il n'y a pas de règles, général. Sans eau potable, une armée est condamnée à la défaite et à la mort. Ils ne vous ont pas appris ça, à l'école militaire ?

— Kazakov, je participe à des manœuvres depuis plus de trente ans et je n'ai jamais été confronté à des procédés aussi lâches et malhonnêtes.

— Vous savez quel est votre problème, Shirley ? Quand vous étiez à l'académie de West Point, en train de cirer vos chaussures et d'étudier des manuels théoriques, je me battais en Afghanistan contre des fanatiques, par moins quinze degrés, de la boue jusqu'aux chevilles, le corps dévoré par les poux. La guerre est une horreur. On ne combat que pour vaincre. Il n'y a pas de code d'honneur, général. Oubliez les opérations humanitaires, le respect des conventions, la démilitarisation des zones de conflit et la protection des aires de largage de nourriture. C'est cette attitude qui vous a menés à la défaite au Vietnam et en Irak.

— Nous avons remporté la guerre froide, tempêta le général. Nous avons anéanti votre foutu communisme. Quant à l'Afghanistan, vous l'avez quitté la queue entre les jambes.

— Ce n'est pas l'armée russe qui a perdu la guerre, mais les politiciens corrompus !

Une voix inconnue résonna dans le récepteur.

— Shirley, cette discussion est parfaitement inutile, dit le général Sean O'Halloran. Pour le moment, nous avons mille soldats, huit mille civils et le site d'exercice le plus coûteux au monde sur les bras. Je suggère que nous nous retrouvions à vingt-deux heures à votre quartier général. Nous étudierons la possibilité de recommencer l'exercice à zéro en définissant un nouveau scénario.

— J'y serai. Mais il est hors de question que je travaille avec cette vermine russe. Je refuse que mes hommes soient exposés à ses procédés illégaux, et j'exige qu'il soit chassé de Fort Reagan.

— Ne prenons pas de décision hâtive, dit le général O'Halloran.

— Je ne suis pas russe, je suis ukrainien ! vociféra Kazakov dans le lointain.

Shirley jeta le talkie-walkie de toutes ses forces contre le mur, se leva, saisit le sac contenant son uniforme souillé et se dirigea vers la sortie.

— Général, nous devons examiner vos yeux… protesta un aide-soignant.

— Ma vision est excellente, gronda Shirley avant de quitter la pièce.

En théorie, il était subordonné aux ordres du personnel permanent de Fort Reagan tout au long de l'exercice, mais les soldats chargés du maintien de l'ordre ne firent rien pour le retenir. En passant devant la file d'attente des douches, il reconnut plusieurs de ses hommes.

— Il y a un gamin, dans la salle d'attente, rugit-il. Cheveux ras, les yeux bleus, pas plus de seize ans. C'est lui qui est responsable de l'épidémie. J'imagine que vous aimeriez vous expliquer avec lui, n'est-ce pas ?

Deux militaires solidement bâtis déboulèrent dans la pièce adjacente et se mirent à traiter James de tous les noms.

— On va te faire la peau, dit l'un d'eux en martelant le mur d'un poing rageur.

Depuis sa plus tendre enfance, James s'était fait quantité d'ennemis, mais ce différend dépassait en ampleur tout ce qu'il avait connu jusqu'alors : pour la première fois de son existence, il avait pour adversaire un bataillon complet de l'armée américaine.

34. À couteaux tirés

Affalés sur des chaises en plastique, Kevin, Lauren et Rat patientaient à la réception du poste de commandement du général Shirley en compagnie d'officiers du SAS et d'une poignée d'insurgés.

À l'extérieur, l'air empestait le désinfectant. Les soldats américains recevaient l'un après l'autre un traitement de réhydratation et des médicaments acheminés par hélicoptère depuis un hôpital de Las Vegas. Les malades les moins gravement touchés avaient déjà pu reprendre leurs activités de surveillance, de nettoyage et de maintenance des installations de la base militaire.

Quelques heures plus tôt, la promesse faite par Kazakov aux insurgés de pouvoir regagner leur domicile avec l'intégralité de leur paye avait provoqué des scènes de liesse dans les rues de la ville. L'annonce du général de Fort Reagan avait semé la consternation et provoqué une nouvelle vague de vandalisme.

Mac, Kazakov et O'Halloran retrouvèrent le général Shirley et son état-major dans la salle de commandement. Des ordonnances effectuaient des allers-retours entre les postes médicaux et le quartier général afin de déterminer à quelle heure soldats et ingénieurs seraient prêts à reprendre l'exercice.

Aux alentours de minuit, les participants à la réunion finirent par s'accorder sur un nouveau scénario et décidèrent que l'exercice reprendrait sous quarante-huit heures pour une période de dix jours. Mais Kazakov et Shirley étaient à couteaux tirés.

L'instructeur estimait que son adversaire était un incapable. Shirley, lui, répétait que Kazakov avait utilisé des méthodes déloyales et mis en danger la vie de ses hommes. O'Halloran et lui étaient tous deux généraux une étoile, mais la décision finale revenait au premier, responsable du camp, lequel n'avait été convaincu ni par les capacités de commandement de son collègue, ni par la stratégie non orthodoxe de Kazakov qui avait abouti à la destruction des drones et du hangar.

Se refusant à trancher, il avait temporairement relevé Shirley de ses fonctions et confié à deux de ses adjoints le commandement des forces civiles et militaires. Kazakov, lui, fut prié de quitter Fort Reagan sans autre forme de procès.

— Pauvres minables ! hurla ce dernier en arrachant la microcaméra de surveillance placée sur le flanc d'un écran d'ordinateur. Encore une preuve de votre incompétence. J'ai entendu chacun de vos ordres avant même qu'ils ne soient communiqués aux troupes.

Shirley était au comble de l'abattement. Il savait que sa conduite au cours de l'exercice et l'ampleur des dégâts matériels feraient l'objet d'un rapport. Même si ce document concluait à la violation par Kazakov des règles en vigueur à Fort Reagan, rien ne justifiait que les troupes américaines aient été mises en déroute par des civils en nombre inférieur.

— Pourquoi ne retournez-vous pas en Russie ? siffla Shirley avant de se jeter sur son rival, bien disposé à en découdre.

Avec ses quarante-neuf ans, Kazakov était à peine moins âgé que le général, mais sa constitution était celle d'un jeune homme. Il esquiva avec aisance le coup de poing que Shirley tentait de lui porter puis, d'une simple poussée, le précipita contre un bureau. Son adversaire bascula les quatre fers en l'air, renversant sur son passage un moniteur LCD et une haute pile de dossiers.

Kazakov gifla le crâne chauve du général à l'aide d'un porte-bloc puis lui lança un pot à crayons au visage.

— Contentez-vous de remplir des formulaires, Shirley, lâcha-t-il, mais ne vous mêlez plus jamais de jouer au soldat. Des hommes meurent au front chaque jour à cause de décisions prises par des bouffons dans votre genre.

Sur ces mots, il poussa la porte d'un coup de pied et déboula dans le hall de réception, Mac et O'Halloran sur les talons.

— Ramassez vos affaires et foutez-moi le camp, gronda ce dernier. Une voiture vous attend sur le parking, place trente-sept. Vous la laisserez à l'aéroport. J'enverrai l'un de mes hommes la récupérer.

Kazakov était estomaqué.

— Je ne peux pas passer la nuit ici ? J'ai à peine dormi depuis deux jours, et nous sommes à quatre heures de route de Las Vegas.

— Il y a un motel, à trente kilomètres à l'est.

Mac se pencha à l'oreille de Kazakov.

— Vous devriez emmener James avec vous, lui dit-il. Une rumeur affirmant qu'il est responsable de l'empoisonnement de la citerne a commencé à circuler dans le camp américain. Je crains que la situation ne nous échappe.

∴

James s'éveilla à sept heures et demie. Le motel était un établissement démodé, meublé au début des années 1980 par un décorateur éprouvant une passion pour le vermillon. La chambre n'avait pas été dépoussiérée depuis des mois, et la pile alimentant la pendule murale avait rendu l'âme.

Affamé, James sortit sur la coursive extérieure. Le parking était inoccupé, à l'exception de la Ford Sedan noire qu'O'Halloran leur avait confiée. Le désert s'étendait aux quatre points cardinaux, traversé par une autoroute où ne circulait aucun véhicule.

Il rejoignit la réception et se présenta au comptoir jonché de prospectus invitant d'improbables touristes à visiter la zone 51 et les casinos minables des environs.

— Savez-vous où je pourrais me faire servir un petit déjeuner ? demanda-t-il à la réceptionniste.

— Il y a un *Burger King* à une vingtaine de kilomètres à l'est.

— Vingt kilomètres ? répéta James. Rien où je puisse me rendre à pied ?

— Il y a un distributeur de snacks près de la chambre seize.

James quitta la réception, longea la coursive jusqu'à l'appareil, puis investit plusieurs pièces de vingt-cinq *cents* dans une bouteille de limonade et un paquet de Mini Oreos. De retour dans la chambre, il prit une douche, grignota ses biscuits puis s'habilla. Kazakov dormait à poings fermés, étendu sur le ventre, la bouche ouverte sur un oreiller taché de salive.

James, impatient de lever le camp, envisagea d'allumer la télévision, mais il se ravisa de peur de provoquer la colère de l'instructeur.

Il s'assit sur son lit, relut quelques chapitres de son manuel de black-jack et s'entraîna à compter les cartes pendant une demi-heure. En jetant un œil vers Kazakov, il constata que ce dernier, un œil ouvert, l'observait en silence.

— Salut, dit l'instructeur d'une voix voilée par les hurlements poussés au cours des deux jours d'exercice. Tu es réveillé depuis longtemps ?

— Une vingtaine de minutes. Et vous, depuis combien de temps vous m'espionnez ?

— T'occupe, dit Kazakov en rejetant ses couvertures. C'est toujours instructif de regarder ce que font les gens quand ils ne savent pas qu'ils sont observés. Alors, ça avance ?

— Pardon ?

— Tu apprends à compter les cartes, non ?

— On ne peut rien vous cacher. J'ai encore du mal à évaluer mon niveau... Je n'ai jamais vu un croupier distribuer les cartes, ni essayé de garder en mémoire les mains successives de plusieurs adversaires. Sans compter le vacarme qui règne dans les salles de jeux. Selon ce bouquin, c'est une expérience complètement différente. Et puis, de toute façon, je ne suis pas près d'avoir l'âge de mettre ces techniques en application.

35. Jour de chance

Comme tout ce qui touchait aux États-Unis, Kazakov détestait les routes du Nevada. Jugeant les grands espaces désertiques ennuyeux à mourir et la suspension du véhicule beaucoup trop souple à son goût, il laissa James prendre le volant.

Par malheur, le restaurant conseillé par la réceptionniste était celui dont ils avaient été chassés sous la menace d'un fusil à pompe. Des dizaines de kilomètres plus loin, lorsqu'ils passèrent devant une enseigne *McDonald's*, Kazakov poussa un grognement menaçant, signifiant clairement qu'il était hors de question de s'y restaurer.

Aux alentours de midi, parvenus à mi-chemin de Las Vegas, ils finirent par dénicher un établissement convenable.

— Je devrais peut-être appeler le campus pour qu'ils nous réservent des places d'avion, suggéra James en s'installant dans un box en face de son coéquipier.

— La prochaine session de programme d'entraînement débute dans dix jours, dit Kazakov, la bouche pleine de frites et de cheeseburger. D'ici là, je n'ai rien de prévu. Pourquoi es-tu si pressé de rentrer à la maison ?

James haussa les épaules.

— Je pensais que vous détestiez ce pays et tout ce qui y est associé.

L'instructeur plissa les yeux.

— Je ne rentrerai pas en Angleterre avant d'avoir récupéré mes trois mille dollars.

— Ah, c'est donc ça ! s'esclaffa James. Je vous déconseille de vous remettre à jouer, chef. Sauf votre respect, j'ai vu ce qui s'est passé au *Reef*, l'autre nuit. Vous buvez trop et vous n'avez pas le sens de la mesure.

— Mais tu sais compter les cartes, dit Kazakov, un sourcil dressé.

— On ne me laissera pas approcher d'une table de black-jack avant mon vingt et unième anniversaire, et même si vous n'êtes pas trop mauvais en maths, il me faudrait des jours pour vous expliquer comment ça fonctionne.

Kazakov sortit de sa poche le dispositif de surveillance récupéré dans le bureau du général Shirley et le posa sur la table.

— Je connais les règles du black-jack. Je porterai la caméra sur moi. Tu compteras les cartes à distance et tu me diras quoi faire dans l'oreillette.

James était sous le choc.

— Vous déraillez complètement ! Il faudrait que je puisse observer toute la table, et le moniteur de contrôle est beaucoup trop petit pour que je puisse identifier les cartes.

— Je peux le brancher sur l'écran de mon ordinateur portable, afin d'obtenir une image en haute définition. De plus, j'ai tout un kit de surveillance : micros, caméras, objectifs grands-angles, téléobjectifs, déclencheurs à distance, boîtiers relais, testeurs de signaux. La totale. Tout est dans mon sac, dans le coffre de la bagnole.

— Compter les cartes mentalement est légal, mais l'utilisation de matériel est un acte criminel. J'ai vécu quelque temps dans une prison américaine, et je vous garantis que je ne prendrai pas le risque d'y retourner.

— J'ai presque cinquante ans, répliqua fermement Kazakov. Je n'ai pas de maison, et le gouvernement me paye avec un lance-pierres. Je ne suis pas aussi riche que Mac. Je ne peux pas me permettre de laisser filer trois mille dollars.

— Les casinos sont des attrape-couillons, insista James. Vous auriez dû le savoir.

— Allez quoi, mon garçon, supplia l'instructeur. Tu as perdu le goût de l'aventure ? J'ai vu la lueur qui brillait dans tes yeux, tout à l'heure, quand tu t'entraînais à compter les cartes. Tu avais l'air si concentré… Je t'offre l'occasion de réaliser ton rêve. Si tu ne la saisis pas, il te faudra encore attendre cinq ans.

Kazakov scruta le visage de James et comprit que son discours était en train de porter ses fruits.

— Je veux juste que tu comptes les cartes et que tu me fasses signe lorsque les statistiques sont en notre faveur, poursuivit-il. Nous disposons du meilleur équipement. La caméra n'est pas plus grosse qu'une tête d'épingle et les transmissions sont sécurisées. On ne sera pas repérés.

James avait conscience qu'il courait le risque d'être exclu de CHERUB et d'être traîné devant un tribunal, mais Kazakov avait raison sur un point : le matériel dont ils disposaient était infiniment plus sophistiqué que les gadgets employés par les tricheurs professionnels. Il passa en revue les événements récents de son existence : l'échec de la mission antiterroriste, la trahison de Dana, son expulsion de Fort Reagan… En outre, à seize ans et demi, l'essentiel de sa carrière d'agent était désormais derrière lui.

— On pourrait peut-être faire un essai, dit-il. Dans un petit casino. La voiture est équipée de vitres teintées. Je pourrais opérer depuis le parking.

— Tu es un bon garçon, lança Kazakov en lui tendant la main. Tu as vraiment du plomb dans la cervelle.

•••

Les entrailles nouées, James regardait défiler les faubourgs de Las Vegas. Il avait le sentiment désagréable que ses vieux démons étaient en train de le rattraper. Depuis son enfance, il se sentait condamné aux actes illégaux, aux bagarres et aux coups tordus. Le plus inquiétant, c'est qu'il avait toujours fini par récidiver, malgré les conséquences. Sa vie à CHERUB avait permis de canaliser son attirance pour le danger et l'adrénaline, mais l'avenir lui apparaissait incertain.

James pouvait facilement imaginer Kerry ou Shakeel à trente ans, entourés d'enfants et d'amis, remuant les braises d'un barbecue ou bricolant dans le garage. En revanche, il ignorait ce que serait sa vie d'adulte. Mettrait-il à profit son don pour les mathématiques en comptant les cartes dans les casinos ou en jouant à la Bourse ? En était-il seulement capable ?

Il était assez lucide pour prendre la pleine mesure de l'escroquerie dont il avait accepté de se rendre coupable, mais la personnalité de son complice le rassurait : en dépit de son tempérament incontrôlable, il était intelligent, organisé et s'était maintes fois confronté à des adversaires bien plus redoutables que les employés de sécurité des casinos.

James se gara devant un grand magasin. Kazakov acheta un pantalon de toile, une chemise blanche, un blazer, une paire de lunettes de soleil et un foulard où il pourrait placer la caméra et en modifier facilement l'angle de vue.

— Il y a quand même une chose que j'aime en Amérique, sourit l'instructeur en boutonnant sa chemise, c'est qu'avec sa population d'obèses, je n'ai aucun mal à trouver des vêtements à ma taille.

James adorait les États-Unis, et les incessantes remarques de Kazakov commençaient à lui taper sur les nerfs.

Installé sur la banquette arrière de la Ford Sedan, il était en train de connecter une unité de réception à un ordinateur portable.

— Qu'est-ce que tu vois ? demanda son coéquipier.

James tourna l'écran dans sa direction. Ils avaient équipé la caméra d'un objectif grand-angle miniaturisé. L'image était légèrement déformée en périphérie.

— La résolution est fantastique, dit-il. Je peux modifier l'angle de vue et zoomer sans problème. Cependant, il est indispensable que vous soyez assis sur le siège central.

Kazakov montra à James le dispositif à vibrations placé sous le bracelet de sa montre.

— Tu entendras le son de ma voix, mais je ne peux pas prendre le risque de porter une oreillette. Nous devrons utiliser des signaux.

— Deux pulsations pour continuer. Trois pour vous arrêter. Une longue pression si je me suis emmêlé les pinceaux, et deux longues si ça sent le roussi.

— Compris. Il nous faut aussi établir un code relatif à la position de la caméra, quand je prendrai place à la table de jeu et pendant la partie.

— Vous devrez garder l'objectif braqué sur les cartes. Il suffirait que j'en manque deux ou trois pour perdre le fil.

— Je ne peux pas rester immobile pendant des heures, dit Kazakov. Il faut que je garde l'air naturel.

— Je ne vous demande pas de rester raide comme une planche. Essayez simplement de ne pas trop modifier votre position de départ.

Kazakov ouvrit la portière.

— Je vais entrer dans un café, m'installer à une table, orienter la caméra et tâcher de me tenir tranquille.

— Parfait. Je vous appelle pour vous dire ce que ça donne…

...

Deux heures durant, guidé par les conseils de James, Kazakov répéta les gestes qu'il devait accomplir en s'installant à la table de black-jack, s'asseyant puis touchant son foulard afin d'offrir un angle de vision de plusieurs mètres à gauche et à droite. Le dispositif vidéo offrait à James la possibilité d'ouvrir une fenêtre de tableur dans le coin supérieur droit de l'écran afin d'y tenir ses comptes.

Peu avant seize heures, James gara la Ford à une place excentrée du parking de l'hôtel-casino *Wagon Wheel*. Il remit à Kazakov huit cents dollars tirés sur sa carte de retrait, ainsi que deux cents dollars d'argent de poche qu'il n'avait pas dépensés. À la caisse de l'établissement, l'instructeur convertit le pactole et deux mille dollars de son propre compte bancaire en jetons, puis se dirigea vers les tables de black-jack.

James, installé sur la banquette arrière, à l'abri des vitres teintées de la voiture, vit défiler sur l'écran des alignements de machines à sous.

Comparé aux dizaines de milliers de chambres et aux extravagances architecturales des casinos du Strip, le *Wagon Wheel* était un établissement de dimension modeste, mais à en croire le manuel de James, ses croupiers n'utilisaient que deux paquets de cartes par sabot, là où la plupart des salles n'hésitaient pas à employer six à huit paquets.

— Celle-là ? murmura Kazakov en se tournant vers l'une des tables.

En vertu des lois du Nevada, chaque table devait exposer clairement les règles et les plafonds d'enchères. La plupart des casinos ajoutaient des dispositions particulières, de façon à faire pencher les probabilités en leur faveur. Après avoir parcouru l'affichette, James enfonça deux fois la touche

F5 du clavier afin d'activer la cellule vibrante placée sous la montre de son complice.

La table était occupée par trois vieilles dames. Constatant que le siège situé au centre était occupé par l'une d'elles, il prit place à sa gauche et salua ses adversaires. Il posa un jeton de dix dollars, la mise minimum, puis échangea quelques mots avec sa voisine. Cette dernière lui confia qu'elle trouvait son accent irrésistible et lui apprit que l'un de ses cousins avait jadis exercé les fonctions de diplomate à Odessa.

James, le portable sur les genoux, constata que ces échanges ralentissaient considérablement le travail du croupier et facilitait le comptage des cartes.

Au prix d'une stratégie des plus orthodoxes, Kazakov remporta les trois premières manches. James vit avec dépit défiler un grand nombre de cartes de valeur, si bien que son indice de chance tomba rapidement à moins cinq. L'instructeur ne misait jamais plus de vingt dollars mais, les probabilités penchant en faveur du casino, l'instructeur perdit rapidement ses gains de début de partie, et se retrouva bientôt déficitaire de quatre-vingts dollars.

Le croupier se fit remplacer par une collègue nettement plus adroite. Au même instant, un individu coiffé d'un chapeau de cow-boy prit place à la table. Douze cartes étaient désormais en jeu à chaque tour. Pourtant, le sort ne tarda pas à se retourner en faveur de Kazakov. James enfonça la touche F5 à deux reprises afin d'indiquer à son complice que le moment était venu d'augmenter les mises.

Ce dernier se mit à enchérir de trente à quarante dollars, mais les cartes se montrèrent capricieuses. En effet, la technique de comptage employée par James offrait un avantage en termes statistiques, mais ne garantissait pas le succès à court terme.

Lorsque la croupière, ayant liquidé les deux jeux de son sabot, mélangea les cartes, Kazakov avait perdu plus de quatre cents dollars. Le cow-boy, lui, avait remporté près de deux cents dollars en appliquant une stratégie purement suicidaire.

James ne pouvait pas voir le visage de son complice, mais il se le figurait au bord de la crise nerveuse, tremblant de rage et les poings serrés. Une jolie serveuse lui servit un jus d'orange et offrit un verre de bourbon à son rival. Quelques minutes plus tard, la vieille dame et ses amies quittèrent la table en abandonnant vingt dollars de pourboire.

L'instructeur en profita pour s'asseoir sur le siège central. Il obtint un black-jack, un score de vingt et un qui lui permit d'empocher soixante dollars pour quarante misés. Il remporta deux manches, puis sentit des pulsations sur son poignet.

Il porta les enchères à la limite réglementaire de cinquante dollars et gagna sept des huit parties suivantes. Lorsque le compte retomba en faveur de la banque, Kazakov ne put s'empêcher de tenter sa chance. Il réussit à effacer ses pertes sur les dernières cartes du sabot et finit par accumuler trois cents dollars.

— Ça marche, murmura-t-il en russe à l'adresse de James.

Au cours de l'heure qui suivit, il ne cessa de consolider son pactole en variant les enchères en fonction des indications communiquées par son complice et ne tarda pas à doubler ses gains.

James repéra deux employés du casino qui rôdaient autour de la table, surveillant l'impressionnante pile de jetons de Kazakov. Les croupiers et leur superviseur étaient entraînés à repérer les tricheurs mettant en œuvre la technique de comptage des cartes, et chaque table était placée sous la surveillance d'une caméra. Quatre-vingt-dix minutes après que l'instructeur eut commencé la partie et accumulé plusieurs milliers de dollars, un employé spécialiste des fraudes fut chargé d'observer ses moindres faits et gestes, mais il prenait soin de ne pas gagner à chaque tour afin de ne pas éveiller les soupçons.

Lorsque deux heures et quart se furent écoulées, James remarqua que le superviseur manifestait des signes d'intense nervosité. Ce dernier remplaça la croupière et les jeux de cartes, puis réduisit arbitrairement le plafond des enchères afin de limiter les pertes du casino.

Par prudence, James décida de mettre un terme à la partie. Son esprit était embrumé, et il avait besoin de s'alimenter et de se rendre aux toilettes. Il adressa à Kazakov un signal prolongé.

L'instructeur gratifia le croupier d'une plaque de cinquante dollars et se dirigea vers la caisse de l'établissement afin d'empocher ses gains. James se frotta les yeux, engloutit la moitié d'une bouteille d'eau minérale puis fixa le compteur du distributeur de billets devant lequel était planté Kazakov. Le montant des gains clignota en grands chiffres dorés : huit mille six cent soixante-dix dollars.

— C'est votre jour de chance, lança le caissier. Avec les compliments du *Wagon Wheel*.

36. Récidive

James avait frôlé la crise cardiaque, risqué toutes ses économies et mis en péril sa carrière d'agent, mais le succès de l'opération du *Wagon Wheel* l'avait électrisé. Il avait presque triplé sa mise. Kazakov, lui, avait largement effacé les pertes subies à la table du *Reef*.

James et l'instructeur se comportaient désormais comme de vieux amis. Ils roulèrent vers le centre de Las Vegas en échangeant des anecdotes concernant l'aventure qu'ils venaient de vivre : le premier raconta comment il avait tremblé à l'approche de vigiles chargés de surveiller le parking et failli perdre le fil de la partie à cause d'une crise d'éternuements intempestive ; le second évoqua l'extrême inquiétude qu'il avait ressentie lorsque le superviseur avait commencé à rôder autour de lui.

Lorsqu'ils atteignirent le Strip, le soleil se couchait derrière la tour *Stratosphère*, à l'extrémité nord de l'avenue. Parmi la nuée de néons qui illuminaient les façades, un mur d'écrans de cinquante mètres de haut diffusait un spot publicitaire pour un concert d'Elton John.

— Si on allait manger quelque chose ? demanda Kazakov.

— Il paraît que le buffet du *Bellagio* est exceptionnel. Trente dollars par personne, formule à volonté.

L'immense hôtel-casino, situé au milieu du Strip, était célèbre pour son lac artificiel et les jets d'eau démesurés qui ornaient sa façade. Pour rejoindre le restaurant, ils traversèrent un vaste parking puis une salle de jeux dont la superficie équivalait à plusieurs terrains de football. Tout à Las Vegas semblait étudié pour soumettre les clients à la tentation.

Kazakov remarqua que les lieux grouillaient d'individus au teint pâle portant des vêtements sobres et fonctionnels. La plupart, chaussés d'épaisses lunettes de vue, arboraient des chevelures à la propreté et à l'ordonnancement douteux.

— Qu'est-ce qui se passe ici ? demanda l'instructeur en se joignant à file du self-service. C'est une réunion des acnéiques anonymes ?

Les trois hommes qui se trouvaient devant lui discutaient avec passion de techniques de reconnaissance vocale. James fit le rapprochement avec des affiches aperçues lors de ses déplacements en ville.

— Compufest 2008, dit-il, une énorme conférence qui rassemble les professionnels de l'industrie informatique.

— Le festival des *geeks*, lâcha Kazakov. Confie-moi ces lavettes pendant six semaines et j'en ferai de vrais hommes.

— Ils sont peut-être moches, mais ils sont pleins aux as, fit observer James. Je me demandais pourquoi il y avait autant de Mercedes et de Bentley sur le parking.

Il empila dans son assiette une douzaine de tranches de rôti, décima le buffet des pâtes et des poissons, puis fit main basse sur une montagne de petits fours avant de s'installer à une table circulaire.

— Alors, tu te sens d'attaque pour une nouvelle partie de black-jack ? demanda son complice lorsqu'ils eurent englouti leurs victuailles.

— Vous avez de la sauce sur le nez, l'avertit James en portant sa tasse de café à ses lèvres. D'après les recherches que j'ai effectuées sur Internet, le *Vancouver* utilise deux jeux par sabot, et la mise maximum est assez élevée. Il se trouve à l'extrémité sud du Strip.

— Alors qu'est-ce qu'on attend ?

James haussa les épaules.

— Le problème, c'est que c'est un établissement récent. Les systèmes de surveillance doivent être particulièrement sophistiqués, et plus nous miserons gros, plus nous courrons le risque d'attirer l'attention. Je pense que nous avons été imprudents, au *Wagon Wheel*. Nous aurions dû interrompre la partie lorsque le chef de table a réduit le plafond des enchères.

Kazakov resta sourd à ces arguments.

— On a triplé notre mise. Si on répète l'opération, on peut quitter cette ville avec trente mille dollars en poche.

— Alors, si vous êtes prêt à jouer le tout pour le tout, nous devrions augmenter sensiblement les mises lorsque les statistiques sont favorables. En misant cinq cents dollars par tour au lieu de cinquante, nous pourrons multiplier nos gains par dix.

— Ça ne me dérangerait pas plus que ça, sourit l'instructeur.

— Je suis partant, dit James. C'est une occasion unique de mettre de côté de quoi m'acheter la Harley Davidson de mes rêves.

∴

Le *Vancouver*, l'un des casinos les plus récents de Las Vegas, dominait le Strip du haut de ses soixante étages. Son décor blanc et sobre attirait une clientèle huppée que rebutaient le marbre et les tapis aux motifs chargés des établissements classiques.

Le ventre tendu à craquer, James prit place sur la banquette arrière du véhicule et observa l'image captée par la caméra de Kazakov sur l'écran de l'ordinateur portable. Après le succès rencontré au *Wagon Wheel*, il était relativement confiant.

Son complice arpenta d'un pas nerveux des kilomètres de couloir, traversa la passerelle transparente qui enjambait la piscine de l'hôtel, puis emprunta l'un des ascenseurs menant au casino situé au sous-sol.

La salle de jeux, en tout point comparable à celles qu'il avait visitées jusqu'alors, était dépourvue de fenêtre. Au moment où Kazakov s'engageait dans une allée bordée de machines à sous strictement identiques, James vit l'image se figer puis les mots PAS DE SIGNAL apparaître à l'écran.

Soupçonnant qu'il avait affaire à un dispositif de brouillage électronique, il jeta un œil au panneau de configuration, sortit son mobile de sa poche et informa son complice.

— Comment ça *pas de signal* ? s'étonna ce dernier. Tu te trouves à moins d'un kilomètre, six fois moins que la distance qui nous séparait du poste de commandement, à Fort Reagan. Tu es certain de ne pas avoir fait une fausse manœuvre ?

— Affirmatif. Les conditions ne sont pas les mêmes. J'ai trois étages de parking bondés de véhicules au-dessus de moi, et vous vous trouvez au sous-sol d'un immeuble de soixante étages.

— La poisse ! gronda Kazakov. Et nous n'avons pas d'amplificateur de signal…

— Nous pourrions changer nos plans, choisir un casino plus petit, ou l'une des vieilles salles de jeux de Freemont Street.

— Pas question de laisser tomber, dit Kazakov. Il faut que tu te rapproches. Une cabine de toilettes devrait faire l'affaire.

— C'est de la folie. Le casino grouille de vigiles. Soyez raisonnable, rejoignez-moi à la voiture.

— Laisse-moi réfléchir quelques minutes. Je te rappelle.

James posa le téléphone sur la banquette et poussa un soupir agacé. En dépit du rôle prédominant qu'il avait joué dans la préparation et l'exécution de l'opération, Kazakov persistait à le traiter comme un enfant.

Dix minutes s'écoulèrent avant que Kazakov ne le recontacte.

— J'ai trouvé, dit ce dernier. Apporte l'ordinateur et retrouve-moi au centre d'affaires.

— Où ça ?

— À cinq minutes de ta position, près de la réception.

James glissa le téléphone dans une housse, quitta le véhicule et rejoignit Kazakov au rez-de-chaussée du *Vancouver*. À l'endroit indiqué, il trouva une salle vitrée meublée d'une douzaine de bureaux séparés par des cloisons mobiles. Chacun de ces boxes était équipé d'un fax, d'une imprimante laser, d'une machine à plastifier et d'une broyeuse.

— Bonjour, mademoiselle, lança l'instructeur, tout sourire, à la réceptionniste. Voilà mon fils. Il a besoin d'un petit coin tranquille pour terminer son exposé d'histoire. Si je le laisse seul dans la chambre, je sais qu'il va passer la soirée à regarder la télé, à jouer à la DS et à piller le minibar.

La jeune femme adressa à James un sourire compatissant.

— Venir à Las Vegas pour faire ses devoirs…

— S'il veut être admis dans un bon lycée, il va falloir qu'il se secoue, grogna l'instructeur.

— Très bien, dit la réceptionniste. Cela vous fera quarante dollars pour la première heure, puis vingt-cinq pour les suivantes. Vous disposerez d'un accès Internet et d'une ligne téléphonique. Les impressions couleur et les appels hors du continent nord américain font l'objet d'un supplément.

L'instructeur régla trois heures en espèces.

— Fais ton boulot, fiston, lâcha-t-il. Et ne passe pas ton temps à chatter sur MSN.

La jeune femme accompagna James jusqu'à son poste de travail, puis se tourna vers Kazakov :

— Je vous souhaite une excellente soirée dans notre établissement, monsieur.

37. Hors limites

James choisit le poste de travail placé dans l'angle le plus éloigné de la réception.

— Je ne m'attendais pas à me trouver seul dans cette pièce, avec tous les informaticiens qui ont envahi la ville, dit-il à l'hôtesse.

— Ils ont tous des Blackberry ou des smartphones sophistiqués. Je n'ai pas eu beaucoup de clients, aujourd'hui.

Sur ces mots, la jeune femme tourna les talons. James sortit l'ordinateur portable de sa housse et lança le système d'exploitation. Il cliqua sur l'icône de l'application de surveillance et constata que le signal émis par la caméra de Kazakov était excellent, l'image et le son proches de la perfection.

Soudain, prenant conscience que la réceptionniste se trouvait de nouveau à ses côtés, il masqua la fenêtre principale du logiciel. La femme posa sur le bureau une carafe de jus d'orange et une assiette de biscuits.

— Préviens-moi si tu as besoin de quoi que ce soit, dit-elle.

— Merci. Pour le moment, j'ai juste besoin de me concentrer. Je n'ai aucune envie de passer des heures sur ce foutu exposé.

Lorsque la réceptionniste eut quitté la pièce, James bascula sur l'application de surveillance. Kazakov se trouvait à la caisse du casino. L'employée lui remit huit mille dollars en jetons, puis il se dirigea vers les tables réservées aux fortes enchères.

James n'en menait pas large. En opérant à l'extérieur du casino, il avait jusqu'alors laissé son complice prendre tous les risques. Cette fois, il se trouvait à l'intérieur de l'établissement qu'il s'apprêtait à dépouiller, et si Kazakov ne portait qu'une caméra indétectable et un discret dispositif vibrant, il était quant à lui en possession d'un boîtier de réception et d'un ordinateur bourré de logiciels espions dont l'écran onze pouces diffusait une image en haute définition des tables dédiées aux joueurs les plus fortunés.

La zone, luxueusement meublée, était matérialisée par un cordon de velours rouge. Dans un angle de l'écran, James observa un homme qui, carte bancaire glissée dans le lecteur d'une machine à sous, perdait sans ciller cinquante dollars à chacune de ses tentatives. Contrairement à l'image véhiculée par le cinéma hollywoodien, où des clones de James Bond portant le smoking jouaient des fortunes à la roulette, les casinos modernes comme le *Vancouver* réalisaient quatre-vingts pour cent de leurs profits grâce aux bandits manchots.

La salle VIP, d'ordinaire moins fréquentée que le reste de l'établissement, grouillait de représentants de l'industrie informatique qui misaient des milliers de dollars à chaque tour de jeu et gratifiaient les employées de généreux pourboires.

Kazakov estima que les conditions étaient idéales : les croupiers se contentaient de surveiller leur balance financière, si bien que tant qu'il se trouverait à ses côtés des pigeons pour perdre gros, il pourrait amasser des gains importants sans attirer les soupçons. James lut attentivement les règles affichées devant l'une des tables puis envoya une vibration à son complice pour l'inviter à prendre place sur le siège central.

— Bonsoir, messieurs, lança l'instructeur en posant devant lui quatre mille dollars en jetons.

La croupière était une jolie Asiatique vêtue d'une robe de soirée blanche brodée du logo du *Vancouver*. En théorie, le plancher des enchères s'élevait à cent dollars, mais les joueurs déchaînés atteignaient fréquemment le plafond fixé à deux mille dollars.

Pendant une heure, James compta les cartes, le regard rivé sur l'écran. Son complice jouait sans se faire remarquer. Le superviseur était occupé à une table de baccara où un homme d'affaires indien jouait jusqu'à cent mille dollars par tour.

Les cartes reçues par Kazakov n'étaient pas aussi favorables que l'avaient été celles du *Wagon Wheel*, mais James gardait la tête froide. Tôt ou tard, la balance pencherait de son côté. En théorie, le black-jack offrait au casino un léger avantage qui garantissait sa rentabilité. Statistiquement, le comptage des cartes permettait de renverser cette tendance et d'offrir au joueur une moyenne de un pour cent de gains par tour. En comptant soixante mains distribuées par heure, celui-ci pouvait, en perdant volontairement de temps à autre pour ne pas attirer l'attention du croupier, espérer doubler ses gains toutes les quatre heures.

Lorsque les joueurs assis aux côtés de Kazakov quittèrent simultanément la table, James, certain que les dernières cartes présentes dans le sabot ne pouvaient plus lui échapper, réalisa que les probabilités venaient de basculer en leur faveur.

L'instructeur joua deux mille dollars par tour, remporta quatre des cinq parties suivantes, puis conclut son triomphe par un black-jack lui garantissant un ultime gain de trois mille dollars.

Dans le centre d'affaires, James surveillait du coin de l'œil la réceptionniste qui manipulait une photocopieuse à trois mètres de son box. Son complice venait d'empocher plus de dix mille dollars en six minutes, et il éprouvait les plus vives difficultés à ne pas manifester son enthousiasme.

Kazakov chaussa ses lunettes de soleil.

— On dirait que je suis dans un bon jour, lança-t-il à la croupière. Serait-il envisageable de porter la mise maximale à cinq mille dollars ?

La femme échangea quelques mots à voix basse avec le superviseur puis adressa à Kazakov un discret signe de tête. Son supérieur hiérarchique avait d'autres chats à fouetter : l'argent des richissimes représentants de l'industrie informatique coulait à flot dans les caisses du casino, et l'homme d'affaires indien, malgré un demi-million de dollars de perte au baccara, ne semblait nullement décidé à abandonner la partie.

James consulta sa montre et constata qu'il avait déjà passé deux heures et quart dans le centre d'affaires. La réceptionniste était occupée à vider les corbeilles à papier et à éteindre les ordinateurs des postes de travail voisins. Il avait tourné son portable de façon à ce qu'elle ne puisse en voir l'écran, mais elle semblait pressée de fermer boutique et l'observait avec insistance.

Kazakov perdit sa première mise de cinq mille dollars. James frémit. En quelques secondes, il venait de voir s'envoler un an d'argent de poche.

Au tour suivant, l'instructeur limita sa mise à deux mille dollars et échoua de nouveau. James, qui avait fixé le moniteur des heures durant, sentait sa vision se brouiller. En théorie, la technique de comptage des cartes restait la même, quelles que soient les sommes mises en jeu, mais voir son complice investir le prix d'une voiture d'occasion à chaque manche mettait ses nerfs à rude épreuve.

Les probabilités tournant légèrement en leur faveur, Kazakov emporta trois parties consécutives, puis deux joueurs prirent place à la table, misant de deux à trois cents dollars par manche. Cet événement était défavorable, car ces enchères modestes soulignaient l'importance des sommes jouées par l'instructeur.

Le comptage n'indiquait aucune tendance nette, mais Kazakov tenta sa chance et empocha quelques milliers de dollars supplémentaires. Lorsque les statistiques penchèrent à nouveau de son côté, il se remit à jouer cinq mille dollars à chaque tour. Il remporta huit des dix parties suivantes et amassa trente-deux mille cinq cents dollars en huit minutes particulièrement tendues.

— Il est dix heures et demie, il faut que je ferme, dit la réceptionniste. Si tu veux imprimer ton travail, c'est le moment où jamais.

— Oh, d'accord… bredouilla-t-il en tâchant de garder le compte en mémoire. J'ai presque terminé. Ne vous inquiétez pas, j'imprimerai tout ça à la maison.

James, émerveillé par ce triomphe, n'avait pas remarqué que la jeune femme s'était plantée derrière lui, dans l'axe de l'écran.

— Qu'est-ce que c'est que ça ? demanda-t-elle sur un ton suspicieux. Tu n'es pas en train de faire tes devoirs.

James abaissa l'écran à la hâte.

— C'est privé, balbutia-t-il. Internet, webcam, vous voyez le topo…

Il avait conscience que son comportement était troublant, mais il ignorait ce qu'avait vu la réceptionniste. Avait-elle simplement jeté un coup d'œil à l'écran et réalisé qu'il ne travaillait pas sur un logiciel de traitement de texte, ou avait-elle identifié l'image de la table de black-jack retransmise par la caméra de Kazakov ?

James considéra sa frêle silhouette et envisagea de l'assommer sans autre forme de procès afin de s'assurer qu'elle n'alerterait pas l'équipe de sécurité, mais elle s'éloigna d'un pas tranquille puis éteignit une imprimante laser.

Il saisit son mobile et composa le numéro de Kazakov.

— Encaissez vos gains et allez chercher la voiture, chuchota-t-il. Je suis sans doute parano, mais il est possible que la réceptionniste m'ait démasqué. Il faut faire vite.

— Où veux-tu qu'on se retrouve ?

James chercha la jeune femme du regard et réalisa avec horreur qu'elle se trouvait à l'extérieur du centre d'affaires, un téléphone à l'oreille.

— Je ne sais pas encore. Pour le moment, contentez-vous de quitter le casino. Je vous contacterai dès que je serai certain de ne pas avoir été suivi.

38. Irréversible

James plaça l'ordinateur dans son sac, chaussa ses lunettes de soleil puis abaissa la visière de sa casquette afin d'échapper à l'objectif des caméras de surveillance.

— Merci pour votre aide, dit-il à la réceptionniste.

Cette dernière, le téléphone toujours vissé à l'oreille, hocha la tête, une expression impénétrable sur le visage. Il tourna les talons et s'éloigna d'un pas vif.

Les questions se bousculaient dans son esprit. Qu'avait réellement vu la jeune femme ? Était-elle en communication avec le responsable de la sécurité du casino ou avec son petit ami, pour l'informer qu'elle le retrouverait plus tard que prévu ?

Quoi qu'il en soit, James ne pouvait pas prendre le risque de traîner dans l'établissement. Compte tenu de la configuration des lieux, Kazakov mettrait une dizaine de minutes pour se rendre à la caisse principale et encaisser ses gains, cinq ou six de plus pour regagner le parking.

Même si les membres de l'équipe de sécurité avaient été informés, il leur faudrait examiner les bandes vidéo afin d'identifier Kazakov en se basant sur le signalement fourni par la réceptionniste. À l'évidence, ils ne pourraient l'interpeller avant que James n'ait quitté le *Vancouver*, emportant avec lui le matériel incriminant. Il s'immobilisa au pied d'un panneau d'orientation indiquant la direction des salles de spectacle, du parc de stationnement, des attractions, des restaurants et des spas, mais chercha vainement celle de la sortie.

James décida de se diriger dans la direction opposée au parking en espérant retrouver le Strip.

Il longea une large galerie bordée de restaurants où dînaient des touristes et des délégués Compufest, puis il déboucha sur un parc d'intérieur coiffé d'une coupole de verre. Des couples se promenaient main dans la main près d'une grande fontaine de granit. Des enfants, accoudés à la margelle, lançaient des pièces de monnaie dans l'eau. Un employé du casino jouait un air d'accordéon.

Après avoir contourné la pièce d'eau, James aperçut un panneau indiquant *Cinéma 3D et Strip*. Il observa les alentours puis, constatant qu'il n'avait pas été pris en chasse, lâcha un long soupir de soulagement avant de pénétrer dans les W-C les plus proches. Il se vida la vessie, puis humidifia une serviette en papier sous le robinet d'un lavabo pour se rafraîchir le visage. Lorsqu'il quitta les toilettes, il remarqua trois hommes en costume noir postés à l'angle de la galerie, badge nominatif au revers de la veste et talkie-walkie en main. Il fit demi-tour et chercha vainement une issue de secours. L'un des agents de sécurité marcha droit dans sa direction.

— Hep ! jeune homme !

— Moi ? fit mine de s'étonner James en le gratifiant d'un sourire forcé.

L'ordinateur portable rangé dans son sac recelait d'innombrables preuves de l'escroquerie dont il venait de se rendre complice. Les données étaient protégées par mot de passe, mais les spécialistes de la police scientifique n'auraient aucune difficulté à briser le code. Ils découvriraient alors l'application de surveillance, et même si James n'avait pas enregistré les images transmises par la caméra de Kazakov, il ne faisait aucun doute que quelques secondes de vidéo avaient été stockées parmi les fichiers caches de l'appareil.

— Je vous prie de bien vouloir nous accompagner, dit l'homme. Nous aimerions vous poser quelques questions.

James déchiffra l'inscription figurant sur son badge : *Joseph, officier de sécurité.*

— Je ne comprends pas, répondit-il en se grattant la tête. Je dois retrouver mon père. Je suis pressé.

— Je vous demande simplement de nous suivre jusqu'à notre bureau, de façon à dissiper ce qui n'est sans doute qu'un malentendu.

Le cerveau de James tournait à deux cents à l'heure. Si les agents parvenaient à le conduire jusqu'à leur local, ils avertiraient la police, et le contenu de l'ordinateur le condamnerait. Dans le meilleur des cas, les autorités de CHERUB le feraient libérer afin d'éviter un procès embarrassant, l'exfiltreraient en Angleterre et le chasseraient définitivement du campus. Au pire, elles le laisseraient purger sa peine dans une institution pour jeunes détenus du Nevada, afin de servir d'exemple aux agents qui envisageraient de mettre à profit leurs compétences à des fins criminelles.

Déterminé à échapper à ce sort funeste, James prit ses jambes à son cou. L'un des vigiles essaya de le retenir par l'avant-bras. Il l'étendit d'un coup de coude au visage et se rua vers le double trottoir roulant bordé d'écrans LCD publicitaires qui menait au Strip.

— Écartez-vous ! hurla-t-il à l'adresse d'une jeune femme et d'un petit garçon d'une dizaine d'années qui lui bloquaient le passage.

Il parcourut une dizaine de mètres avant que les deux agents indemnes n'abandonnent leur collègue inconscient et ne se lancent à ses trousses. Il n'aurait eu aucune difficulté à distancer les deux quinquagénaires, mais les touristes qui flânaient sur sa trajectoire entravaient sa progression.

À mi-chemin du Strip, le tapis roulant déboucha sur le ciel étoilé, puis obliqua vers un pont transparent qui enjambait un jardin situé dix mètres en contrebas. Soudain, en face de James, déboulèrent deux individus massifs qui, alertés par ses cris et son comportement, semblaient résolus à lui barrer la route.

Il jeta un coup d'œil par-dessus son épaule et constata que les agents n'étaient plus qu'à cinq pas. Même s'il parvenait à se débarrasser des individus plantés devant lui, il perdrait définitivement ce maigre avantage.

Considérant la hauteur du pont, les blocs de béton qui délimitaient l'espace vert et les projecteurs disséminés dans la végétation, il renonça à sauter.

Une fraction de seconde avant d'être pris en tenaille par ses quatre adversaires, il se hissa sur la main courante, effectua un bond de deux mètres et retomba lourdement sur le trottoir voisin, qui transportait les passagers en sens inverse. Sa tête heurta une latte métallique. La fermeture Éclair de son sac à dos, incorrectement fermée dans la précipitation, s'ouvrit en grand, et l'ordinateur portable versa sur le tapis. James le ramassa puis se mit à courir à contre-courant, bousculant sans ménagement les touristes médusés. Il parcourut cinquante mètres avant de se retrouver bloqué par un groupe compact de retraitées.

Il essuya une bordée d'injures et reçut un coup de canne à l'épaule, mais réussit à se frayer un passage parmi les vieilles dames corpulentes. Alors, vingt mètres devant lui, il aperçut trois agents plantés sur le seuil du trottoir roulant.

Conscient qu'il n'avait plus d'échappatoire, James observa le jardin en contrebas, enjamba la rampe et se laissa tomber dans le vide. Sa chute fut amortie par un épais bouquet de roseaux artificiels, et il acheva sa course dans un parterre de fleurs en plastique, dont la disposition traçait l'inscription VANCOUVER LAS VEGAS, LE RÊVE DEVIENT RÉALITÉ, surmonté d'un immense drapeau canadien. En levant les yeux, il aperçut les vigiles penchés par-dessus la main courante. Par chance, aucun d'entre eux ne se sentait capable d'accomplir une semblable acrobatie.

Il récupéra l'ordinateur dans un buisson, le replaça dans son sac à dos, puis progressa, jambes fléchies, dans une jungle de haies et de buissons. Une minute plus tard, il jaillit des fourrés et rencontra la clôture qui séparait le jardin du Strip.

La liberté lui tendait les bras, mais le grillage s'élevait à près de cinq mètres, et sa partie supérieure avait été enduite de goudron afin de dissuader tout visiteur indésirable de franchir l'enceinte du casino.

Convaincu que les agents de sécurité demeurés sur le pont avaient lancé l'alerte générale, James entreprit d'explorer le jardin à la recherche d'une issue. Il revint sur ses pas, emprunta un étroit sentier pavé, puis longea une haie qui le rendait invisible depuis le Strip.

Il passa sous le pont transparent et déboucha sur une large pelouse parsemée de buissons ornementaux, que dominait la haute tour illuminée qui abritait les chambres de l'hôtel *Vancouver*. Soudain, il entendit le son caractéristique d'une porte coupe-feu pivotant sur ses gonds, puis aperçut le faisceau d'une lampe torche.

Le sol se mit à gronder sous ses pieds. L'espace d'un instant, il crut qu'un véhicule fonçait dans sa direction, mais, en levant les yeux, il aperçut un monorail à quatre wagons qui glissait sur une rampe de béton, quinze mètres au-dessus de sa tête. La rame ralentit à l'approche de la station desservant le casino, terminus sud de la ligne.

James poursuivit sa progression jusqu'aux piliers soutenant la petite gare accolée au troisième étage de l'hôtel et découvrit, dans un angle du jardin, un escalier de secours permettant d'accéder au quai. Derrière lui, il vit trois faisceaux lumineux balayer la végétation. Saisi de panique, il gravit les marches quatre à quatre puis poussa un portillon vitré. Un signal d'alerte annonça le départ imminent de la rame. Il sprinta vers la voiture de tête et parvint à s'y glisser *in extremis*, une fraction de secondes avant que les portes ne se referment.

Les trois passagers présents dans le wagon lui lancèrent un regard suspicieux. Le monorail automatique s'ébranla, propulsé silencieusement par un puissant moteur électrique.

Ruisselant de sueur, James se laissa tomber sur une banquette et souleva l'écran du téléphone portable. La rame prit progressivement de la vitesse, longea l'entrée principale du casino avant de plonger vers le parking.

« *Prochaine station, casino Reef* », annonça une voix féminine préenregistrée.

Les lumières du Strip illuminaient l'intérieur de la cabine.

James parcourut le menu applications à la recherche des logiciels de sécurité dont étaient équipés les ordinateurs mis à la disposition des agents de CHERUB.

Effacer définitivement les données d'un disque dur est une opération complexe. Contrairement à une idée largement répandue, placer un fichier dans la corbeille ne détruit pas ses informations. En vérité, cette opération autorise simplement l'ordinateur à s'en débarrasser s'il manque d'espace de stockage. De plus, les spécialistes de l'informatique sont capables de reconstituer des données effacées à six reprises.

À son grand soulagement, James trouva l'application qu'il recherchait. Il la lança et cocha à la hâte sept des cinquante options figurant sur l'écran d'accueil.

✓ Effacer les données et l'historique de connexion
✓ Effacer le cache et les infos utilisateur
✓ Effacer les documents personnels
✓ Appliquer la procédure d'urgence lors de l'effacement préliminaire
✓ Appliquer la procédure standard du département de la défense américain 5220.22-M pour détruire définitivement les données.

✓ Interdire la mise en veille jusqu'à l'effacement définitif
✓ Effacer cette application à l'issue de l'opération

James enfonça la touche *Start*. Une fenêtre d'alerte apparut à l'écran.

L'effacement préliminaire durera 28 minutes.
Des fragments de données pourront être récupérés
à l'issue de cette procédure.

L'effacement DDA 5220.22-M prévoit 35 phases de
destruction des données. La durée de l'opération est
estimée à 11,3 heures. (Attention : l'autonomie de votre
batterie est estimée à 8,1 heures.)

Cette action est irréversible.

Souhaitez-vous continuer ? Oui/Non

James sélectionna la première option et s'assura que le processus avait démarré avant de refermer l'écran. S'il parvenait à échapper à ses poursuivants pendant vingt-huit minutes, les spécialistes de la police scientifique ne pourraient récupérer que des données éparses et fragmentées, rien qui puisse constituer des preuves incriminantes.

La rame s'inclina doucement sur la droite puis ralentit à l'approche de la station du casino *Reef*. Contre toute attente, elle s'immobilisa au-dessus d'une avenue à six voies, au niveau d'un feu tricolore.

Une voix masculine résonna dans les haut-parleurs encastrés dans le plafond du wagon.

« *Nous vous prions de bien vouloir excuser cette halte momentanée. Nos systèmes informatiques ont détecté un incident mineur. Le service sera rétabli dans quelques minutes.* »

Aux yeux de James, cet incident sentait le coup fourré à plein nez. Le train avait quitté le *Vancouver* depuis plus de deux minutes, un laps de temps qui avait sans doute permis aux agents de sécurité de visionner les images capturées par le système de surveillance placé sur le quai de la station. Ils ne pouvaient plus ignorer qu'il se trouvait à bord du train.

En levant les yeux vers le plafond, James aperçut, à l'abri d'un dôme de plexiglas, une petite caméra noire braquée dans sa direction. Les forces de police étaient sans doute en train de prendre position à la station *Reef*, ce qui expliquait le dysfonctionnement providentiel du monorail. Il remarqua un boîtier vitré contenant un marteau permettant de briser les vitres en cas d'accident.

Il composa le numéro de Kazakov sur le clavier de son mobile.

— Je t'écoute, James

— Où en êtes-vous ?

— L'encaissement des gains était interminable, grogna l'instructeur. J'ai dû remplir des tonnes de paperasse, à cause des lois antiblanchiment. Je suis dans la voiture, à la sortie du parking.

— J'ai la sécurité aux fesses. Je me trouve devant un restaurant *Denny's*, au nord du *Reef*, à cinq cents mètres du Strip. Il faut que vous veniez me chercher.

— Quelle est ta situation ?

— Pas le temps de vous expliquer. Dépêchez-vous, je vous en supplie.

Sur ces mots, il coupa la communication, glissa le téléphone dans sa poche, brisa la vitre du boîtier d'un coup de coude puis s'empara du marteau.

39. Frapper ici

Perché sur la pointe des pieds, James frappa le dôme de plastique à deux reprises avant que l'un des passagers ne bondisse de son siège.

— Mais qu'est-ce que tu fabriques, mon garçon ? s'étrangla-t-il.

James lui lança un regard menaçant.

— Je ne vous veux aucun mal, lança-t-il. Regagnez votre place.

Mais son adversaire, de stature robuste, n'était manifestement pas homme à se laisser intimider par un adolescent. James se trouvait confronté à un dilemme. Dans l'exercice de ses fonctions à CHERUB, il était autorisé à mettre un importun hors d'état de combattre, pourvu que cette décision serve les intérêts de sa mission. L'idée de s'en prendre à un inconnu pour garantir sa fuite et préserver le butin amassé par Kazakov était plus que dérangeante.

L'homme fit deux pas dans sa direction et le poussa de toutes ses forces. James n'avait plus d'alternative. Déterminé à éviter l'arrestation quelles que fussent les conséquences de ses actes, il passa à l'offensive : il porta à l'inconnu un coup de poing au visage, lui adressa un puissant crochet à l'abdomen et l'envoya rouler sur le sol de la cabine d'une dernière attaque à la tempe.

— Je vous ai demandé de vous tenir tranquille, dit-il.

Épouvantée, la compagne de sa victime se mit à hurler.

270

— Par pitié, fermez-la, ajouta-t-il sur un ton glacial.

Malgré son calme apparent, James vivait l'un des pires moments de son existence. Il venait de passer à tabac un individu qui n'avait commis d'autre faute que de tenter d'interrompre un acte de vandalisme. Au cours de sa vie, il avait pris d'innombrables décisions stupides et irresponsables. Celle-ci figurait sans nul doute à la première place de ce désastreux palmarès.

Pour autant, il n'était pas question de se rendre. Sa carrière et sa liberté étaient en jeu. Son regard se posa sur le point rouge surmonté de l'inscription FRAPPER ICI placé dans l'angle supérieur gauche de l'une des fenêtres.

Il cogna de toutes ses forces. Le premier coup ébrécha le panneau de verre, le second le fit voler en éclats. Les minuscules fragments retombèrent en pluie sur le toit des véhicules qui circulaient dans l'avenue située en contrebas.

James se pencha à la fenêtre et constata que le rail unique sur lequel se déplaçait le train, perché à quinze mètres du sol, ne disposait ni de plate-forme de service ni de garde-fou. Il jeta un coup d'œil anxieux à sa victime. Cette dernière était assise dos à une portière, une main crispée sur son ventre martyrisé.

James ne donnait pas cher de ses chances, mais il ne pouvait supporter l'idée d'être chassé de CHERUB et de passer pour un escroc minable aux yeux de Lauren et de ses camarades. Tout bien pesé, il était prêt à risquer la mort pour échapper à cette humiliation.

Sauter du train était exclu : même si, par miracle, il ne se brisait pas les deux jambes, il serait inévitablement fauché par l'une des automobiles qui roulaient à vive allure sur les six voies de l'avenue. Une seule solution s'offrait à lui : grimper sur le toit de la rame puis se laisser glisser jusqu'au rail de béton.

Rompu aux acrobaties exigées par les instructeurs sur le

parcours d'obstacles du campus, James n'était pas impressionné par les quinze mètres qui le séparaient de la chaussée, mais il ignorait si le viaduc disposait d'un escalier de secours.

Il grimpa sur un siège, fit basculer la poignée commandant l'ouverture du hublot d'évacuation situé au plafond de la cabine puis se hissa à l'extérieur à la force des bras.

— Arrête, tu vas te tuer ! cria la passagère.

— Bon débarras, lâcha son compagnon.

James progressa en position accroupie vers le wagon arrière puis le long du cockpit surmontant son capot aérodynamique. Lorsqu'elle l'aperçut, une petite fille qui observait la voie poussa un cri perçant. Son père brandit une caméra vidéo et immortalisa la scène.

James se laissa glisser jusqu'au rail d'à peine un mètre de large. À ce moment seulement, il prit conscience que le train pouvait aussi bien avancer que reculer. Si les forces de police décidaient de lui faire regagner la station *Vancouver* en marche arrière, il serait écrasé ou précipité dans le vide.

Estimant qu'il était trop risqué de courir sur l'étroite bande de béton qui se perdait dans l'obscurité, il marcha d'un pas vif jusqu'à un pylône en forme de Y qui soutenait les deux voies du monorail et chercha en vain un escalier ou une échelle d'évacuation.

Soudain, derrière lui, alerté par un grondement alarmant, il vit un second train glisser à vive allure sur le rail opposé, en direction du *Vancouver*. Craignant d'être déséquilibré par les turbulences de la rame, James s'allongea à plat ventre et s'agrippa fermement aux rebords de béton. Tout danger étant écarté, il se releva et chercha désespérément un pylône ou un toit sur lequel il pourrait sauter sans risque de se briser le cou. Alors, à la lueur projetée par les feux arrière du wagon de queue, il découvrit un vieux panneau publicitaire vantant les mérites d'une agence de call-girls, placé sous les voies, à moins de cinquante mètres de sa position.

La structure – une simple plaque d'aluminium montée sur trois poteaux de bois fixés au toit d'un fast-food – mesurait une dizaine de mètres de haut. Son sommet affleurait le viaduc. James s'assit au bord du rail, posa la semelle de ses baskets sur le panneau pour en éprouver la solidité, puis s'y laissa tomber à califourchon.

Il glissa le long de l'un des pylônes, en prenant soin d'éviter tout contact avec les projecteurs brûlants, et atterrit souplement sur le toit du restaurant. Il progressa jambes fléchies jusqu'à un angle, sauta dans une cour de service à l'atmosphère saturée d'odeur de friture, contourna le bâtiment et déboucha sur un parking autour duquel étaient rassemblés de nombreux établissements de restauration rapide.

Soucieux de modifier son apparence aux yeux des clients qui dînaient en terrasse, James ôta sa casquette et son sweat-shirt, révélant un polo orange pâle. Il emprunta la rue menant au Strip. Sur le viaduc, le monorail roulait au pas vers la station *Reef*. Deux véhicules de police bloquaient la voie de droite jonchée de fragments de verre.

James remonta le trottoir bordé de boutiques de souvenirs et découvrit la Ford noire stationnée devant l'enseigne illuminée du *Denny's*. Il ouvrit la portière et se glissa sur le siège passager avant.

— Qu'est-ce qui s'est passé ? demanda Kazakov. Ça grouille de flics, dans le coin.

— Roulez, je vous expliquerai plus tard. Lorsqu'ils découvriront que je leur ai échappé, ils vont boucler tout le quartier. Ce n'est qu'une question de minutes.

L'instructeur s'engagea dans le trafic.

— Si la police est après nous, on ferait bien de quitter la ville en vitesse.

— Oui, mais il vaut mieux éviter l'aéroport de Las Vegas. Allons jusqu'à Los Angeles. Une fois sur place, nous n'aurons aucun mal à trouver un avion pour l'Angleterre.

— Très bien. Si nous roulons toute la nuit, nous pourrons attraper un des premiers vols du matin. Appelle la permanence du campus et demande-leur de s'occuper des réservations.

— Et s'ils me demandent pourquoi on n'est plus à Las Vegas ?

— Dis-leur qu'on avait envie de tailler la route parce qu'on est dingues des grands espaces américains, une excuse dans le genre...

— Et la voiture ? Elle appartient à Fort Reagan.

— Le général O'Halloran nous a demandé de la laisser à l'aéroport, sourit Kazakov. Il n'a pas précisé lequel.

L'autoroute inter-états à huit voies qui reliait le Nevada à la Californie empruntait une trajectoire parallèle à la partie ouest du Strip. L'instructeur lança la voiture sur un échangeur et prit progressivement de la vitesse.

Il était vingt-trois heures. La circulation était dense, permettant à la Ford de se déplacer dans le plus parfait anonymat. Bientôt, les lumières de Las Vegas s'évanouirent à l'horizon. James sentit alors tous les muscles de son corps se relâcher.

— Alors, ça se monte à combien ?

— Regarde dans la boîte à gants, sourit Kazakov.

James y trouva un sac en plastique transparent contenant une épaisse liasse de billets. Il examina le reçu qui y était agrafé : *Casino Vancouver, $ 92300, la Direction vous remercie de votre visite.*

— Pas mal, pour une soirée de travail, dit-il. Pas mal du tout.

Sa part s'élevait à trente mille sept cent soixante-six dollars, largement de quoi s'offrir la Harley-Davidson de ses rêves, une batterie d'accessoires et la garde-robe qui ferait de lui un authentique biker. Son esprit se mit à vagabonder, loin, très loin de la terreur éprouvée quelques dizaines de

274

minutes plus tôt, lorsque la police était à ses trousses, et de la culpabilité que lui inspirait l'agression dont il s'était rendu coupable.

— Tout ça doit rester entre nous, dit fermement Kazakov. Dépense ton magot petit à petit. Ne te fais pas remarquer.

— Bien entendu, chef. Je ne suis pas stupide.

Un énorme 4×4 se déporta sans raison sur la voie où circulait la Ford, contraignant l'instructeur à effectuer une manœuvre brutale.

— Crétin d'Américain ! hurla-t-il en actionnant frénétiquement l'avertisseur. James, par pitié, contacte le campus, qu'ils nous trouvent des places sur le premier vol disponible. L'idée de rester dans ce pays un jour de plus m'est insupportable...

40. Sans remords

DIX JOURS PLUS TARD

James se détendait sur son lit après une interminable journée de cours, dont deux heures passées à bûcher sur un examen d'anglais pris en compte dans les résultats du bac. On frappa à la porte.

— Entrez, dit-il.

La tête de Lauren apparut dans l'entrebâillement de la porte. Ses traits étaient tirés, ses cheveux humides et désordonnés.

— Eh, petite sœur! s'exclama James. Bienvenue à la maison! Alors, comment s'est passé le second exercice?

Lauren s'écroula sur la chaise roulante placée devant le bureau de son frère.

— Pas terrible, dit-elle. C'était un peu mou, après le départ de Kazakov, parce que le commandement américain a ajouté pas mal de règles, histoire d'éviter un nouveau fiasco, et que les deux camps ont respecté la procédure au mot près. Le sixième jour, le sergent Cork s'ennuyait tellement qu'il a pris la tête d'une mutinerie avec les membres du SAS. On a liquidé notre commandant et poussé la population civile à l'émeute.

— Vous êtes des malades, sourit James. J'ai comme l'impression qu'on n'est pas près d'être de nouveau invités à Fort Reagan.

— Tu m'étonnes. On s'est tous fait virer il y a quatre jours,

276

et on est retournés à Las Vegas. On est allés au spectacle tous les soirs, grâce aux vieilles connaissances de Meryl. C'était génial.

— Zut, je regrette d'avoir raté ça.

Le regard de Lauren se posa sur une élégante chemise neuve suspendue dans l'armoire de James.

— Paul Smith, dit-elle. Eh bien, tu ne t'embêtes pas. Je te rappelle que tu es censé rembourser le téléphone portable de Jake.

— Je l'ai trouvée dans un grand magasin pour trente dollars. Je crois qu'il y avait une erreur sur l'étiquette.

— Le jour où tu es parti, Rat s'est fait mal à la cheville en tombant dans l'escalier. Cork l'a fait transporter à Las Vegas en hélico pour lui faire passer une radio et m'a désignée pour l'accompagner.

— Et alors, ce n'est pas trop grave, j'espère ?

— Non, il va bien. À Fort Reagan, on ne pouvait pas lire les journaux, et il n'y avait qu'une chaîne de télé. Par contre, dans la salle d'attente de l'hôpital, j'ai eu tout le temps de feuilleter le quotidien local. Je n'en pouvais plus de ne pas savoir ce qui se passait dans le monde.

Lauren sortit de sa poche un article découpé dans le *Vegas Sun* et le lut à haute voix.

« *Un adolescent soupçonné de fraude au détriment du casino* Vancouver *est parvenu à échapper à la police en s'évadant d'une rame de monorail au prix d'une manœuvre extrêmement risquée. Les autorités ignorent encore son identité, tout comme celle de son complice, un individu d'origine russe.* »

Lauren brandit la coupure devant les yeux de son frère. Deux clichés pixelisés tirés d'une bande de surveillance vidéo illustraient l'article. James, qui avait consulté de nombreux sites d'actualités sur Internet afin de se renseigner sur l'état d'avancement de l'enquête le concernant, les avait déjà examinés.

— Et alors ? lança-t-il, un sourire au coin des lèvres.

— Arrête ton char, dit Lauren. Vous avez pris les précautions nécessaires pour ne pas être formellement identifiés, mais je te reconnais, moi. En plus, tu portes cette vieille casquette Nike Air depuis la mort de maman.

James considéra sa sœur d'un œil anxieux.

— Tu en as parlé à quelqu'un ?

— Pour que tu sois viré de CHERUB ? Bien sûr que non. Je pense vraiment que tu as une case en moins, mais tu restes mon frère, malgré tout.

— Je me suis fait une fortune, sourit James. Plus de trente mille dollars en une journée. Quand j'aurai vingt et un ans, je n'aurai plus besoin de Kazakov ni d'équipement vidéo, et je pourrai agir en toute légalité. J'ai commandé des bouquins sur Amazon pour affiner ma technique et je...

Lauren reprit sa lecture sans laisser son frère achever sa tirade.

« Dan Williams, un marin pêcheur originaire de Louisiane, est intervenu afin d'appréhender le fuyard. Frappé avec la plus extrême violence, il a été conduit à l'hôpital avec deux côtes cassées. »

James baissa les yeux et fixa la pointe de ses baskets.

— Je regrette ce qui est arrivé, évidemment. Mais je l'avais averti de ne pas se mêler de mes affaires.

Lauren poussa un soupir méprisant.

— Quelle classe. Tu dois être drôlement fier de toi.

— Si tu veux, on ira à Londres, le week-end prochain, gémit James, qui craignait de perdre à jamais le respect de sa sœur. Je t'offrirai tout ce que tu voudras.

— Non merci. Cette histoire me laisse un sale goût dans la bouche. Je pensais que tu avais un peu grandi, ces dernières années, mais j'en reviens à mon point de vue de départ : tôt ou tard, je serai obligée de te rendre visite en prison.

— Je sais que c'était stupide, mais c'est arrivé, je n'y peux plus rien. Je ne suis pas fier de mes actes mais, pour être franc, je ne les regrette pas non plus. Le fric se trouve dans une boîte à chaussures, sous le coffrage de la baignoire. Si tu as besoin d'aide, un jour, tu n'auras qu'à te servir.

— Tu devrais peut-être envisager d'en faire don à une œuvre de charité.

James secoua énergiquement la tête.

— J'ai risqué ma vie et ma carrière à CHERUB. En plus, au fond, je n'ai fait que piquer trente mille dollars à un casino dont le capital est estimé à dix milliards.

Lauren bâilla à s'en décrocher la mâchoire.

— Le décalage horaire, dit-elle. Je vais essayer de rester debout jusqu'au dîner, mais j'ai hâte d'aller me coucher.

— On se voit au réfectoire, alors. Je dois rédiger un devoir sur les sonnets… et je n'ai pas la moindre idée de ce dont il peut bien s'agir.

— Oh toi, je sens que tu vas encore faire des étincelles, ironisa Lauren en se dirigeant vers la porte de la chambre. Ah, au fait, j'ai une nouvelle qui va sûrement te faire plaisir.

— De quoi tu parles ?

— Avant-hier, à l'hôtel, Bruce et Kerry se sont *violemment* disputés. Aux dernières nouvelles, ils ne sont plus ensemble.

Épilogue

À l'issue de sept semaines de procès, **CHRIS BRADFORD**, leader du Groupe d'Action Urbaine, et l'ex-paramilitaire **RICH DAVIS** (*alias* **RICH KLINE**) furent reconnus coupables d'association criminelle à but terroriste.

Bradford écopa d'une peine de quinze années de prison. En raison de ses antécédents, Davis fut condamné à la prison à vie, une sentence assortie d'une période de sûreté de vingt-cinq ans.

La commission indépendante chargée de rédiger le rapport concernant l'opération menée sous le commandement de **LAUREN ADAMS** jugea favorablement l'intervention des agents de CHERUB. L'attaque menée sur le Centre de contrôle aérien permit de soulever les problèmes relatifs aux procédures d'intervention, aux carences des agents de sécurité et aux erreurs de conception architecturales du complexe.

L'ouverture du centre fut reportée de trois mois. La clôture fut remplacée par un mur de béton de cinq mètres de haut, équipé d'un dispositif de sécurité électronique extrêmement sophistiqué. Le contrat liant les autorités à la société de surveillance fut rompu, mais plusieurs employés, dont **JOE PRINCE**, furent réembauchés puis soumis à un coûteux entraînement destiné à faire d'eux des agents dignes de ce nom.

Son comportement lors de l'exercice de Fort Reagan ayant été gravement mis en cause, le général **NORMAN SHIRLEY** fut muté à la tête d'une unité non combattante. Trois mois après avoir pris ses nouvelles fonctions, il fit valoir ses droits à la retraite anticipée.

Soucieux d'éviter le renouvellement d'un tel fiasco, les stratèges de l'armée américaine étudièrent attentivement les tactiques mises en œuvre par les membres de l'équipe rouge. Sourds aux accusations de déloyauté portées par Shirley et, dans une moindre mesure, par le général **O'HALLORAN**, ils qualifièrent d'exemplaire la stratégie de guérilla hautement agressive et peu orthodoxe mise en œuvre par **YOSYP KAZAKOV**.

Ce dernier se vit offrir un poste de conseiller permanent au Pentagone, à Washington DC, mais il déclina la proposition en précisant qu'il adorait son travail à CHERUB et ne pouvait souffrir l'idée de vivre aux États-Unis.

Le dispositif de brouillage électronique et de détection de signaux du *Vancouver* s'étant révélé défaillant, les responsables de la sécurité ne purent apporter la moindre preuve de l'escroquerie dont ils avaient été victimes, à l'exception du témoignage fragile de la réceptionniste du centre d'affaires.

Selon eux, seul un équipement extrêmement sophistiqué, comme celui utilisé par la CIA ou le MI5, aurait pu tromper leur installation. Ils émirent publiquement des doutes quant à la possibilité qu'un tel matériel ait pu être employé par des civils sans lien avec une telle organisation.

La direction du *Vancouver* porta officiellement plainte contre l'adolescent non identifié coupable d'avoir causé pour $ 3 200 de dégâts dans le monorail.

Le marin pêcheur **DAN WILLIAMS** accusa la direction du casino d'avoir, en toute connaissance de cause, mis en danger sa sécurité et celle de son épouse en immobilisant la rame entre deux stations, alors qu'un suspect potentiellement dangereux se trouvait à bord. Le tribunal de Las Vegas lui accorda des dommages et intérêts à hauteur de $ 373 000. Les deux autres passagers, dont sa femme, reçurent chacun $ 114 000.

La relation entre **DANA SMITH** et **MICHAEL HENDRY** ne dura que quatre semaines. Michael supplia **GABRIELLE O'BRIEN** de lui pardonner son incartade, mais cette dernière le repoussa sans ménagement.

JAMES ADAMS poursuit son entraînement au comptage des cartes. Arguant du fait que cette méthode n'est pas illégale, pourvu qu'elle soit mise en œuvre sans employer de matériel électronique, il affirme haut et fort son ambition de sillonner les États-Unis à moto, et de vivre de cette activité douteuse dès que son âge le lui permettra.

CHERUB, agence de renseignement fondée en 1946

1941

Au cours de la Seconde Guerre mondiale, Charles Henderson, un agent britannique infiltré en France, informe son quartier général que la Résistance française fait appel à des enfants pour franchir les *check points* allemands et collecter des renseignements auprès des forces d'occupation.

1942

Henderson forme un détachement d'enfants chargés de mission d'infiltration. Le groupe est placé sous le commandement des services de renseignement britanniques. Les *boys* d'Henderson ont entre treize et quatorze ans. Ce sont pour la plupart des Français exilés en Angleterre. Après une courte période d'entraînement, ils sont parachutés en zone occupée. Les informations collectées au cours de cette mission contribueront à la réussite du débarquement allié, le 6 juin 1944.

1946

Le réseau Henderson est dissous à la fin de la guerre. La plupart de ses agents regagnent la France. Leur existence n'a jamais été reconnue officiellement.

Charles Henderson est convaincu de l'efficacité des agents mineurs en temps de paix. En mai 1946, il reçoit du gouvernement britannique la permission de créer CHERUB, et prend ses quartiers dans l'école d'un village abandonné. Les vingt premières recrues, tous des garçons, s'installent dans des baraques de bois bâties dans l'ancienne cour de récréation.

Charles Henderson meurt quelques mois plus tard.

1951

Au cours des cinq premières années de son existence, CHERUB doit se contenter de ressources limitées. Suite au démantèlement d'un réseau d'espions soviétiques qui s'intéressait de très près au programme nucléaire militaire britannique, le gouvernement attribue à l'organisation les fonds nécessaires au développement de ses infrastructures.

Des bâtiments en dur sont construits et les effectifs sont portés de vingt à soixante.

1954

Deux agents de CHERUB, Jason Lennox et Johan Urminski, perdent la vie au cours d'une mission d'infiltration en Allemagne de l'Est. Le gouvernement envisage de dissoudre l'agence, mais renonce finalement à se séparer des soixante-dix agents qui remplissent alors des missions d'une importance capitale aux quatre coins de la planète.

La commission d'enquête chargée de faire toute la lumière sur la mort des deux garçons impose l'établissement de trois nouvelles règles :

1. La création d'un comité d'éthique composé de trois membres chargés d'approuver les ordres de mission.

2. L'établissement d'un âge minimum fixé à dix ans et quatre mois pour participer aux opérations de terrain. Jason Lennox n'avait que neuf ans.

3. L'institution d'un programme d'entraînement initial de cent jours.

1956

Malgré de fortes réticences des autorités, CHERUB admet cinq filles dans ses rangs à titre d'expérimentation. Au vu de leurs excellents résultats, leur nombre est fixé à vingt dès l'année suivante. Dix ans plus tard, la parité est instituée.

286

1957

CHERUB adopte le port des T-shirts de couleur distinguant le niveau de qualification de ses agents.

1960

En récompense de plusieurs succès éclatants, CHERUB reçoit l'autorisation de porter ses effectifs à cent trente agents. Le gouvernement fait l'acquisition des champs environnants et pose une clôture sécurisée. Le domaine s'étend alors à un tiers du campus actuel.

1967

Katherine Field est le troisième agent de CHERUB à perdre la vie sur le théâtre des opérations. Mordue par un serpent lors d'une mission en Inde, elle est rapidement secourue, mais le venin ayant été incorrectement identifié, elle se voit administrer un antidote inefficace.

1973

Au fil des ans, le campus de CHERUB est devenu un empilement chaotique de petits bâtiments. La première pierre d'un immeuble de huit étages est posée.

1977

Max Weaver, l'un des premiers agents de CHERUB, magnat de la construction d'immeubles de bureaux à Londres et à New York, meurt à l'âge de quarante et un ans, sans laisser d'héritier. Il lègue l'intégralité de sa fortune à l'organisation, en exigeant qu'elle soit employée pour le bien-être des agents.

Le fonds Max Weaver a permis de financer la construction de nombreux bâtiments, dont le stade d'athlétisme couvert et la bibliothèque. Il s'élève aujourd'hui à plus d'un milliard de livres.

1982

Thomas Webb est tué par une mine antipersonnel au cours de la guerre des Malouines. Il est le quatrième agent de CHERUB à mourir en mission. C'était l'un des neuf agents impliqués dans ce conflit.

1986

Le gouvernement donne à CHERUB la permission de porter ses effectifs à quatre cents. En réalité, ils n'atteindront jamais ce chiffre. L'agence recrute des agents intellectuellement brillants et physiquement robustes, dépourvus de tout lien familial. Les enfants remplissant les critères d'admission sont extrêmement rares.

1990

Le campus CHERUB étend sa superficie et renforce sa sécurité. Il figure désormais sur les cartes de l'Angleterre en tant que champ de tir militaire, qu'il est formellement interdit de survoler. Les routes environnantes sont détournées afin qu'une allée unique en permette l'accès. Les murs ne sont pas visibles depuis les artères les plus proches. Toute personne non accréditée découverte dans le périmètre du campus encourt la prison à vie, pour violation de secret d'État.

1996

À l'occasion de son cinquantième anniversaire, CHERUB inaugure un bassin de plongée et un stand de tir couvert.

Plus de neuf cents anciens agents venus des quatre coins du globe participent aux festivités. Parmi eux, un ancien Premier Ministre du gouvernement britannique et une star du rock ayant vendu plus de quatre-vingts millions d'albums.

À l'issue du feu d'artifice, les invités plantent leurs tentes dans le parc et passent la nuit sur le campus. Le lendemain matin, avant leur départ, ils se regroupent dans la chapelle pour célébrer la mémoire des quatre enfants qui ont perdu la vie pour CHERUB.

Table des chapitres

James n'a que 12 ans lorsque sa vie tourne au cauchemar. Placé dans un orphelinat sordide, il glisse vers la délinquance.
Il est alors recruté par **CHERUB**, une mystérieuse organisation gouvernementale.
James doit suivre un éprouvant programme d'entraînement avant de se voir confier sa première mission d'agent secret.
Sera-t-il capable de résister 100 jours ?
100 jours en enfer…

Depuis vingt ans, un puissant trafiquant de drogue mène ses activités au nez et à la barbe de la police. Décidés à mettre un terme à ces crimes, les services secrets jouent leur dernière carte : **CHERUB**.
À la veille de son treizième anniversaire, l'agent James Adams reçoit l'ordre de pénétrer au cœur du gang. Il doit réunir des preuves afin d'envoyer le baron de la drogue derrière les barreaux. Une opération à haut risque…

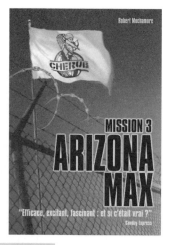

Au cœur du désert brûlant de l'Arizona, 280 jeunes criminels purgent leur peine dans un pénitencier de haute sécurité.
Plongé dans cet univers impitoyable, James Adams, 13 ans, s'apprête à vivre les instants les plus périlleux de sa carrière d'agent secret **CHERUB**.
Il a pour mission de se lier d'amitié avec l'un de ses codétenus et de l'aider à s'évader d'Arizona Max.

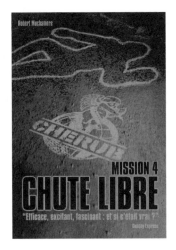

En difficulté avec la direction de **CHERUB**, l'agent James Adams, 13 ans, est envoyé dans un quartier défavorisé de Londres pour enquêter sur les activités obscures d'un petit truand local.

Mais cette mission sans envergure va bientôt mettre au jour un complot criminel d'une ampleur inattendue.

Une affaire explosive dont le témoin clé, un garçon solitaire de 18 ans, a perdu la vie un an plus tôt.

Le milliardaire Joel Regan règne en maître absolu sur la secte des Survivants.
Convaincus de l'imminence d'une guerre nucléaire, ses fidèles se préparent à refonder l'humanité.
Mais derrière les prophéties fantaisistes du gourou se cache une menace bien réelle…
L'agent **CHERUB** James Adams, 14 ans, reçoit l'ordre d'infiltrer le quartier général du culte.
Saura-t-il résister aux méthodes de manipulation mentale des adeptes ?

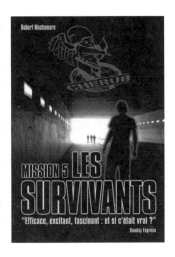

Des milliers d'animaux sont sacrifiés dans les laboratoires d'expérimentation scientifique.

Pour les uns, c'est indispensable aux progrès de la médecine. Pour les autres, il s'agit d'actes de torture que rien ne peut justifier. James et sa sœur Lauren sont chargés d'identifier les membres d'un groupe terroriste prêt à tout pour faire cesser ce massacre. Une opération qui les conduira aux frontières du bien et du mal…

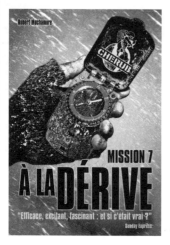

Lors de la chute de l'empire soviétique, Denis Obidin a fait main basse sur l'industrie aéronautique russe. Aujourd'hui confronté à des difficultés financières, il s'apprête à vendre son arsenal à des groupes terroristes. La veille de son quinzième anniversaire, l'agent **CHERUB** James Adams est envoyé en Russie pour infiltrer le clan Obidin. Il ignore encore que cette mission va le conduire au bord de l'abîme…

Les autorités britanniques cherchent un moyen de mettre un terme à l'impitoyable guerre des gangs qui ensanglante la ville de Luton. Elles confient à **CHERUB** la mission d'infiltrer les Mad Dogs, la plus redoutable de ces organisations criminelles. De retour sur les lieux de sa deuxième mission, James Adams, 15 ans, est le seul agent capable de réussir cette opération de tous les dangers…

Un avion de la compagnie Anglo-Irish Airlines explose au-dessus de l'Atlantique, faisant 345 morts.
Alors que les enquêteurs soupçonnent un acte terroriste, un garçon d'une douzaine d'années appelle la police et accuse son père d'être l'auteur de l'attentat.
Deux agents de **CHERUB** sont aussitôt chargés de suivre la piste de ce mystérieux informateur…

Le camp d'entraînement militaire de Fort Reagan recrée dans les moindres détails une ville plongée dans la guerre civile. Dans ce décor ultra réaliste, quarante soldats britanniques sont chargés de neutraliser tout un régiment de l'armée américaine. L'affrontement semble déséquilibré, mais les insurgés disposent d'une arme secrète : dix agents de **CHÉRUB** prêts à tout pour remporter la bataille…

Pour raison d'État, ces agents n'existent pas.

Pour tout apprendre des origines de CHERUB, lisez la série Henderson's Boys

Été 1940. L'aventure CHERUB est sur le point de commencer...

Tome 1
L'EVASION

Été 1940. L'armée d'Hitler fond sur Paris, mettant des millions de civils sur les routes.
Au milieu de ce chaos, l'espion britannique Charles Henderson cherche désespérément à retrouver deux jeunes Anglais traqués par les nazis. Sa seule chance d'y parvenir : accepter l'aide de Marc, 12 ans, un gamin débrouillard qui s'est enfui de son orphelinat. Les services de renseignement britanniques comprennent peu à peu que ces enfants constituent des alliés insoupçonnables. Une découverte qui pourrait bien changer le cours de la guerre…

Pour raison d'État, ces agents n'existent pas.

Tome 2
LE JOUR DE L'AIGLE

Derniers jours de l'été 1940.
Un groupe d'adolescents mené par l'espion anglais
Charles Henderson tente vainement de fuir la France
occupée. Malgré les officiers nazis lancés à leurs
trousses, ils se voient confier une mission d'une
importance capitale : réduire à néant les projets
allemands d'invasion de la Grande-Bretagne.
L'avenir du monde libre est entre leurs mains…

Pour raison d'État, ces agents n'existent pas.

Tome 3
L'ARMÉE SECRÈTE

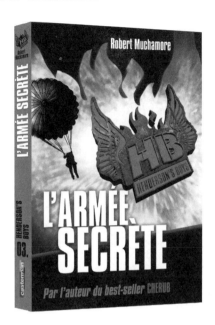

Début 1941.

Fort de son succès en France occupée, Charles Henderson
est de retour en Angleterre avec six orphelins prêts à se
battre au service de Sa Majesté. Livrés à un instructeur
intraitable, ces apprentis espions se préparent pour leur
prochaine mission d'infiltration en territoire ennemi.
Ils ignorent encore que leur chef, confronté au mépris
de sa hiérarchie, se bat pour convaincre l'état-major
britannique de ne pas dissoudre son unité...

Pour raison d'État, ces agents n'existent pas.

www.cherubcampus.fr
www.hendersonsboys.fr